中公文庫

愛する我が祖国よ

森 村 誠 一

中央公論新社

目次

愛する我が祖国よ

再生への旅

永井順一（ながいじゅんいち）は、このままでは自分はだめになるとおもった。すでにだめになっているのかもしれない。

妻を奇禍で失ってからまったく無気力に陥っている。自分が生きているのか、死んでいるのかわからないほどである。

ただ時間が経過すれば腹がへり、夜になれば眠くなり、生理的な作用もあるので生きていることはわかるが、感情というものをほとんど喪失している。生きているのではなく、ただ生存しているのである。

妻の喪失によって、これほど大きなダメージを心身に受けようとはおもわなかった。

八年前、恋愛結婚をして、共稼ぎといいたいが、作家志望の永井にはほとんど収入はなく、雑誌記者の由理（ゆり）にぶら下がって生きてきた。

数年前、ある新人文学賞を受賞してどうにかデビューを果たしたが、まだまだ一人前の作家とはいえない。その後、発表した作品の評判がよく、ようやく原稿の依頼が増えてきた矢先に、突然、妻を失ってしまった。

取材先に向かう途中、ラッシュの新宿駅のホームですりにバッグをひったくられた弾みに、ホームから突き落とされ、そこに入線して来た電車にはねられたのである。

悲報を受けたとき、永井は信じられなかった。その取材力に定評があり、業界でも敏腕の記者として知られていた由理が、バッグをひったくられたくらいで、ホームから道床（どうしょう）に落ちたりして死ぬはずがない。悪い冗談だとおもった。

だが、変わり果てた妻の死体に対面して、それが紛れもない残酷な事実であることを確認した。

由理の急死を悼（いた）んで、その葬儀には多数の人が焼香した。政・財界の要人や、芸能界の人気者、スポーツ選手、作家など、各界の有名人が葬列に加わり、改めて由理の顔の広さを知らされた。

当座は葬儀の手配や弔問客の応対、事後のフォローなどに追われて気が紛れたが、一段落すると心身の箍（たが）がはずれたように虚脱してしまった。なにもせず、ただ茫然と時間を流している。マンションの三ＬＤＫが、妻がいなくなると荒涼としただだっ広い空間になった。

依頼された原稿も書けず、テレビも見ず、新聞や本も読まず、家の中に終日引きこもっていると、生きながら全身が静かに腐っていくように感じる。

それならそれでよい。親戚や親しい友人や、編集者が時折訪ねて来たが、そのときだけは普通に応対しているので、永井が陥った無気力は気づかれないようであった。

一カ月しても、依頼原稿がまったく上がってこないので、ようやく編集者が不安をもってきたようである。だが、駆け出しの永井の原稿が仕上がらなくとも、埋め草（代替）はいくらでもある。永井の原稿はまだその程度のニーズであった。

以前は、作家になれなければ生まれてきた意味がないとおもいつめるほどであったのが、ようやく作家デビューを果たしたいま、書く意欲がまったくない。創作などどうでもよくなってしまった。作家たらんとする志が、妻の死と共に跡形もなく消えうせてしまったようである。

四十九日の法事も終わり、納骨をすますと無気力感はますますひどくなった。部屋の中はごみで溢れ、新聞や郵便物も取り込まないので、メールボックスから溢れた。管理人に注意されてようやく新聞などを取り込んだが、読む気はしない。

腹がへるとレトルト食品ばかり食べているので、流しやトラッシュは食物の残渣（ざんさ）や、包装の殻や、汚れた食器などが山積して異臭を放っている。押入れには、着られるだけ着た下着が押し込まれている。それでも掃除や洗濯などをする気になれない。

時計が止まってしまい、時間を見ようとしてなにげなくつけたテレビが韓流ドラマを放映しており、韓国の風景が目に入った。韓流ドラマには興味はなかったが、テレビ画面に映じた韓国の風景に、永井は生前の妻と休暇を取って韓国に旅行しようと約束していたことをおもいだした。

由理は以前から韓国に興味を持っていたが、まだ同地を訪問したことはなかった。欧米にはよく出かけていたが、最も近い隣国である韓国にはいつでも行けるという意識があったらしく、これまで訪韓していない。

（由理の位牌を持って韓国へ行こう。よい追善旅行になるかもしれない）

と永井はおもった。

死んだように無気力になっていた永井が、旅に出ようという気になったのも、妻の霊が呼びかけてきたような気がした。

永井はおもい立つと同時に、旅行社に行って旅行の手配を頼んだ。旅行社が主催するツアーに参加するほうが、いちいち交通機関や宿泊、観光の手配をすることなく気楽に旅行を楽しめる。

ちょうど首都ソウルを中心として近郊の観光地を結ぶ五泊六日の手頃なツアーがあった。永井はそのツアーに参加申し込みをした。

由理の死後、半分死んだようになっていた永井は、久しぶりに、隣国とはいえ異国に旅立つ心の弾みをおぼえていた。これも亡き妻の霊が彼の背中を押しているのであろう。

ツアー参加者は二十名ほどで、男女比もほぼ同じ、リタイアしたらしい夫婦連れや、若いカップル、また単独で参加している者も数人いた。中には何度も渡韓している者もいた。

「国内よりも旅費が安く、そして楽しい」と旅慣れた者は言った。単独の参加であるが、コンダクターもついた二十名の団体旅行であるので、心細くはない。

成田から空路約二時間三十分でソウルに着く。夕食後、早速ミュージカル「ナンタ」を鑑賞してホテルに戻る。

翌日は一日市内観光。市内の観光スポットを効率よく案内されてまわる。女性にはショッピングエリアや、韓流スター行きつけのおしゃれスポットなどに人気が集まっているが、男はガイドに従いていくだけである。いくつかの宮殿や博物館を案内されたが、特に興味があるわけでもない。だが、異臭とごみの溢れる自宅に引きこもっているよりはましであった。

夕食後、オプショナルツアー（希望者参加の別途料金小旅行）の夜景コースに参加した。ホテルの部屋に一人でいる時間をできるだけ少なくするためである。そんな気力が出てきたのも、由理の霊が引っぱってくれているのかもしれない。

四日目、オプショナルツアーに老斤里事件の現場訪問というコースがあった。ノグンリとルビがふられた地名に、永井は薄い記憶があった。たしか由理が生前、そんな地名を口にしたことがあった。

彼女は朝鮮戦争時代、その地で大量無差別の虐殺事件があったと言っていた。事件の詳しい内容は知らないが、彼女が生前口にした地名へのオプショナルツアーは見過ごすわけにはいかない。永井は早速、参加申し込みをした。

　ツアーの参加者から永井につづいて四名が申し込んだ。名所や史跡に人気が集まる観光ツアーで、参加者の四分の一が大量虐殺事件の現地訪問を希望したので、ガイドも驚いたようである。

　ガイドの説明によると、朝鮮戦争勃発直後、一九五〇年七月二十六日午後から七月二十九日朝にかけて、忠清北道永同郡（チュンチョンプクドヨンドングン）、ソウルから南百六十キロ、釜山（プサン）から北二百四十キロにある小村ノグンリにおいて、米軍が三日間にわたり戦闘機と歩兵による銃撃を加えて、約四百人の避難民を無差別に虐殺したという事件であった。

　避難民の中に北朝鮮軍兵士が紛れ込んでいるという疑惑のもとに、女性、子供、老人の別なく、三日間かけてのホロコーストであった。

　由理がどんなきっかけから、このノグンリの虐殺に関心を持ったのか聞かなかったが、ジャーナリストとして彼女なりに事件を調査してみたいとおもったのであろう。

　マイクロバスに乗ってノグンリへ向かう途上、五人は車中で改めて自己紹介をし合った。

ガイドから指名された永井につづいて、若い高級秘書風の女性が、

「最上（もがみ）みゆきと申します。最上川の最上に平仮名でみゆきと書きます。銀座のクラブに勤めています。いままで内外の旅行をしておりますけど、いつもお客様のお供をするだけで、自発的な旅行は今回が初めてです。他人様（ひとさま）任せの旅行ではなく、自分の意志による旅をし

てみたいとおもい立って参加しました。よろしくお願いします」

と自己紹介した。

二十代後半と見える彼女は、陰翳に富んだミステリアスなマスクと、艶っぽい容姿で人目を引いていた。食事の際、グラスを傾ける姿に都会的なアンニュイがあって、その生活史を暗黙に物語っているようであった。

つづいて四十前後のサラリーマン風の男が、見目広信と名乗った。

「自営のコンビニを経営していましたが、近くに大型スーパーができて店が潰れ、首がまわらなくなり、自殺寸前まで追いつめられましたが、能登で際どいところを救われ、以後、自殺防止のボランティアをしてまいりました。ところが最近、自殺直前に相談電話をかけてきた女性を救えず、うつ状態に陥り、カウンセラーから勧められて、このツアーに参加した次第です。参加してよかったとおもいます」

と自己紹介した。

四人目は若槻圭造と名乗った六十代と見える男である。

「最近、〝会社〟をリタイアしました。ところが、我が家に居場所がなくなっていました。どこにも行き場所がなく、毎日図書館に通って本を読む生活にも飽きて、このツアーに参加しました。最初はツアーに一人で参加しても寂しいばかりではないかと気後れしていたのですが、皆さんとご一緒できて楽しいです」

と挨拶した。

無口で参加者と言葉を交わすことは少ないが、この旅行を楽しんでいる様子が見える。

リタイア前の職業についてはなにも言わないが、出歩く仕事が多かったらしく、太陽の光がたっぷりと沁み込んだような皮膚の色をしている。

柔和な目に時折鋭い光を蓄(た)めているのが気になった。

最後にツアー参加者の中で最も若く見える、女子大生とも、入社間もないＯＬとも取れる初々しい女性が城原涼子(きはらりょうこ)と名乗り、

「ある会社で秘書をしておりました。会社でセクハラを受けて職場を辞め、このツアーに参加しました。まだ自分探しの途上です。よろしくご指導願います」

と言葉少なに言った。

それぞれの自己紹介の中に、短い言葉であっても、その人生が凝縮しているように永井には聞こえた。ツアーに参加する前はなんの縁もゆかりもなかった人たちが、社会の各方角から集まって数日の旅行を共にしている。旅行が終わればまたそれぞれの方角に別れて、おそらく二度と会うことはないであろう。

そのような出会いと別れを繰り返しながら、人はそれぞれの人生を生きていくのである。

しばらく南下をつづけたバスは、低い丘陵が連なる山間に分け入り、車窓に緑が迫った。

七月下旬の韓国は日本以上に暑いが、湿度は低く、空気はからっとしている。

バスは山間の小村に入った。鉄道線路の下に二つのトンネルが穿たれ、トンネルの壁に白い○印や、△印が描かれている。トンネルの手前にテントが張られ、人が群がっていた。テントの前に張られた横断幕には「第五十九周忌第十一回老斤里事件犠牲者合同慰霊祭、老斤里事件犠牲者遺族会」と日韓両国語で大書されている。ツアーの訪問日をこの慰霊祭に合わせていたらしい。

来賓用テントのかたわらに一枚の大きな横長の画板が掛けられている。画板には双子トンネルの上を走る鉄道の軌道の上に集まった避難民の集団に、星のマークをつけた二機の戦闘機と歩兵が爆、銃撃を加えている絵が描かれている。

逃げまどう住民や、爆撃によって宙に飛び散っている避難民の姿が生なましい。ノグンリの悲劇を最もわかりやすく視覚的に訴えている絵である。

横断幕の下に設けられた祭壇には、忠清北道知事や、永同郡守や永同郡議会などの名札を掲げた花環が飾られ、伽倻琴と呼ばれる朝鮮の楽器伴奏で、白いチョゴリをまとった数人の若い女性が追悼の舞を舞っている。

祭壇前に設けられた大テントには多数の椅子席が設けられ、最前列には韓国の要人や、地元の有力者らしい人たちが黒い喪服を着て座っている。そして、その背後には多数の観光客らしい日本人が詰めかけていた。

永井以下五人は、韓国人よりもはるかに多い日本人観光客が、日本国内ではほとんど知られていないノグンリの慰霊祭に集まっていることに驚いた。

追悼舞の後、要人たちが弔辞を述べた。韓国語でなにを言っているのかわからないが、老斤里事件を哀悼し、時どき日本人の名前が登場する。どうやら多数集まった日本人観光客に謝意を表わしているようである。

弔辞の後、日本人観光客が一斉に席を立ち、祭壇の前に立った。総勢約二百人はいそうな大団体である。一体、なにが始まるのかと五人は啞然として見守った。

二百人の前に、見覚えのある指揮者が立って、彼の指揮のもと、全員が合唱を始めた。ノグンリの犠牲者の追悼歌らしい。追悼歌の後、「アリラン」が歌われた。

献歌が終わった後、指揮者が弔辞を述べた。通訳が韓国語に翻訳した。

「ノグンリの悲劇はまさに戦争犯罪の象徴です。真の平和とは、単に戦争のない状態ではありません。戦争が絶対に発生しないという保障システムが完成してこそ、真の平和といえます。

戦争は国土を荒廃させ、人命を殺傷するだけではなく、人間性を歪(ゆが)めます。そうでなければ女性や子供や老人などまで無差別に虐殺することはできません。戦争は人類の天敵です。

ノグンリの悲劇を、戦争を二度と起こさせない世界の教訓、そして防波堤にしたい。いまでも犠牲者を虐殺した弾痕が二つのトンネルに刻み残されていますが、一人一人がこの悲劇を歴史の教訓として胸に刻み込むことが大切です。ノグンリの弾痕を我が胸に、をキイワードにしたい。
最後に、日本支配下時代、日本で獄死した朝鮮の詩人で、死ぬ日まで民族の良心を歌いつづけた尹東柱(ユン・ドンジュ)の詩文を紹介します。
――最期の日まで空を仰ぎたまえ
一点の恥辱(はじ)なきことを。
葉ずれにそよぐ風にも
我が心は痛んだ。
星をうたう心もて
生きとし生けるものをいとおしめ
そしてそれ以外になき我が道を
歩むべし。

今宵も星が風に向かって晒(さら)される――」

と指揮者は弔辞を結んだ。

そのとき永井は、指揮者が日本の著名な作曲家であることをおもいだした。弔歌を献じた団体は観光客ではなく、反戦平和のドキュメントを指揮者が編詞・作曲した混声合唱組曲として、ボランティアが集まり、日本全国、世界を公演してまわっているようである。

彼の弔辞を聞いている間に、永井は妻を失って空洞になった胸の中に、熱い弾丸を射込まれたような気がした。

式典の後、合唱団は現地に記念植樹をして、生存者の証言集会で証言を聞くという。証言集会参加まではツアーの予定に入っていない。ガイドが、どうすると問うように五人の顔を見まわした。

「せっかくノグンリまで来たのだから、生存者の証言を聞きたい」

と永井が言うと、あとの四人も異口同音に自分も聞きたいと同調した。

証言集会では、ノグンリの悲劇を半世紀にわたって訴えつづけ、当初、相手にしなかった米大統領が真相調査を指示するまでに世界に知らしめた老斤里事件犠牲者遺族会会長鄭殷溶（チョン・ウニョン）、生存者の男性一人、女性一人の証言を聞いた。

七月二十六日、ノグンリの鉄道の上に避難民を誘導した米軍は、まず戦闘機を呼んで銃撃と爆撃を加え、生き残った避難民を鉄道の下の双子トンネルに追い込み、午後三時ごろから三日間にわたり銃撃を加えた。なに一つ武器を持たない避難民を、ただ北朝鮮軍の兵士が紛れ込んでいるという疑いだけで鏖（みなごろし）にかけたのである。

男性の証言者、当時八歳、小学二年生であった鄭求学（チョン・グハク）氏は鼻柱を吹き飛ばされ、顔に二つの鼻孔だけが残った。トンネルの中で三日間生きつづけ、探しに来た兄に助けられ水を飲まされたが、水を口に入れると身体のあちこちから漏れ出てきた。その姿はもう人間ではなかったという。

鼻も頰もなくなった弟の顔を見た兄は気絶しそうになったが、とにかく村まで背負って帰ると、顔のない求学を見た父親が、「すぐ山に埋めて来い」と言ったほどである。死線をさまよった求学は重傷に耐え、生き残り、整形手術を何度も受け、魚の行商をしながら乾物事業に成功した。現在、永同ロータリークラブ会長になり、証言をつづけている。

女性証言者梁海淑（ヤン・ヘスク）は爆風に吹き飛ばされ、後頭部を激しく打ち、飛び出した左の眼球が紐のような視神経の末端にぶら下がっているのを、自らの手で左眼の洞に嵌（は）め戻した。

三人の証言は証言集会に出席した日本人に強い衝撃をあたえた。特に観光ツアーのオプションとしてノグンリに来た永井以下五人は、深刻な衝撃を受けた。

これまでまったく知らなかった隣国の歴史に隠されていた暗部である。このノグンリの虐殺が偶発的であったのか、意図するものであったのかが核心的問題とされたが、米軍の命令によるものであることを示す文献や口述記録が発見されている。

たとえ命令であったとしても、武器一つ持たない無抵抗の避難民を無差別に虐殺するとき、加害者には人間としてのためらいや迷いはなかったのか。戦争が人間性を破壊したり歪めたりする顕著な実例である。

米政府は韓国避難民の多数虐殺被害が生じたという事実は認めたが、命令による虐殺とは認めなかった。事件の発生を深く遺憾としたのみで、その犠牲を戦争だから仕方がない悲劇として一般化しようとした。

だが、命令であろうと偶発であろうと、戦争により人間性が歪んで生じた悲劇であることは揺るがない。この虐殺の加害者も、戦争が終われば市民に戻るのである。市民に戻った後、新たな戦争によって加害者自身、あるいはその家族が虐殺されたならば、彼らはなんというか。

韓国旅行を終えて帰国した永井は、自分の中でなにかが変わったのを感じた。妻を失った空洞が、五泊六日の韓国旅行によって埋められている。特にノグンリ訪問が強烈な残像となって心に刻まれている。

作曲家の弔辞にあった「ノグンリの弾痕を我が胸に」という言葉が、時間が経過するほどに熱くよみがえってくるようである。

証言者鄭求学は顔を失い、親から山中に捨てられかけながら生き残り、ついに地元のロータリークラブ会長にまで上りつめた。その生命力と志の源にはノグンリの悲劇がある。ノグンリの悲劇が彼の発条（バネ）となり、生死の境から今日の成功まで引き上げたのである。

五泊六日の旅を共にして、ツアーに参加したメンバーは親しくなった。特にノグンリを共に訪問した五人には、あたかも事件の生存者であったかのような連帯感が生まれていた。

「せっかくこのようなご縁があったのですから、またお会いする機会を持とうではありませんか」

永井が〝同窓会〟を提案すると、全員一致で決まった。みな別れ難くおもっていたのである。

たがいの住所と電話番号をおしえ合った五人は、同窓会での再会を約束して、成田で別れた。そんな約束が元の日常に戻れば、おそらく果たせないであろうことを知りながら、それぞれの人生の方位に別れて行った。

五人の住所が東京や、その近隣県にあることが再会の可能性を残しているような気がした。

韓国旅行から帰って来た永井は、久しぶりにデスクに向かった。妻の死後、虚脱状態で、半分死んだようになっていた永井に、ようやく作品と向かい合おうとする気力が生まれたのである。

この度の旅行、それもノグンリ訪問が大きく影響している。戦争により人間性を失った者たちによって引き起こされた惨劇の跡が、永井に生きる気力をあたえてくれたのは皮肉である。それも生前、ノグンリになんらかの興味を持っていたらしい由理の霊が、彼に再起の気力を吹き込んでくれたような気がした。

　まだ足許も手許もおぼつかないが、とにかくデスクに向かっただけでも大きな変化である。

　帰国して間もなく、永井宛に宅配物が届いた。鈴木太郎と書かれた差出人の名前には記憶がない。なんとなく偽名くさい名前であった。

　首をかしげながら包みを開いた永井は、はっとして目を見張った。宅配物の中身は由理が生前愛用していたバッグである。一通の手紙が添えられていた。それには、

「前略ごめんください。私は過日、奥さんのバッグをひったくった者です。奥さんは私を追跡しようとして、私にホームから線路に突き落とされて亡くなられたと報道されていましたが、私は奥さんを突き落としていません。奥さんを線路の上に突き落としたのは別の人間です。私が奥さんのバッグをひったくりさえしなければ、奥さんはご無事であったかもしれないとおもうと、心が痛みます。

　いまになってバッグをお返ししても、奥さんが生き返ってくることはありませんが、日毎に心が苦しくなり、これ以上、手許に置いていられなくなりました。中身には一切手を触れていません。心からお詫び申し上げます」

　と書かれていた。

　バッグの中には五万円弱の現金、携帯用の化粧用品、身分証明書、メモ帳、ボールペン、

ティッシュペーパーと小型カメラ、名刺、定期券、携帯電話など、由理の外出七つ道具が入っていた。

ひったくり犯人のせめてもの償いとして、バッグを返してきたのであろうが、いまさら彼女の遺品を返されても、悲しみを新たにするだけであった。

ひったくり犯人は添えた手紙の中に重大なことを書いている。由理を突き落としたのは自分ではなく、別の人間だと主張しているが、突き落とし犯人がだれであるかは書いていない。おそらく彼もだれが突き落としたのかわからないのであろう。

だが、ひったくり犯人の言葉も鵜呑みにはできない。バッグを返して殺人（突き落とし）の重罪を逃れようとしているのかもしれない。

もしひったくり犯人が嘘をついていなければ、だれが由理を突き落としたというのか。バッグをひったくられたときの混乱に乗じて、彼女を突き落としたとすれば、その犯人はあらかじめ彼女を殺そうとして狙っていたことになる。

メジャーの総合誌の記者としてさまざまな取材対象に鋭く切り込んでいた由理のことだから、どこで、どんな恨みを買っていたかわからない。あるいは由理に公表されては都合の悪いことを知られた者が、彼女の口を封じたのかもしれない。

返されてきたバッグに添えられていた弁明の手紙によって、これまでひったくり犯人によって突き落とされたと信じていた妻の死因が揺れてきた。

　永井はひったくりの犯人に会いたいとおもった。差出人の住所を調べてみると、都下M市の公民館であり、鈴木太郎なる個人は住んでいない。予想した通り、住所、氏名は偽りであった。

　ひったくり犯人は、報道により自分が由理の突き落とし（殺人）犯人とされているのを知って、バッグを奪った程度で殺人犯人にされてはたまらないとおもって、バッグを返してきたのであろう。

　全幅の信用はできないまでも、殺人とひったくりの罪を計量してひったくりを認めた上で、殺人が濡れ衣であることを被害者の夫に訴えようとしたのであろう。ひったくり犯人は突き落とし犯人を見ているかもしれない。また由理が意図的に突き落とされたとすれば、その動機はなにか。

　永井は由理のバッグの中身を改めて入念に調べた。由理が生前、外出に携行していた品ばかりで、特に不審なものは見当たらない。

　由理の名刺だけで、他人の名刺はない。由理が意図的に殺害されたとなれば、彼女の名刺ファイルや郵便物などを含めて、遺品のすべてを徹底的に調べる必要があるが、とりあえずバッグの中に他人の名刺はなかった。

　永井はまずメモ帳を調べた。そこには彼女の生前の行動や、先々の予定がメモされているはずである。

メモ帳には、会った人の名前や、会合場所と時間が最小限の文字で記入されているだけで、その人物との関係はわからない。おそらく仕事関係で会った、あるいは会う予定の人物であろうか。

メモされた人名の中には、永井も知っている著名人がいた。彼らの中には由理の葬儀に焼香にきた者、あるいは花や弔電を送ってきた者もいた。だが、特に不審な人物やメモは見当たらない。

メモの次に、永井はカメラに目を向けた。彼女は職業柄、常に小型のデジタルカメラを携行している。その中に生前撮影した近・現在の画像が保存されているかもしれない。

永井は撮影されている画像を再生して、一コマ一コマ丹念にチェックした。保存画像は約二百枚あった。インタビューしたらしい人物のポートレートや、取材時の風景、建造物、また文献や資料、手紙、写真の複写などが主体である。

動物（犬と猫）や植物などもあった。外出が多く、自宅では飼っていないが、動物が好きな妻は、出先で遭遇した犬や、野良猫などを撮影したらしい。

丹念にチェックしても、特に不審な被写体は見当たらない。

携帯電話はロックされておらず、着信、発信履歴（リダイアル）、電話帳なども雑誌編集部、仕事関連、行きつけの店、永井、親しい人たちばかりで不審な人物や関係先は見当たらない。

結局、メモやカメラや携帯を含むバッグの中身からはなんの手がかりも得られなかった。

永井は警察に委ねることにした。警察はひったくりの犯人を探すと言っていたが、殺意のない、偶発的な事故と見ているようで、熱心に捜査しているとはおもえない。

ひったくり犯人から訴えと共にバッグが返されてきたことを伝えれば、警察の姿勢も変わるかもしれない。

永井はバッグをそのまま持って、由理の奇禍を担当した鉄警隊（鉄道警察隊）の新宿駅分駐所に赴いた。

分駐所の手前まで来たとき、背後から声をかけられた。

「永井さん、永井さんじゃありませんか」

永井が振り向くと、駅の雑踏の中に見おぼえのある顔が笑いかけていた。

「若槻さんじゃありませんか」

永井は奇遇に驚いた。韓国旅行の際、ノグンリを訪問したメンバーの一人である。

「まさか、こんなところでお目にかかろうとはおもっていませんでしたよ」

若槻は陽に灼けた顔をほころばせた。ノグンリの陽灼けがまだ残っているというよりは、たっぷりと日光を浴びた彼の生活史が、リタイア後も残っているようである。

若槻は予期しなかった再会を喜びながら、永井が手にしている女物のバッグに、不審げな目を向けた。

「これは亡妻のバッグでしてね、彼女の死因について新たな情報が入りましたので、事件の担当者に伝えようとおもいまして……」

若槻の視線に気づいた永井が説明した。

ノグンリへ向かうバスでの自己紹介で、妻の奇禍については簡略に伝えてある。

「ほう、新しい情報……どんな情報ですか」

柔和な若槻の目に、束の間、鋭い光が宿ったように感じられた。

そのとき分駐所の中から声がかかった。

「圭さんじゃありませんか。そんなところで立ち話をしていないで、お入りになりませんか」

分駐所の内部から五十前後と見える私服刑事らしい男が声をかけてきた。

「やあ、チュウさん。近くまで来たものでね」

若槻は私服に声を返すと、

「以前の後輩がこちらに異動しましてね、こちらに出て来たついでにちょっと立ち寄ろうかとおもったのです。差し支えなかったら、その新しい情報を聞かせてもらえませんか」

と私服に向けた顔を永井のほうに転じて言った。

永井はそのとき、若槻の前身を悟った。彼の陽灼けは警察の仕事中、皮膚に沁み込んだものであろう。永井が漏らした「新しい情報」に前身の職業意識がよみがえったらしい。

若槻と共に分駐所の中に招き入れられた永井は、若槻の後輩という私服に、ひったくり犯人が返してきたバッグと、それに添えられた手紙を渡して、その経緯を伝えた。若槻も興味を持ったらしく熱心に耳を傾けている。

　永井の話を一通り聞いた私服は、ひったくり犯人からの手紙に目を走らせた。

　読み終わった私服は永井のほうに目を上げて、

「このひったくりが本当のことを言っているとなると、奥さんはなに者かに殺意をもって線路上に突き落とされたことになりますね」

　と言った。その顔が緊張している。ひったくりの弾みによる事故と、殺人では天地のちがいがある。

「チュウさん、これは殺人だよ」

　黙って聞いていた若槻が口を開いた。

「私もそうおもいます」

　若槻からチュウさんと呼ばれた私服がうなずいた。彼らの多年の経験によって培った勘に訴えるものがあったのであろう。

「ひったくりが危険を冒して奪った盗品を簡単に返すはずがない。おそらく腕のいいマエトバシ（すれちがいざますり奪る）がドジを踏んで、奥さんに追われたんだろう。チュウさんに心当たりはないかい」

　若槻が私服に問うた。

「最近、こちらに異動されたばかりで、まだ現場に馴染みませんが、ブツを返してくるマエトバシなら、そのうち捜査線にかかるとおもいます」

私服は答えた。

「殺人につながっているとなれば、本庁絡みとなるだろう」

若槻が前身の顔になっている。

若槻との意外な再会によって、彼の前身がわかった。

若槻は警視庁捜査一課の腕利きとして鳴らした刑事であった。鉄道警察隊新宿分駐所にいた私服は、若槻の現役時代、捜査三課、すり専従捜査員であった中橋、愛称チュウさんである。

中橋は新人時代、若槻と同じ署に配属されて、若槻から警察官の手ほどきを受けたそうである。その後、刑事に抜擢され、すり専従捜査員として独特の能力を発揮した。最近、駅や列車内での集団すりが急増したのに対応して、鉄警隊に異動を命じられたという。鉄警隊の中でもあまり知られていない私服で、乗客を装い、車内に張り込み、集団すりに目を光らせている。その中橋が新宿分駐所に居合わせた。

若槻の口添えもあり、中橋は熱心に永井の話に耳を傾けてくれた。

一通り聞き終わった中橋は、

「最近、国外から来た集団すりが横行していますが、彼らはまちがっても、いったん奪ったブツを被害者に返すようなことはしません。おそらく今日ではほとんど絶滅している昔気質の一匹狼のすりですね。彼らは集団では行動しません。自分の指に自信を持っています。財布をすり奪っても全部奪ることはなく、中身の二、三割は残して被害者に気づかれないように元の位置に戻します。そんな神技の持ち主は、いまは何人も残っていませんよ。たぶん奥さんの感覚が鋭く、名人すりがドジったのだとおもいます。名人にしてみれば、めったに踏まないドジを踏んだ上に、身におぼえのない突き落とし犯人にされてしまったので、バッグを中身ごと返してきたのでしょう」

と解説した。

「しかし、家内は財布ではなくバッグをひったくられたそうですが……」

すりの名人がバッグごと奪おうとしたのはおかしいと、永井はおもった。

「たぶんすりは奥さんの財布をバッグから抜こうとして気づかれ、慌ててバッグごとひったくったのではないかとおもいます。名人すりとしてはドジの上にドジを重ねたわけです」

「すりにバッグを返す気があったのであれば、なぜもっと早く返さなかったのでしょうか」

「ためらっていたのでしょう。なにせ殺人容疑をかけられているのですからね。へたに返しても疑いを増すだけかもしれない。このような名人気質のすりは、たいてい前科（マエ）があり、住所はわかっています」

「だったら、なぜ逮捕しないのですか」

「すりは現行犯逮捕が原則です。現場に加害者、被害者、盗品（ブツ）の三点が揃っていなければ逮捕はできません。いずれにしても、昔ながらの名人一匹狼は被害者をホームから突き落とすようなことはしませんよ。この手紙に書いてある通り、奥さんを突き落としたのは別の線ですね」

中橋が言った。かたわらで若槻もうなずいている。

「チュウさん、この手紙の主の一匹狼を当たってみてくれないか。そいつは突き落とした犯人を見ているかもしれない。本庁のほうにも連絡したほうがいいな」

若槻が言葉を添えた。

若槻の口添えによって、警察の姿勢が熱心になったようである。若槻から連絡を受けたといって、警視庁の捜査一課から棟居（むねすえ）と名乗る刑事が出張（でば）って来た。

「奥さんの遺品、特に名刺のファイルや、日記や、メモ帳、またアルバムなどを見せていただきたい。またお尋ねしにくいことですが、奥さんが生前、特に親しくしていたような男性の心当たりはありませんか」

と棟居は言った。すでに殺人事件としての捜査姿勢であった。

ひったくりから返されたバッグと中身は捜査資料として中橋に預けたが、それ以外の遺品はまだ自宅に置いてある。永井は棟居が求めた由理の遺品のすべてを彼に託した。

帰り際、棟居は若槻の後輩であると言った。


永井と若槻の奇遇を契機にして、ノグンリからの帰途交わした同窓会の約束がよみがえってきた。

早速、他の三人に連絡が取られて、話は一気に盛り上がった。

いずれも写真交換や、想い出話をしたがっていた。内外各地に旅慣れている五人が、最近参加したツアーを懐かしがって、同窓会を開くということは珍しい。ただの観光ツアーではなく、ノグンリ訪問が一同に強い印象を刻んでいたのであろう。

その方面に顔が利くらしい最上みゆきが、銀座にある中華料理店に会場を用意してくれた。

一カ月ぶりに再会した五人は、すでに韓国旅行が遠い昔のようにおもえた。

「ダイナミックな想い出はたいてい夏ですよ。そして夏の想い出はまだ新しくても、遠い夏のようにおもえます」

永井が言うと、

「さすが、永井先生は作家だけあって、ロマンティックなことをおっしゃいますわねえ。先生に言われて、たしかに夏の想い出は強烈でありながら、遠い昔のような気がしますわ」

最上みゆきが感心したように言った。

「先生はやめてくださいよ」

永井が恐縮すると、

「最上さん、最上さんにはそれだけロマンティックな想い出が夏に集中しているんじゃないの」

見目が口をはさんだ。

「ご想像に任せるわ、うふふ」

みゆきは優雅な手つきで紹興酒のグラスを傾けながら言った。初々しい城原涼子に比べて、みゆきの艶色は成熟しており、職業的な年季が入っているようである。

「夏の想い出か。そういわれてみると、記憶に残るような事件（ヤマ）はよく夏に起きたな」

若槻が遠くを見るような目をしてつぶやいた。

「夏の想い出が遠いのは、雲のせいではないでしょうか」

城原涼子が控えめな口調で会話に加わってきた。一同の視線が涼子に集まった。雲の意味を問うている。

「夏の空に白く輝く雲の峰を見ると、さまざまな想い出が積み重なっているような気がします。そして雲のように遠く……」

「それはたぶん恋の想い出でしょう」

最上みゆきが城原涼子の顔を覗き込むような目をした。

「最上さん、経験が豊富そうですね」

すかさず見目が言った。

「確かに恋の想い出はいくつ重ねても、夏の雲のように遠いわね。そして、恋の経験はどんなに豊富でも学ばないわ」

「そういう言葉は経験が豊かでないと出てきませんよ。私なんかあまり経験がないので、最初から学びようがありません」

若槻が生真面目な顔をして言ったので、一同がどっと沸いた。

「夏以外の想い出も多いはずですが、なんだかみんな夏に吸い集められてしまうようにもいます。春や秋や冬も、人生の出会いや別れや回想があるのですが、夏の想い出に圧倒されてしまっています」

永井の言葉に一同がうなずいた。

「そういえば、広島も長崎も夏、原子爆弾を落とされました。同じ雲でも、きのこ雲は見たくないな」

若槻が言った。

「きのこ雲を見たことがない私は幸せだとおもいます。でも、ノグンリの悲劇も夏に起きたのですね」

涼子がおもいだしたように言った。

「日本の戦争が終わったのも夏でした。昭和二十年、一九四五年八月十五日です」

若槻が過去を探るような目をした。ここにいるだれも、戦争も、戦後の欠乏、混乱の時代も知らない。ダイナミックで遠い夏の想い出にも、戦争は介入してこない。戦争の染色を受けない夏の想い出は幸せというべきであろう。一座はひとしきり夏の想い出話で盛り上がった。

「それにしても、ノグンリの証言集会は衝撃でしたね」

見目が改めておもいだしたように言った。

「男性証言者鄭求学さんと言ったかな。顔がなくなり、水を飲むと体のあちこちから漏れて出てくる。親からも山に埋められかけたほどの重傷を負いながら生き通し、成功して、ロータリークラブの会長にまでなったあの生命力と意志の強さに打たれました。人間、どこでどんな災難や不幸に遭うかわかりませんが、重要なのは、そのショックやダメージから立ち直れるかどうかであるということをおしえられました」

永井はしみじみと言った。

「私だったら、女性証言者梁さんのように、目玉が飛び出して、紐のように視神経の末端にぶら下がっているのを見ただけで、即死してしまいそう。それを自分の手で目の穴に押し込んだと言っていたわね。凄いわ。男の人に騙されたくらいでうつになんかなっていられないとおもいました」

城原涼子が私事を漏らすように言った。これまで秘匿していたプライバシーを、「ノグンリ」を共有した仲間意識から漏らしてしまったようである。

「男に騙されて、女は賢くなっていくのよ。もっとも私は何度騙されても賢くならないけれど」

最上みゆきが自嘲するように言った。

「最上さんは騙されるのではなく、騙しているほうじゃないの」

見目が混ぜっ返したので、

「言ったわね」

「むきになるところが怪しい」

二人のやりとりに、また一同が盛り上がった。

「永井先生、ノグンリからヒントを得て、作品が生まれそうですね」

若槻が水を向けるように言った。

「とても刺激を受けています。胸の奥に胎動を感じますよ」

永井は若槻に胸の内を読まれたような気がした。

「胎動……作品の胎動なんて素晴らしいわね。私もそんな胎動を感じてみたいわ」

最上みゆきが言った。永井がなにか言おうとした矢先、それを封ずるように、

「もしかして別の胎動を感じたいなんて言おうとしたんじゃないでしょうね」

と見目が言ったものだから、みゆきが、

「私も、たぶん見目さんがそんなことを言いそうな気がしていたのよ」

と応酬した。

「いいえ、ぼくは態度がよいと申し上げようとおもっていたのです」

その後は駄洒落合戦となって、和気藹々（あいあい）たるうちに時間が過ぎていった。

駄洒落合戦が一段落したところで、写真の交換会を始めた。それぞれのカメラで撮り合っているので、自分の知らないスナップが他のカメラにおさめられている。こんな場面をいつ撮ったのか、撮られたのかと、交換会はひとしきり盛り上がった。

一通りの交換が終わったころ、

「あら、この写真は……」

城原涼子は一枚の写真を手に取って、驚いたような声を発した。

どんな写真かと一同が覗き込んだスナップは、永井の記憶にあった。由理のカメラに保存されていた画像の一枚が紛れ込んでしまったのである。

「それは私の家内のカメラに保存されていた画像です。取材先で撮影した人物とおもわれますが、まちがえて混入してしまいました」

　永井は詫びた。

「あら、この人、店のお客様よ」

最上みゆきが言いだした。

「えっ、まさか」

涼子が驚いたような視線をみゆきに向けた。涼子の反応に、みゆきが、

「あら、城原さんもご存じの人なの」

「いいえ、知りません。まったく知らない人です」

「そう。この人、大学の教授なのよ。大企業とタイアップして研究しているとかで、懐が温かそうだわ。大学の先生にもいろいろな人がいるわね。お店のお客様の教授が永井先生の奥様のカメラに収められていたのも、なにかのご縁のような気がするわ」

　みゆきは微妙な笑みを含んで、その話題を打ち切った。

運命の同志

五人がツアーの同窓会を開いたのは珍しいことであるかもしれない。楽しい旅を共にした興奮から再会を約束して別れても、日々積み重ねる新たな経験や、出会いや、事件のうちに、想い出はたちまち遠くなっていく。懐かしいとはおもっても、目先の用事に追われて過去を振り返る余裕がなくなる。たとえ余裕が生じても、別の所用や新たな楽しみに振り向けてしまう。

永井にしても、若槻との再会がなければ、同窓会を持とうという気にはならなかったかもしれない。タイミングもちょうどよかった。これ以上早くても遅くても、五人の気息が一致しなかったであろう。それほどにノグンリの訪問は五人に強い印象を刻んだのである。

ノグンリの悲劇は日本ではほとんど知られていない。無抵抗の避難民を空と陸から二重の攻撃をかけて虐殺した事件は、まさに戦争の狂気の象徴である。

だが、五人が強い衝撃を受けたのは、事件そのものだけではない。虐殺の嵐の中を生き残り、その後の長い人生を積極的に生き通した人間の再生力に感動したのである。

生存者の、死線をさまよい生き通した不屈の精神に比べれば、自分たちの置かれている環境がぬるま湯のようなものであることに気がついたのである。

いずれもなんらかの挫折やダメージを受け、あるいは人生の節目に立って、無気力や消極的になっている。そんな時期に訪問したノグンリが、五人を活性化させたようである。

永井はふたたび作家としての道を歩みつづけながら、なに者かに殺害された疑いのある妻の事件の真相を探るつもりである。若槻との再会は頼もしい援軍となった。

だが、素人の個人がどのようにして探るか。

同窓会で写真交換の際、紛れ込んでしまった、由理のカメラに保存されていた一枚の画像に、城原涼子が示した反応がいまにして気になっている。

画像の被写体人物は最上みゆきの店の客であるという。由理のカメラに保存されていたということは、彼女がその人物になんらかの興味を持っていたか、あるいはつながりがあったことを示している。夫婦といえども、たがいの人脈を把握しているわけではない。

雑誌記者として多方面に関わりがあった彼女が、みゆきの客を撮影したとしても異とするに足りない。

だが、どうもその被写体の人物が永井の意識に引っかかった。

あのときはなにげなく聞き過ごしてしまったが、城原涼子は最上みゆきから、写真の被写体を知っている人かと問われて、少し慌てた口調で否定した。

もしかすると、涼子はあの被写体の主を知っていたのではなかろうか。知っていながら否定したのは、被写体と彼女との関わりを知られたくなかったからではないのか。

その涼子の心理を逸速く読み取ったみゆきが話題を打ち切った。そのことがいまになって、永井の意識に違和感を増してきた。

ノグンリへの途上、車中での自己紹介において、城原涼子はセクハラされた精神的ダメージを漏らした。行きずりの旅の気安さと解放感から口が滑ったのであろう。もしかすると、彼女をセクハラした男が被写体の主かもしれない。二人の関係は秘匿しなければならないものであった。

だが、被写体にとっては撮影されたくない事情があったのかもしれない。もし、画像の主が由理に撮影された事実を知っていれば、なんらかの抗議か、その場で画像を消去するように求めたはずである。画像がカメラの内に保存されていたということは、画像の主が撮影された事実を知らなかったか、あるいは由理に消去を拒否されたということも考えられる。

永井は改めて件の画像を詳しく点検した。

画像の主は一見五十代のインテリ風の男である。撮影場所は白亜の建物を背景に池が見える。池畔の芝生に若い男女数人のグループが屯している。大学のキャンパス内のような環境である。

最上みゆきが大学の教授と言っていたから、彼の大学の構内であるかもしれない。

旅行中交換した城原涼子の名刺には、ある製薬会社の社名が刷られている。セクハラを受けて職場を辞めツアーに参加したと言っていたから、元の職場の名刺であろう。永井には、涼子の元職場と画像の主の撮影場所が関わりがあるような気がした。

永井は涼子の元職場の製薬会社をインターネットで検索してみた。会社の業態や主力商品、商圏、組織などの紹介につづいて、諸施設中の付属研究所のページを開いた。予想は的中した。池を侍（はべ）らせた白亜の建物が建っている。画像の主の撮影場所は城原涼子の元職場の中央研究所であった。

涼子の名刺の肩書には、同源（どうげん）製薬企画開発部中央研究所付きと刷られている。中央研究所に所属していた彼女は、この教授を知っていた可能性がある。にもかかわらず、涼子は言下に知らないと言った。教授を知人として認めると、なにか都合の悪い事情があるのであろう。その事情とはなにか。

永井の想像は速（すみ）やかに脹（ふく）らんだ。

城原涼子と教授との関係は、人に知られてはならないものである。そこに由理が登場する。由理は雑誌記者としての嗅覚から、二人の関係を嗅ぎつけた。二人、特に教授にとっては、由理の存在が脅威になったのであろう。

ここまで膨張させた想像に、永井は飛躍があることに気づいた。

まだ教授と涼子の関係は確認されていない。涼子が教授を知らないとしらを切ったとしても、二人の間に秘匿しなければならないつながりがあったことにはならない。

また想像通り、二人の間に秘匿しなければならない関係があったと仮定しても、そのことが直ちに由理の事件に結びついてはこない。

永井は教授と涼子の間を無理につないで、これを妻の死因に結びつけたがっている自分の心の傾きに気づいた。非常に危険な傾斜であると同時に、涼子や教授に対して失礼な想像である。

警察に託する前に、由理の遺品を丹念に調べたが、殺害されるような動機は浮かび上がってこなかった。画像の主の名前は依然として不明である。

最上みゆきに聞くことは憚られた。彼女は画像の主が自分の店の客であることをうっかり漏らしてしまったが、それは旅の道連れに対する心安だてからであろう。

だが、名前を明らかにしなかったところに、その道のプロとしての節度は保っている。店の客の一人と認めても、その素性を明らかにしなければ、客の個人情報を漏らしたことにはならない。プロのホステスに、さらに客の個人情報について踏み込むのは、せっかくの〝同窓生〟の関係を壊してしまうような気がした。

この間、警察の捜査に進展があった。永井順一からの訴えを聞いた中橋は、彼の細君のバッグから財布をすろうとしたすりを探した。一匹狼の名人すりとなると、数は絞られてくる。中橋にはおおかた見当がついていた。だが、現行犯でない限り、すりの犯罪は成立しない。

中橋はすり担当刑事としてのキャリアから、まず三人のすりを候補に挙げ、個々のデータから、手口や特徴を詳細にチェックして、一人に絞り込んだ。

名前は藪塚金次（やぶづかきんじ）、通称藪金（やぶきん）。前科十八犯、六十六歳の今日まで刑務所生活が二十五年、娑婆と刑務所を往復している筋金入りの一匹狼すりである。出所する都度、二度と帰って来ないと誓いながら、指がむずむずして、自動的に手が出てしまうという。

藪金は、これまで奪った財布の中身の三割は財布と共に返すという名人芸を誇っていたが、加齢と共に指の動きが衰えたか、財布を返すときに被害者に気づかれて、すでに三回つづけて手錠をはめられている。すり奪（と）ったとき気づかれて追跡されたのは、彼にとって初めての経験であろう。

奪（と）ったバッグの中身に一切手をつけずに返還してきたのは、過去のデータを総合しても藪金以外にはおもい当たらない。

藪金としては、突き落としの濡れ衣を晴らしたいだけではなく、これを最後として、もはや二度と他人の懐中に手を出すまいと決心したのかもしれない。もしそうであれば、現行犯で藪金を捕らえることはできなくなる。

不確定な藪金の再度の犯行を待っている間に、突き落とし犯人との距離が開いてしまう。

中橋は捜査一課の棟居に、おもいきって藪金と対面して事情を聴いてはどうかと相談した。

「実は、私も同じことを考えていました。盗品を返してきたくらいですから、我々が直談判をすれば、素直に応じてくれるかもしれません。藪金にしてみれば、盗品を返して自分の無実を訴えようとしたのですから、我々の直談（直談判）を逃げる理由はないはずです。直談をするということは、すでに藪金に目をつけた証拠ですからね」

と棟居は賛成した。

中橋と棟居は連れ立って藪塚の住居に赴いた。

確認されている彼の住居は、新宿区北新宿のアパートである。神田川をはさんで中野区との境界に接しているごみごみした一角であるが、新都心の方角には超高層ビルが林立している。藪塚の住居はいまどき珍しい単室構成のうらぶれたアパートであった。

藪塚は在宅していた。中橋と藪塚はすでに顔馴染みである。

「中橋（チュウ）さん、これはまた突然のお越しで。なにかご用ですか」

藪塚はとぼけた顔を向けた。無精髭を生やし、鼻毛が覗く、締まらない顔をしているが、その目は油断なく二人の来意を探っている。

「とぼけるんじゃないよ。あんた、×月××日、花子（女性被害者）からバッグをひったくっただろう」

中橋の言葉に、藪塚は急所を衝（つ）かれたような顔をした。

「さすがは旦那、お察しの通りで」

藪塚は素直に認めた。だが、

「でもねえ、二・一・三（刑訴法二百十三条現行犯逮捕）でなけりゃあ、お縄にはできやせんぜ」

と追加した言葉に、前科十八犯のしたたかさが覗いている。

「逮捕（ナワカケ）に来たんじゃない。ちょっと事情聴取（アゴトリ）に来たんだ。あんた、ブツ（フクロ）を花子に返したそうじゃないか。突き落とし（コロシ）の疑いをかけられたんじゃたまらないとおもったんだろう」

そのとき廊下に住人が出て来た。

「立ち話もなんですから、ちょっと外に出ませんか」

好奇の目で三人のほうを見た住人に、藪塚は慌てたように中橋と棟居を外に連れ出した。近くの小公園にいざなって立ち話をつづける。桜の並木越しに新宿方面の高層ビルが林立し、見晴らしがよい。花季の華やかな風景を想像させる場所に立って、三人は殺風景な会話をつづける。

「殺しの容疑となると、すり（マエトバシ）のようなわけにはいかないぞ。二・一・三も振りまわせなくなる」

中橋に言われて、とぼけていた藪塚の顔が青くなった。

「旦那、私が太郎（男の被害者）や花子の身体に決して触らない（傷をつけない）ことはご存じでしょう。痩せても枯れても、この指で食っているんです。エンコを曲げる（凶器を使う、または指を汚す）ようなことはしませんよ」

藪塚は泣きそうな顔になった。

「藪金も老いぼれてドジったな。濡れ衣を晴らしたかったら、見たことを詳しく話すんだね。フクロを返せばすむというもんじゃないぞ。あんたが花子を突き落としたのでなければ、だれが突き落としたんだね」

中橋は追及した。

「私も逃げるのに夢中で、はっきり見たわけじゃありません。でも、男であったことは確かです。私を追って来る花子を、ラッシュの人込みに紛れて突き落としたのは男です」

「それは一人か、複数か」

「一人だったとおもいます」

「おもうじゃ、あんたの疑いは晴れないよ。殺しに濡れて（殺人容疑）お縄になりたくなかったら、よくおもいだすんだ。どんな男が花子を突き落としたのか」

「旦那、そんなこと急に言われても……おもいだしていれば、とうに警察にタレ込んでいますよ」

藪塚の声が本当に泣き声になった。

「だったら二、三日、トラ箱（留置場）に入って、ゆっくりおもいだしてみるか」

「旦那、令状（キップ）はもう切られているんですか」

「特急券（緊急逮捕）だよ。殺しの容疑だからね。フクロを返しておかまいなしというわけにはいかない」

中橋の声がねっとりと絡みつくように迫った。捜査三課時代、すり仲間に鬼中（おにちゅう）と呼ばれて恐れられた気迫が、藪塚を逃れようのないコーナーに追いつめた。棟居が冷徹な視線を向けて凝（じ）っと見守っている。

「そうだ、一瞬男の目が光ったように見えました」

土壇場に追いつめられて、藪塚はおもいだしたように言った。

「目が光った。眼鏡をかけていたのか」

「いえ、眼鏡はかけていなかったようです」

「眼鏡もかけていないのに、猫のように目が光ったのかい」

「そのように見えたのです」

「近くにいた人間の眼鏡が光ったんじゃないのか」

「いいえ、確かに花子を突き落とした男の目が、一瞬光ったように見えました」

「なぜ、そのことを早く言わない」

「いまおもいだしたんです。旦那、本当に勘弁してくださいよ。私はすりです。この指に

誇りを持っています。今回、ドジを踏みましたが、エンコを曲げるようなことはしませ
ん」

「すりにも誇りがあるのかい。呆れた誇りだ。その男にもう一度会ったらわかるか」

「そりゃあ無理ですよ。なにせラッシュの雑踏の中で一瞬見ただけですから」

中橋と棟居は藪塚からそれ以上聞き出せないことを悟った。

「おとなしくしていろよ。今度悪さをしたら刑務所(ヨセバ)送りだぞ。歳を取ってのヨセバ暮らし
は辛いぞ」

「わかってます」

中橋に釘を刺されて、藪塚は素直にうなずいた。

中橋と棟居が連れ立って永井の自宅を訪問し、その後の捜査経過を報告した。

永井は、由理のバッグを返してきたすりを突き止め、彼女を突き落とした犯人の目が一
瞬光ったというすりの証言に興奮を抑えて、

「すりは自分にかけられた疑いを躱(かわ)そうとして、いいかげんなことを言っているのではあ
りませんか」

と問い返した。

「その虞(おそれ)はまずありませんね。彼はこの度、ドジを踏みましたが、名人気質のすりです。

狙った被害者を傷つけるようなことは絶対にしません。彼の証言は信じてよいとおもいます」

「目が光ったというのは、犯人は眼鏡をかけていたのですか」

「私もそのことを考えましたが、すりは眼鏡はかけていなかったと言っています」

「眼鏡をかけていない人間の目が光るものでしょうか」

「猫のような目をしている人間の話は聞いていますが、実際に見たことはありません」

「目が光ったというだけでは、どうにもなりませんね。しかし、妻はすりではなく、別の人間にホームから突き落とされたことが確認されたわけですね」

「そのことでお伺いしますが、奥さんを駅のホームから突き落とすような恨みを持っている人間について、心当たりはありませんか」

同行して来た棟居が問うた。

バッグが返されて以来、そのことについて考え、由理の遺品も調べたが、特に不審な人物は見出せなかった。棟居が同じ質問を反復したのは、警察に託した妻の遺品からも怪しげな人物は浮上しなかったからであろう。

永井の訴えを速やかに聞いて始めた捜査の成果を伝えに来てくれた警察の姿勢に、永井は感激した。多分若槻の仲介による異例なはからいであろう。永井は早速、このことを若槻に伝えた。

「中橋(チュウ)さんから先刻聞きました。しかし、これからですよ。まだ、らしき人物が浮かび上がったというだけで、容疑者の身許は確定されていません。ラッシュのホームの混雑の中で見かけた、らしき人物だけでは、雲をつかむような話です」

若槻は、前途遼遠であることをほのめかした。

「本当に雲をつかむような話ですが、いま若槻さんと話をしている間に、ふとおもい当たったことがあります」

「ほう、おもい当たったこととは……」

若槻の声が興味を示した。

「はい、ノグンリにご一緒しましたね」

「私たちはノグンリから始まったご縁ですね」

「私たちはノグンリ同窓生です。現地で証言集会に出席しましたが、あのときの証言はいまでも重く心に残っています」

「私もですよ。あの証言で私も発奮しました」

「あのとき、女性の証言者がおられましたね」

「ええ、たしか梁(ヤン)さんといった……」

「梁さんは爆風で目玉が飛び出し、視神経の末端にぶら下がっていた眼球を自分の手で眼(がん)窩(か)に押し戻したと言っていましたね」

「そうか……すりが突き落とし犯人の目が光ったように見えたと証言したそうですが、義眼が光ったかもしれませんね」

さすがに若槻は鋭敏であった。眼鏡をかけていない目が光った理由を義眼に結びつけたのである。

「義眼が光った場面を私は見たことがありませんが、光線のかげんで光ることもあるかとおもいます」

「つまり、突き落とし犯人は義眼を入れているという可能性ですね」

「いかがでしょう。素人の憶測にすぎませんが」

「捜査はすべての可能性を検討します。可能性は十分にありますよ」

若槻は永井の推測を支持した。だが、依然として前途遼遠であることには変わりない。

永井にはもう一つの心当たりがあった。それは由理のカメラに保存されていた画像の主である。

同源製薬のHPによると医信大学と新薬の共同開発研究をしている。すると画像の素性は医信大学医学部の教授らしい。そして同源製薬の中央研究所を職場としていた城原涼子は彼を知らないととぼけた。

最上みゆきは彼を店の常連の教授と言ったが、大学名は特定していない。

永井は改めて画像の主を見つめ直した。眼鏡はかけていない。先入観があるせいか、印画紙に定着された彼の左の目の色が、右の目に比べて少し硬いようである。拡大して左右比べてみたが、左の目のほうが無機的に見える。

いけないと、永井は首を振った。このように先入観に染められて行う捜査を、警察では見込み捜査というそうである。自分は画像の主と由理の突き落とし犯人を無理に結びつけようとしている。先入観に染められた心の傾斜を、永井は自戒した。

だが、いったん染まった色はますます濃くなっていくようであった。

城原涼子は、韓国ツアーメンバー同窓会の交換写真の中に紛れ込んでいた一枚の写真が気になっていた。

永井がくれた交換写真の中に、忘れられない人間の写真があった。韓国ツアーには参加していなかった、同窓会とはまったく無関係の人物であるが、涼子の人生に暗い影を落とした、忘れられない人物である。

彼がおさまったスナップが、なぜ永井がくれた写真の中に入っていたのか。永井は、その写真が事故で亡くなった妻のカメラの中に保存されていたと言った。

永井の話によると、彼の妻は雑誌記者で、生前、常にカメラを携行していたそうである。おそらく取材先で会った人物の一人だろうと言っていたが、その人物はマスコミによく登場していたので、永井の亡妻のカメラにおさまっていたとしても異とするに足りない。

だが、〝同窓会〟の写真交換会で彼の画像に出会おうとは予想もしていなかった。最も出会いたくない人物に、意外な場所で、意外な形での再会をしたものだから、写真におもわず反応してしまった。最上みゆきに心当たりのある人物かと問われて、咄嗟(とっさ)にまったく知らないとしらを切ったが、みゆきに画像の主との関係を察知されたような気がする。

彼に初めて会ったのは、同源製薬に新卒で入社したときである。医信大学付属病院に派遣されて、会社と提携して共同研究している数人の教授の秘書役に任命された涼子は、当初嬉しかった。

その中の湯村等(ゆむらひとし)教授の秘書として、学会や、パーティーや、所管官庁の要人との会合などの供を申しつけられると晴れがましくおもった。時には料亭などへも同行を求められた。

だが、それがハードな仕事であることに間もなく気がついた。担当教授は一人ではない。複数の教授や准教授から、同時に書類の作成や教材の手当て、時には授業の手伝い、研究旅行の準備、その他の雑用などが同時多発的に発生する。

Aの仕事が未完成の間に、B、Cが入ってくる。仕事を依頼する各教授は、涼子を自分一人の専任だとおもっている。しかけている仕事がすべて未完成で、自分でもなにをしているのかわからなくなることがある。

そんなとき、彼と出会った。大学随一の実力者であるだけではなく、学生たちに人気がある。彼の講義は常に教室が満杯になるそうである。

顔を合わせて言葉を交わしている間に親しくなった。彼は涼子の仕事の量に驚いて、さりげなく手伝ってくれた。彼の事務管理能力は抜群であり、涼子がパニック状態に陥っていた仕掛け中の仕事を手際よく片づけてしまった。

そんなことから親密度が増し、気がついたときは深い関係になっていた。一緒にいるだけで愉しく、濃密な時間が激流のように流れた。

同源製薬を後ろ楯として教授会の実権を握り次期学長の有力候補でもある。当然、家庭を持っていたが、涼子はその事実を意識しないようにしていた。彼との結婚は考えたことはない。不倫であっても、彼と一緒にいる時間が愉しく充実していればよいのである。

だが、破局は突然にきた。涼子が妊娠してしまったのである。避妊はしていたが、ちょっと油断をした隙に、彼の精子が胎内に入り込んでしまった。

涼子は中絶するつもりであった。その前に一応彼の意見を聞こうとおもって妊娠した旨を告げると、彼の態度が豹変した。一切の前置きを省いて、

「すぐ堕(おろ)しなさい」

と無機質な表情になって命じた。涼子は唖然となった。これが涼子を彼のために生まれたただ一人の女性のように愛した男の顔であろうか。その豹変ぶりに涼子は男の正体を見たとおもった。

さらに次の言葉が止めとなった。

「ぼくにはおぼえがない。これまで交際した女性が妊娠したことはない。きみは他の男とつき合っていたのではないのか」

と逆に問い糺してきた。涼子が返す言葉を失っていると、

「知り合いに腕のいい専門医がいる。善は急げだ。すぐに行って堕して来たまえ。今日のうちに歩いて帰って来られるよ」

といつもの表情に戻って猫なで声を出した。

「善は急げ、ですって……」

涼子はようやく声を押し出した。

「そうだよ。放っておけば堕せなくなってしまう。いまのうちなら歯石を取るようなもんだ。ぼくたちのハッピーな関係を長く維持したかったら、できるだけ早く堕したほうがいい。きみだって、きみの若さでこぶ付きになったら困るだろう」

彼は無神経な言葉を連ねた。妊娠という奇襲に彼も狼狽したらしい。

男の正体を知った涼子の心は、すでに男から離れていた。

涼子は別の専門医を探して、密かに中絶した。中絶後、彼はまたアプローチしてきた。

「これでぼくたちの間は元通りになった。口直しに休暇を取って温泉へでも行こう」

と彼は誘ったが、涼子は拒絶した。

製薬会社にいたのではつきまとわれそうなので、退職して、友人の世話で会計事務所に新たな職を得た。

だが、奔放な恋の傷痕は深く残った。彼以前にも恋愛経験がないわけではなかったが、涼子は彼に出会ったとき、運命を感じた。彼も同じことを言った。たがいの運命を信じて不倫の愛を交わしたのである。

若い女の体の再生力は早い。だが、心に穿たれた傷の再生は身体のようにはいかなかった。運命に欺かれたのであれば、欺かれること自体が運命であったのか。とすれば、運命とは一体なんであろう。

中絶後、子宮が時折きしきしと痛むことがある。そんなときは、彼女の胎盤に必死にしがみついていた幼い運命が抗議しているように感じた。

運命を無惨に掻き落とした傷心を少しでも癒すべく参加した韓国ツアーの意外な副産物として、また写真の彼に再会した。これをどのように考えるべきか。

すでに彼は涼子にとって過去の男である。運命の過去か、あるいは単なる過去の過ちか。彼とよりを戻す気持ちはさらさらないが、こんな形での〝再会〟に、一種の運命をおぼえたことは事実である。それもなにやら不吉なにおいを発する運命である。

最上みゆきに心当たりがあるのかと問われたとき咄嗟に否定したのは、その不吉なにおいを嗅ぎ取ったからである。

人間は一生の間にどのくらいの旅をするものか。

「月日は百代の過客にして、行きかふ年も又旅人也――」と芭蕉や李白風に定義すれば、人生そのものが旅になる。だが、旅を場所から場所への非日常的な移動と解釈すれば、人それぞれによって異なってくるであろう。旅を職業化している人や、社会の要人や、旅によって啓発される修行者や、旅行を趣味としている者たちは、席の温まる暇がないほど旅を重ねているであろう。また一方では、生まれた土地からほとんど一生動かない人もいる。

旅行情報が皆無で、よんどころない事情がある人たちだけが旅をした時代に比べて、高速度交通機関が飛躍的に発展し、世界が狭くなっている今日では、ほとんどの人が旅行をする。旅は今日では半日常化している。

そんな時代環境の中では、旅の想い出や興奮は長く残らない。旅中の印象的な体験や道連れも、旅が終われば速やかに忘れられていく。新たな旅を重ねれば、新しい録音や録画によって前の記録が消去されるように塗り替えられてしまう。

見目広信も再会の約束はしたものの、ノグンリ訪問ツアーのメンバーとの同窓会が実現しようとはおもっていなかった。それは稀有なことであった。

ノグンリでの体験がそれほど強烈であったわけであるが、見目自身が初めて未知の遠方に向かって修学旅行に出た高校生のように、旅の興奮を日々の暮らしに戻ってからも残していることに驚いていた。

ノグンリのインパクトも強烈であったが、ツアーメンバーが似た者同士であったことも、あの旅を一過性にしなかったのであろう。

いずれもツアーに参加したきっかけが、それまでの半生の節目を迎えており、旅に出て心機一転を図ろうとしていたらしい。旅に出てなにが変わるわけでもないことを、半生の経験によって知っていたが、そんな楽観でも持たなければやりきれないような心境に参加者はあったのであろう。

まるで自分探しの若者のように甘えた旅であったと、見目は苦笑しながらも、旅の興奮がいまだに尾を引いていることを認めないわけにはいかなかった。

一度は同窓会は持ったものの、これが最後だとおもった。

社会の八方（五方）から、それぞれの暮らしにおいてなんの関わりも、利害関係も持たない五人が集まって来て、たまたま五泊六日のツアーを共にしただけである。それぞれの人生に対してなんの貢献もしていなければ、これからもしないであろう。

たまたま同窓会のために集まったが、写真を交換して、想い出話も一段落した後、もはや集まる理由がなくなった。

束の間の旅行が終われば、日々の暮らしがある。大型店に吹けば飛ぶような自分の小さな店は潰されてしまったが、いつまでも遊んでいるわけにはいかない。妻は見目に早々と見切りをつけ、離婚同然の別居をしている。

　ほそぼそとコンビニ店をつないでいるころから、毎晩、売れ残った弁当を食べるような生活にうんざりしていた。夫婦の間に子供がいなかったことが、二人の距離をますます広げているようである。

　それにしても、十数年、人生を共有した配偶者が、たった数日の旅行を共にしたメンバーよりも遠く感じられるのはどうしたことか。ただ一度限りの同窓会とおもって出席したが、その愉しさがまた旅行の余韻を大きくしたようである。失業はしているが、多少の蓄えもあり、今日、明日の暮らしに困るということはない。

　別れ際、最上みゆきが、

「銀座に出る用事があったら、私の店に寄ってください。窓割（まどわり）にするわよ」

と言った。窓割とは同窓生割り引きのことらしい。

　最上みゆきの言葉が妙に見目の心に引っかかった。四人の仲間にかけた社交辞令かもしれないが、特に見目の耳には粘着力があるように聞こえた。

「窓割といっても、銀座のクラブだから、ぼくが足を踏み込めるような場所ではないだろう」

　と見目が言葉を返すと、

「ノグンリの同窓生は別よ。私たち、ホロコーストからの生き残りのような気がするの。

出血大サービスをするわよ。ノグンリの悲劇を忘れないためにもね」

とみゆきは言葉を追加した。彼女の言葉が見目の耳に熱っぽく聞こえた。ノグンリの悲劇に比べれば、見目の挫折などは大したことではない。

見目はみゆきの言葉を真に受けて、彼女の店に行ってみようとおもった。旅の間だけのつき合いを日々の暮らしにつないではいけないとはおもったが、「ホロコーストからの生き残りのような気がする」という言葉をそのまま信じることにした。

銀座の女性の客を惹く手管かもしれないが、それならそれでよい。同窓会に終止符を打つよい機会であるとおもった。

最上みゆきの店は銀座六丁目のビルの中にあった。同種の店が密集している銀座でも、最も夜の華やかな地域である。

多彩なキノコのようにビルの壁に咲いている壁面看板の中に、みゆきの店「ランプシェード」を発見した見目は、店のドアの前に立つと二の足を踏んだ。これまでこのような場所に足を踏み入れたことはない。

大学を卒業して就職した証券会社では、営業ノルマの奴隷となり、客が損するのを承知で株を買わせ、その損失をまた他の客の損で償ういたちごっこに疲れ果て、脱サラした。

ようやく大手コンビニの末端に加盟して小さな店を開いたが、ロイヤリティの締めつけと残酷なサバイバルレースに刀折れ、矢尽きた。

新卒で入社したとき、上司から「いったん負けの構造に入ると脱出するのが難しくなる。まず最初に勝ちの構造をつくることだ」と新人教育されたが、見目の半生は初めから負けの構造に入っていたようである。

小・中学校ではいじめに遭い、高校、大学共に、心ならずも二次志望に進学した。就職も狙った会社はみな断られて、証券会社に転がり込み、ようやく脱サラして、いまの為体である。

そんな半生に、銀座の一流クラブなどに来る余裕はなかった。自衛本能から残しておいた小さな貯えが、相手にしてもらえるような場所ではなさそうな雰囲気に位負けしてしまった。荘重なドアのかなたには、自分とはまったく無縁の異界が隠されているようである。

ドアを押す勇気がなく、踵をめぐらそうとしたとき、ドアが開いた。華やかな嬌声と共に、女性に送られて客が出て来たようである。

見目はぎょっとして、その場から離れようとした。そのとき背後から声がかかった。

「あら、見目さんじゃないの。まさか……いらしてくださったの」

と聞きおぼえのある声が呼びかけた。みゆきがドア口に立って笑いかけていた。

「まあ、ほんとにいらしてくださったのね。夢みたい。さあ、さ、お入りになって」

みゆきは全身に嬉色を表わして、見目の手を引いた。

ドアの奥は予測通り異界であった。間接照明の柔らかな光の中に、それぞれの位置を工夫した客席を占めて、華やかなドレスや和服を婀娜に着こなした女性たちを侍らせた客が談笑している。

いずれも社会の一廉の人物らしい男たちが、美女に囲まれ、悠然とグラスを傾けている姿は、見目の目には勝ちの構造の象徴のように映じた。まさに見目とは無縁の異次元の空間がそこにあった。

成功と勝利が煮つめられているような空間に、それぞれの客が程よい距離をおいて小宇宙を形成している。

みゆきはその異次元の空間の奥まった最も上等そうな席に見目を案内した。客の視線がそれとなく集まる。みゆきはどうやら店の人気ナンバーワンのホステスらしい。その彼女がいそいそと先導している、どう見ても場ちがいの見目の素性を詮索しているらしい。

だが、いまのみゆきには見目以外の客は眼中にないようである。見目はますます萎縮した。銀座の一流クラブのトップホステスを独占して、どんな勘定書を突きつけられるか戦々恐々としている。

「本当に、ようこそいらしてくださったわ。まさか本当にいらっしゃるとはおもっていなかったのよ。今夜は窓割どころか、私のサービスよ。ゆっくりしてらしてね」

みゆきは客の目も憚らず、見目にぴたりと寄り添うように座った。

ここまで来たら覚悟をすべきだと自らを叱咤した見目は、開き直ることにした。せっかくみゆきが〝最恵国待遇〟をしてくれているのに、萎縮したままでは彼女に対して失礼というものである。

みゆきの目顔に応えて、黒服のボーイが恭しくボトルやグラスが載っているセットを運んで来た。

「歓迎のしるしに、私からボトルを贈るわね」

みゆきは十年来の常連を接遇するかのように、慣れた手つきでグラスを勧めた。

「私、今夜、なんとなく予感がしたのよ」

みゆきは言った。

「どんな予感ですか」

「見目さんがいらしてくださるような予感に決まってるじゃないの」

みゆきは艶冶な流し目を使った。韓国旅行中や同窓会でもそんな流し目を使ったことはない。

見目はそのとき、首筋にぞくりとするものをおぼえた。彼女は、最もその本領を発揮する環境において見目を最恵国接遇している。負けつづけていた見目は、そのとき初めて勝ちの構造に少し足を踏み入れたような気がした。勝ち組の集団の中に入り込んで、一矢射返したような気分である。

「どうしてそんな予感がしたのですか」

「きっかけはあったわ」

　みゆきはうなずいた。

「どんな……」

「昨日、教授が見えたのよ」

「教授……同窓会の写真交換で紛れ込んできた写真の主ですか」

「そうよ。永井先生の奥様のカメラに保存されていた画像の教授よ。教授が近く韓国の大学に出張するとかで、韓国の旅行会社の人と一緒に見えたの。そのとき旅行会社の人が置いて行った新聞の中に、ノグンリで聞いた尹東柱の詩が掲載されていたの」

「尹東柱というと、日本のボランティア合唱団が紹介した『最期の日まで空を仰ぎたまえ――』という詩ですか」

「そうよ。その詩文を目にしたとき、私、見目さんがいらっしゃるような予感がしたの」

「最期の日まで空を仰ぎたまえ　一点の恥辱(はじ)なきことを……凄い詩でしたね」

「待って、新聞があるわ」

　みゆきはボーイに新聞を持ってこさせると、見目の前に開いた。見目はほのかな間接照明の下で詩のつづきを低い声で読んだ。

　――葉ずれにそよぐ風にも
　我が心は痛んだ。

星をうたう心もて
生きとし生けるものをいとおしめ
そしてそれ以外になき我が道を
歩むべし。

今宵も星が風に向かって晒される――

途中からみゆきが声を合わせた。近くの客には二人が蜜語を交わしているように聞こえたかもしれない。そこは銀座のクラブの一隅でありながら、二人だけの空間になっていた。尹の詩から束の間ノグンリの想い出に浸った見目は、ようやくみゆきをいつまでも独占していてはいけないことに気づいた。見目がみゆきをかたわらに引きつけている間、店は最強の戦力を失っていることになる。

「今度はお店の外で会いましょうね」

席を立った見目に、みゆきがささやいた。みゆきは見目に支払わせなかった。

見目は夢見心地でランプシェードを出た。果たしてこれが現実の経験であったのか。みゆきとはただ一度、五泊六日の韓国旅行に参加した仲間というだけの関係である。いわば行きずりの旅行者にすぎない。それがどうしてこんなに熱っぽい好意を示してくれるのであろうか。

銀座の水で磨かれた女性は、勝ち組の男たちを数多く見てきているであろう。それにもかかわらず、負け組の最もしおたれた見目に好意を示すのは、なぜだろう。見目は少し気味悪くなった。

勝ち組に飽きた百戦錬磨の女性が、ふと連戦連敗の見目に興味をそそられたのか。それならそれで、彼女の好意に甘えてみるのもよいではないか。彼女の好意にすがって、負け組から勝ち組に移動できれば、それに越したことはない。

帰途、ふと見上げた銀座の空に星が見えた。排ガスと電飾に濁っているはずの銀座の空に珍しいことであった。いつの間にか秋となり、銀座の夜空も奥深くなっている。まだ季節風は吹き始めないが、物みなの輪郭がくっきりと切り抜かれているように見える。

「尹の詩篇のように、星も風に向かい合っているのであろう」

勝ちの構造に踏み込んだ感触は錯覚ではなかった。友人から紹介された都内の中型ホテルの用度係（物品の仕入）が肌に合い、強力な戦力として仕事のラインに組み込まれた。コンビニ時代に磨いた物品の消費傾向に敏感に対応する勘が威力を発揮した。

ホテルで購入する多数の物品をいかにコンピュータ管理化しても、そのシステムを扱うのは人間である。負けの構造の中で培った勘が意外なところで戦力となったのである。

「いい人材を紹介してくれたとホテルから感謝されたよ。おれも面目を施した」

と友人も喜んでくれた。吹く風もようやく順風になったようである。

ホテルに入社して間もなく、みゆきから電話がかかってきた。

「あれからお声がかからないので、心配していたのよ。その後お元気ですか」

とみゆきは電話口で艶を含んだ声で問いかけた。

「あなたから元気をいただいたおかげで、順調です」

みゆきに連絡しようか、しまいか迷っていた矢先の電話なので、嬉しかった。新しい仕事が見つかったことを告げると、

「おめでとうございます。あなたのような有能な人材を放っておくはずがないとおもっていたわ」

とみゆきは喜んでくれた。

「みゆきさんに出会ってから、潮の流れが変わったようです。みゆきさんのおかげですよ」

「私も嬉しいわ。お祝いにどこかでご飯を食べません」

みゆきに誘われて、ちょうどよい機会なので、食事の後、彼女の店に同伴しようとおもった。だが、みゆきは、

「今度の土曜日の夜はどうかしら。西麻布に、有名になることを恐れている小さなビストロがあるのよ。お客は決してその店を吹聴（ふいちょう）しないという暗黙の約束を交わしているの」

「土曜日だとお店のほうはお休みじゃないのですか」

「お休みよ。お休みの夜でないと、せっかくの見目さんとのデートをゆっくりと楽しめないじゃないの」

「それでは、ぼくと食事をするためだけに貴重な休日をあけてくださるのですか」

「そうよ。それともご迷惑……」

見目は、みゆきが電話口であの艶を含んだ流し目を送ったような気がした。彼女の流し目に耐えられるような男はいない。

「迷惑なんてとんでもない。光栄です」

「そんな他人行儀な言葉を使わないでいただきたいわ。私たち、ノグンリの同志でしょう」

「本当に同志とおもってよろしいのですか」

「同志でなければ、女のほうからこんな不作法な電話はしません」

「嬉しいです。それでは土曜日、お迎えにあがります」

デートの約束が成った。

能力の死刑

土曜日、約束の時間にみゆきが指定した西麻布の喫茶店で彼女と合流した見目は、目を見張った。韓国旅行中、また同窓会と銀座の店では洋服を着ていたみゆきが、今夜は別人のようにしとやかな和服をまとって現われた。

洋服も都会に生きる女性の見本のようにぴたりと合っていたが、抑えた色柄の和服をさりげなく着こなしたみゆきは、香り立つような気品があった。見目はしばし言葉をかけるのも忘れて見とれた。

「どうなさったの。まるで鳩が……」

とみゆきは言いかけて、くすりと笑いを漏らした。

「すみません。あまりに綺麗なので……」

「お世辞とわかっていても嬉しいわ」

「お世辞なんか言いません。素敵です」

二人は肩を並べて喫茶店を出た。

ビストロはそこから目と鼻の先にあった。彼女の言葉通り、西麻布の片隅に、その存在を隠しているような店構えである。知らなければ、そこがビストロとは気がつかずに通り過ぎてしまう。

店内に入ると、意外にゆったりとした空間が客を包み込むように柔らかく迎えてくれる。各テーブルの間に十分なスペースが取られていて、客を寛（くつろ）がせる。繁華街の店のように、場所をできるだけ効率よく利用しようとするせせこましさがない。

「このお店の料理にはメニューがないのよ。シェフがその朝閃（ひらめ）いた料理を提供するの。シェフ自身も、その朝になってみなければ、どんな料理が生まれるのかわからないそうよ。この店のお客は、その料理が食べたくて、そのためにはどんな犠牲でも払うという人たちが集まっているの。お客が増えすぎると予約がなかなか取れなくなるので、みんな必死に隠しているのよ。だから、見目さんも決して人に吹聴してはだめよ」

とみゆきは釘を刺した。

やがて出された料理は、たしかにみゆきの前宣伝を裏切らないものばかりであった。

「味の芸術ですね」

見目は感嘆した。

だが、味奥（みおう）ともいえる料理をみゆきと共に味わう幸せが味覚を引き立てていることは事実である。どんなにうまい料理でも、席を共にする相手によって味が変わる。

一人で食べるのは侘しい。最高の料理をベストパートナーと差し向かいで味わっている。

豪勢な時間がゆったりと流れていた。見目はこのとき、初めて大都会に住んでいる幸せを感じた。

都会は負け組にとっては残酷な人間砂漠である。だが、勝ち組にはこの上なく生き甲斐のある環境に一転する。都会にはあらゆる可能性がつまっている。みゆきに出会えたのも、その可能性の一つであった。

都会に住んでいなければ、見目はツアーに参加しようなどという気にはならなかったであろう。仮に参加したとしても、地方からでは同窓会に出席しない。都会であればこそそのツアーの同窓会が奇跡のようにおもえるのである。

西麻布の小さなビストロでみゆきと向かい合っている見目は、宇宙空間で遭遇した、それぞれ別の宇宙から来た宇宙船のように天文学的な確率に当たって、別の星の住人と交歓しているような気がした。こんな出逢いは東京以外では考えられない。見目は東京から逃げ出さなくてよかったとおもった。

東京は負け組の人間が圧倒的に多く住んでいる。彼らはそこに住んでいるのではなく、いるだけかもしれない。だが、同時に確率は低くとも、東京には無限の可能性がある。その可能性のために、彼らは東京にいるのである。志を果たせず、東京から離れた人たちも、東京に夢を残している。

「愉しいわ。今夜はまるで私たちのために東京があるみたい」

みゆきが見目の心の内を読んだように言った。

「ぼくも同じようにおもっていたんだ」

「私、東京が好きなの。ニューヨークやパリも知っているけれど、東京には及ばないわ。特に東京の夜が好き。ニューヨークは危険だし、パリやローマは古くさいし、ロンドンは陰鬱だわ。東京の夜は世界のどの大都市よりも濃密で柔らかいの。危険もあるけれど、外国の都市のように殺気だってはいないわ。東京でも、この西麻布界隈は夜が緻密で、柔らかいのよ。世界のどの都市に行っても、こんな濃密な夜はないわよ。まるで天鵞絨(ビロード)のような夜。どんなに心が荒れていても、しっとりと包み込んでくれるみたい。東京の夜は隠れるものではなく、包み込んでくれるのよ」

みゆきはしみじみとした口調になって言った。

負けの構造に入っているときはわからなかったが、いま見目は東京の夜の柔らかさがわかるような気がした。人間砂漠がみゆきのおかげで天鵞絨のような海に変わった。

いずれも東京である。天鵞絨の海のような東京は、これまで見目が知らなかった側面である。見目にはみゆきが東京の別の側面のドアを開いてくれたような気がした。

ゆっくりと時間をかけた食事がようやく終わった。見目には食事の後、どうしてよいかわからない。みゆきの店が開いていれば同伴するところであるが、彼女は休日の夜を指定した。食後、店に出勤したくないからであろう。

同伴を喜ぶべき銀座の女性が、一夜を見目のために空けている。だが、これまでこのような経験のない見目は、賽を預けられて当惑した。

「私、今夜、家に帰りたくないの」

みゆきがワインに酔ったような目を見目に向けた。

「ぼくもです」

「見目さんの好きなところに連れて行って」

「それでは、映画でも観に行きましょうか」

「ばか。鈍感」

みゆきの目が軽く睨んだ。ここまで言われて引き下がるようであれば男をやめたほうがよい。これもきっと天鵞絨のような夜に包み込まれたせいかもしれないと、見目はおもった。

見目はみゆきに主導された形で、最寄りのホテルに入った。ホテルの密室で二人だけになると、見目の主導になった。妻と別居してから、忘れていた男の機能が猛々しくよみがえった。

みゆきは慎ましやかな和服の下に隠していた身体を、息をのむほどに大胆に開き、激しく乱れた。熱い濃密な時間をベッドの上で共有し、交わったまま官能の海を漂流した。

崩れる直前の波頭が形成するループ（チューブ）の間を潜り抜けるサーフィンのように、

激しい躍動に耐えた後、静止する。それは最も激しい表現を静止によって演ずる能のように、官能の極致が二人(カップル)の抑制によって持続される。

何度もギブアップしかけた衝動を積み重ねた達成と同時に、二人は完全燃焼した燃えかすのようになった。だが、熱い余燼(よじん)が長く尾を引いている。

「こんなの初めて」

ようやくみゆきが声を押し出した。

「ぼくもだ」

見目は、これまでセックスとおもっていたものが、なんであったかと考えた。

「はまっちゃいそう……もうはまっちゃってるわ」

みゆきが喘(あえ)ぐように言った。

「また逢いたい」

「いやだと言っても、逢いに行くわよ」

燃え尽きたはずなのに、二人の身体はまだ離れない。満腹しているはずでありながら、豪勢な食卓に未練を残しているかのように、二人は共食に似た体位を解けないでいる。

最上みゆきと一夜を過ごした見目は、夢見心地で帰宅した。この一夜が果たして現実であったのか、いまだに見分けられない。

「またお逢いしましょうね。きっとよ」

別れしな、みゆきがおしえてくれた携帯の番号が夢ではなかったことを実証しているが、それも夢の中の記憶のように烟って見える。

銀座の一流クラブのトップホステスが、なぜ自分のような人生を見失った落ちこぼれを、たとえ一夜とはいえ、夢のパートナーに選んでくれたのか。彼女にしてみれば、しょせん一夜のプレイにすぎなかったのであろう。それを真に受けてはいけない。見目は自らを戒めた。

たとえみゆきが遊びであったとしても、彼女との一夜が見目に力をあたえてくれたことは確かである。みゆきにまた逢いたければ、彼女の好意にすがらず、次回はみゆきの店の客として行かなければならない。

その後、永井由理突き落とし犯人の捜査は遅々としてはかどっていないようである。若槻は無理もないとおもった。殺人事件と断定されたわけではなく、捜査本部も設置されず、棟居と中橋二人だけの手弁当捜査である。

容疑者を目撃した者は、いまのところ藪塚金次だけである。駅のホームに設置された監視カメラにも怪しげな人物は映っていなかった。犯人に結びつくような資料はほとんどなにもない。

だが、刑事を勤めあげた若槻の長年の勘は、由理の突き落としは入念に計画した殺人であると告げている。永井由理は犯人にとって公表されては都合の悪い弱みを握っていた。そのために永遠に口を封じられたのである。

　棟居も中橋も、若槻と同じ勘が働いたので、独自に捜査をつづけているのであろう。

　これは単なる殺人ではない。根が深そうな気がした。

　まず、犯人は永井由理を尾行していたのであろう。たまたま介入してきたすりの犯行を奇貨として由理を突き落としたが、すりが介入しなくても、由理に隙あらばと狙っていたにちがいない。あるいは彼女の生活パターンを偵察中、すりの介入に便乗したのかもしれない。

　ラッシュのホームでの殺人は、偶発の事故と見分けがつきにくく、殺意の立証が難しい。しかも犯行後、多数の中に紛れ込める。目撃者が居合わせても、無関係の群衆であり、犯行後、八方に散ってしまう。

　殺人事件の捜査は犯行現場からスタートする。犯人は犯行現場に遺留品や、目に見えない手がかりや、犯行手口など、犯人に至る資料を残していく。

　ラッシュの駅のホームは定型的な殺人の現場とは異なる。定型的現場であれば犯行後、立入禁止にして犯行の原形が変わらぬように管理・保存することができる。現場はたとえ警察の管理下に入ったとしても、捜査の進行と共に原形は変形、あるいは破壊されざるを得ない。駅のホームが現場となれば、原形の管理・保存は不可能となる。

そのような現場環境においては、定型的現場におけるような遺留品や資料（例えば犯人の微物、毛髪、指紋、足痕等）の採取・保存は不可能となる。

この犯人は捜査の困難を予想して、駅のホームのような現場保存が不可能な場所での犯行を狙っていたのかもしれない。

このように考えると、若槻は永井由理の殺害に周到な計画性を感じるのである。

若槻はリタイアをしたが、意識が依然として刑事のままであることに気づいて驚いた。まさに雀百まで踊り忘れずである。

意識は刑事であるが、現役の刑事と異なり、彼にはすでに捜査権がない。その反面、現役時代のように組織の網に縛られることなく自由に動ける。

犯人は永井由理の身の回りになにか痕跡を残しているにちがいない。棟居や中橋も当然、その辺を意識して捜査しているであろうが、現役の枠の中では若槻のような小回りが利かない。

永井由理の夫永井順一は、細君の遺品はすべて警察に託したと言っているが、妻の生前の人間関係すべてを把握しているわけではあるまい。通り魔の犯行でなければ、犯人は由理となんらかの関係をもった人物あるいは集団の中に隠れている。

若槻は韓国旅行の後、永井に再会したことに縁（えにし）を感じている。永井由理の死因の真相究明を棟居や中橋に託したが、それも縁のうちに含まれているようである。

多年の経験に磨かれた嗅覚と、旅の道連れとなった永井との多生の縁から、自由の身を利用して独自に犯人を追跡してみたいとおもった。

永井順一が警察に託し忘れたものがあるかもしれない。捜査とはあらゆる可能性を追求することである。

現役最後の事件として手がけた殺人事件(コロシ)が迷宮入りに終わり、捜査本部は解散した。その無念を胸に抱えたままリタイアしたので、現役の尾をなかなか断ち切れない。

余生にはまったく別の方位に人生二毛作を試みようとおもったが、第一の人生の尾は簡単に断ち切れるものではなかった。

職業を選ぶということは、生き方を選ぶことである。特に最終学校を出て最初に就いた第一職業は、人生を方向づけるといえよう。悪を憎み、悪の狩人としてたたき上げた刑事の根性は、リタイアして速やかに方向転換できるものではない。正義は実現しなければ意味がない。

担当した最後の事件を未解決のまま警察を辞めた若槻は、人生の決算をしないまま廃棄されたような気がして仕方がない。いまだに犯人がどこかで笑っている声が聞こえてくるような気がする。

このまま人生二毛作を目指して第一の人生の尾を切り落としてしまえば、第一の人生の清算をしないまま夜逃げをしたような気分が生涯消えないであろう。

だからといって、捜査本部が解散した後、退職刑事になにができるものでもない。そんな心境にあったとき、韓国旅行の道連れ永井順一の細君の不審死に出会ったわけである。

若槻は見失っていた志をふたたび取り戻したような気がした。

永井順一はデスクに向かうようになった。当初は一字一句も出なかったが、凝っと座って原稿用紙を見つめている間に、一升一升埋められるようになってきた。白い升目から亡き由理の目が、頑張るのよと励ましてくれる。

妻を失った衝撃からようやく立ち直りつつある自分を、永井は感じている。そのきっかけとなったのは〝ノグンリ〟である。その旅の仲間たちとの再会も大いに貢献してくれている。

特に新宿駅での若槻との思いがけない再会は、由理の死を改めて見つめさせた。若槻に紹介された中橋と棟居は、彼女の死を殺人とみて、捜査を始めている。

永井は妻の死をテーマにしたミステリーを書こうとおもいたった。妻の死を発条にした再生のミステリーである。

なぜ由理は殺されたのか。まず、その動機の発見である。彼女の目ぼしい遺品はすべて棟居に託したが、なにか忘れているものはないか。

結婚して八年、たがいに秘密はなかったはずであるが、彼女の過去やプライベートな問題には立ち入っていない。犯人が結婚前、八年以前の過去から来たとはおもえないが、彼女のプライバシーの中に犯人が隠れている可能性は高い。

死んだ妻のプライバシーをどのようにして探るべきか。探られたくないプライバシーというものはだれにでもある。それゆえにプライバシーなのである。たとえ夫といえど、亡き妻のプライバシーを探る権利はない。だが、それを探らなければ妻の死の真相はつかめない。そこにジレンマがあった。

そんな時期、若槻が会いたいと言ってきた。ちょうどよいタイミングであった。

その日、つき合いのある出版社に所用のあった永井は、その帰途、都心のホテルのラウンジで若槻と待ち合わせた。約束の時間に落ち合った二人は、すでに十年来の知己に会うような親しさをおぼえている。

「ノグンリが遠い昔のようですね」

若槻が言った。

「それだけ我々の間に長い時間が経過したような気がします」

永井もうなずいた。

「歳を取るにしたがい、新しい出会いが億劫になりがちですが、それだけに新たな出会いが濃いような気がします」

「私もそうですよ。若いころよりも、最近は限られた人と深くつき合う。その分、晩年の知友は少数精鋭主義ですね」

「晩年の知友は少数精鋭主義ですか。さすが先生、言葉が精選されていますね」

「特にノグンリの仲間は最精鋭です」

「私もそうおもいます。ノグンリで人生の再スタートを切ったような気がしています」

二人はしばし、ノグンリ、および韓国旅行の想い出を語り合った。

「ところで、その後、亡くなられた奥さんについて、なにかおもいだされたことはありませんか」

若槻が想い出話のつづきのような顔をして、さりげなく探りを入れてきた。

「実は、私もそのことについて考えていたのです。家内の生前、なにか変わったことはなかったかと……。しかし、おもい当たることがなにもないのですよ」

「たとえば言葉数が急に少なくなったり、あるいは逆に多くなったり、妙な電話がかかってきたり、見知らぬ訪問者があったり、生活パターンが急に変わったりしたとか」

若槻が水を向けた。

「そういうことがあれば気がつくはずなのですが、まったく平素と変わりがなかったようです。なにか変わったことがあれば、すぐに気がついたはずです」

「隠していたということはありませんか」

「つまり、家内が演技していた……」

「はい」

「演技か……。そう言われると、自信がなくなります」

「奥さんが生前、取材中であったり、あるいは追及していた対象について話されたことはありませんか」

「家内は仕事のことについては話しませんでした。私も聞きませんでした」

「取材源の秘匿ということでしょうか」

「そのことについては、棟居さんや中橋さんが調べているはずですが、取材源の秘密となると、本人だけが胸に畳んでいたかもしれませんね」

「奥さんが生前発表した記事などは保存していますか」

「それはもちろん保存していますよ。署名記事は自分の人生の証明だと言っていました」

「奥さんはペンネームで書いておられましたか、それとも本名で……」

「ほとんど本名でした」

「発表ずみの記事はすでに秘密ではありませんが、奥さんの記事がおもわぬ恨みを買ったということは考えられませんか」

「その可能性はあります」

「永井さんは、奥さんの書かれた記事を全部読まれていますか」

「たぶん読んでいるとおもいます。ただ……」

「ただ、なんですか」

「家内は変名（ペンネーム）を用いて、他誌にも時どき書いていたようです」

「奥さんが用いた変名はご存じですか」

「いえ、たぶんあまり知られたくなかったので、変名を用いたとおもいますので」

「奥さんはご自分が書かれた記事を、人生の証明とおっしゃって保存していたそうですが、変名で書かれた記事も当然保存されているでしょうね」

「本名でも変名でも、自分が書いたものですから保存しているとおもいますが」

「奥さんの記事も棟（ムネ）居さんらが領置（りょうち）……提供しましたか」

「本名で書いた記事はおおむね提供しました。変名だと、どの記事かわかりませんので……」

「すると、変名の記事はお宅にまだ保存されていることになりますね」

「家内の書棚に残されています。かなりあるとおもいますが」

「それを見せていただけませんか」

「どうぞ、ぜひ見てください。私も変名の記事にまでは気がまわりませんでした。言われてみれば、変名の記事の中に彼女の死因が隠されているかもしれません」

　永井は若槻に指摘されて、視野を塞いでいた壁に新たな窓を穿（うが）たれたような気がした。由理の記事は洞察力に富み、社会の諸相への切り口が鋭く、定評があった。一見平凡な事象から、その背後に潜む真実を焙り出す花形記者であった。

専属誌以外からもニーズが高く、変名でも書いていた。専属誌に対する遠慮もあったのであろうが、全面的に由理に依存していた永井を養うために、変名で書いていたような気がする。

生活のために変名で書いた記事が原因で由理が殺されたとすれば、永井が間接的に彼女を殺したことになる。永井は妻の死に責任をおぼえていた。

由理の本名による記事は、妻の人生の証明でもある。漏れなく目を通しているつもりであったが、変名記事にまではおもい至らなかった。むしろ、変名記事のほうが危険が高いといえよう。

本名にしたくないなんらかの理由があったから変名を用いたのであろうが、その理由の中には、夫には知られたくない（読まれたくない）記事があったのかもしれない。

「早速調べてみましょう」

善は急げとばかり、彼らは連れ立って行動を起こした。

由理は二十九歳のとき、三歳年上の永井順一と結婚した。当時はフリーランスの契約記者として、著名なライターの取材や下書きをしていたが、その綿密な取材と独自の切り口が注目されていた。

その後、大手出版社のオピニオンリーダー誌の専属記者となって頭角を現わした。芸能界を蝕む麻薬コネクションを暴き、ジャーナリズム部門の年間ベストの業績に対して授与されるグランプリに輝いたこともある。

永井の自宅の三LDKは、彼と由理の蔵書で埋まっている。夫婦は愛し合っていたが、書斎は別にしていた。書斎は愛とは別の聖域であった。彼女の死後ですら、その聖域に立ち入ることにためらいをおぼえる。だが、彼女の死因を究明するためにはやむを得ない。

由理が自らの人生の証明と呼んだように、彼女の書いた記事が掲載されている雑誌やスクラップ、著書は漏れなく保存されているはずである。彼女の「人生の証明」は、結婚前の記事を含めて膨大な量になる。

棟居に託したのは、亡くなる前三年ほどにわたる記事、およびスクラップと、数冊の著書である。それ以前の記事や掲載誌や、変名で書かれた記事は書斎に残されているはずであった。

「保存雑誌に登場頻度の高い筆者が、奥さんの変名である可能性が高いですね」

若槻が言った。

流行作家や花形記者の名前は永井も若槻も知っている。馴染みの薄い筆者が保存誌に頻繁に登場していれば、保存者、すなわち由理となんらかの関わりがあったことを示す。由理の変名ではないとしても、彼女がその筆者の記事に関心を持っていたことを示す。

保存誌は時系列に従い、バックナンバー順にファイルされている。専属雑誌はナンバーが連続している。他の各誌は不連続であるが、時系列順にファイルされている。二人は手分けして他誌を時系列に従いさかのぼった。殺人の動機は、新しいものほど潜んでいる可能性が高くなる。

二人は間もなく頻繁に登場する同一の筆名を絞り出した。山瀬薫（やませかおる）、男女いずれにも通用する筆名である。

「いままで気がつきませんでしたが、これが由理の変名ですね。家内は香という字は使いませんでした。理由を聞いたことがありまして、香のほうは香水や線香のにおいに通じて、あまり好きではないと言ってました」

永井はおもいだしたように言った。

「草冠のかおる（薫）がなぜ好きなのか、おっしゃっていましたか」

「はい、なんとなく草いきれに似ているような語感があると言っていました」

「草いきれが好きだったのですか」

「夏の光に照らされた熱気は、人間のにおいのような感じで、好きだと言っていました」

「夏の光と人間のにおいですか……エネルギッシュなにおいですね」

「家内はエネルギッシュでしたよ。いまおもえば、私は彼女のエネルギーに引っぱられてきたようなものです」

「山瀬薫はたぶん奥さんの筆名にまちがいないでしょう」

若槻も同意した。

山瀬薫の署名で書かれた記事は、ファッション、情報、レジャー、スポーツ、趣味、経済、産業、医学等、多岐にわたっている。専属誌の記事に比べてエッセイや紀行、体験、PRなどの記事が多い。各誌、方位(ジャンル)別に器用に書き分けているが、記事を読んでいる間に、永井は、由理の文体である確信を得た。

だが、山瀬薫の記事の中に殺意が芽生えるような危険性は感じられなかった。つまり、無難な記事が多い。

本名で書いた専属誌には、オピニオンリーダー誌として購読者が想定されるホットな記事や、悪者にとっては不都合な、あるいは脅威をあたえるような記事があるであろう。事実、出版社の上層部に圧力をかけられてボツにされたり、筆調をトーンダウンして書いた記事もある。

由理は、永井には隠していたが、悔しいおもいや、屈辱に耐えていた気配は伝わってきた。いずれは自分が書けなかった素材や、オブラートに包まざるを得なかった記事は、永井にフィクションの形で書いてもらいたいという意識があったようである。

「あなたが作家デビューしたら提供したい素材がたくさんあるわ」

と永井のデビュー前に言ったことがあった。

だが、実際に永井がデビューを果たしてから、彼女が素材を提供してくれたことはなかった。取材源の秘匿を夫婦といえども守ったともいえるが、永井がデビューしたとはいえ、まだ低空飛行をつづけていたせいであったかもしれない。

永井の文名が高くなれば、彼の妻として由理はやりにくくなったであろう。由理が集めた素材が作家である夫に流れれば、たとえフィクションの形を取っても脅威をおぼえる人間がいるかもしれない。

由理はそのことを予想していたらしく、

「あなたが文名高い作家になったら、私はフリーになり、あなたの手足となって取材を担当するわ」

と楽しい計画でも立てているように言った。

由理が永井専属の取材協力者になってくれたら鬼に金棒であるが、まだ永井は鬼になっていない。妻から早く鬼になれと励まされているような気がしていた。

そして、永井が鬼になる前に、彼女は逝ってしまったのである。改めて妻を失った無念のおもいが、永井の胸に突き上げてきた。

「おや？」

永井は視線をある誌面のページに固定した。

「なにかありましたか」

若槻が、永井が目を止めたページを覗き込んだ。

それは山瀬薫の署名記事で、「人気教授の週末」と題したインタビュー記事である。その記事が掲載されている雑誌は若者向けのタウン情報誌である。

記事の内容は、教室がいつも満杯になる人気教授の週末を追った、いわゆる密着取材である。

アカデミックな象牙の塔にこもっている学者のイメージを払拭（ふっしょく）するような週末のフィットネスクラブでのトレーニングから始まり、外国人教師による英語の個人レッスン、映画の試写会などを経て、行きつけの寿司屋で鮨をつまみ、これも行きつけらしい銀座のクラブに顔を出し、最後茶（その日最後に立ち寄る喫茶店）でコーヒーを喫（の）み打ち上げる、分刻みの週末を追ったものである。

永井が目を止めたページは、最後茶らしい喫茶店でコーヒーを喫んでいる教授の写真である。

「この人気教授は、ちょっと様子がちがってはいますが、家内のカメラに保存されていた画像の主です」

永井が言った。

「そう言われてみれば、よく似ていますね。最上みゆきさんが店の客だと言っていた……」

若槻がおもいだしたように言った。

「教授の隣にいる女性を見てください。城原涼子さんではないでしょうか」

　永井は写真の一点を指さした。教授の隣に席を占めている女性の横顔が写っている。顔の大部分が影の部位に入り確認はできないが、韓国旅行に参加したメンバーの一人、城原涼子に似ているようであった。

「たしかに城原さんのようですね」

　若槻がうなずいた。

「撮影場所は銀座の喫茶店です」

「最上みゆきさんの店も銀座ですよね」

「本人がそう言っていました」

「すると、教授は彼女の店からの帰途、この喫茶店で城原さんと待ち合わせていたのかもしれませんね」

「しかし、城原さんは教授を知らないと言っていましたよ」

「知っていると言うと、なにか都合の悪い事情があったのかもしれません」

　二人は顔を見合わせた。意外な場面に最上みゆきの店の客と、城原涼子（未確認）が同席している写真が登場してきた。

　二人はそのことの意味を考えていた。城原涼子に確かめても肯定的な答えは得られないであろう。だが、どう見ても、その映像は城原涼子の特徴を捉えている。

教授との関係を認めたくない事情が、城原涼子にあるにちがいない。その事情とはなにか。永井も若槻も、城原涼子が黙秘している事情が、由理の死因に関わっているような気がした。

山瀬薫がインタビューした医信大学医学部教授湯村等が最上みゆきの店の客であることは、すでにみゆき自身が認めている。

山瀬薫名義のインタビューに湯村等が登場し、そのかたわらに城原涼子と推定される女性が撮影されている。城原涼子自身に確かめるのが手っ取り早いが、彼女は明らかに湯村との関わりを秘匿したがっているようである。

せっかくノグンリのメンバーとしてよい雰囲気になっている涼子と気まずくなりたくない。

涼子は以前の職場でセクハラを受けて退社したと言っていたが、そのセクハラの加害者に湯村を置いてみたらどうか。

湯村の専門は内科、循環器科であり、城原涼子の元職場は製薬会社の中央研究所であった。

最上みゆきは、湯村が大企業とタイアップして研究しているとかで懐が温かそうだと言っていたが、彼の提携企業は涼子の元職場であったかもしれない。

涼子は湯村の写真に反応を示しながらも、知らないと言ったが、セクハラの加害者が意外な場面に登場したので驚いたということも考えられる。

山瀬薫のインタビュー記事では、湯村の提携企業名は明らかにされていない。最上みゆきは湯村の提携先を知っている可能性があるが、聞きにくい。だが、永井は妻の死因に一歩ずつ着実に近づいているような手応えをおぼえていた。

若槻圭造は意識の奥に閉じ込めていたものが、次第に目覚めてくるようであった。

現役最後に扱った殺人事件の被害者は、都下狛江市内の明正総合病院の看護師であった。彼女の死体は都下調布市域の多摩川河川敷で発見された。

発見時は外傷は見当たらず、服装にも乱れがなく、自殺と見られた。解剖によって眼底に溢血点、および頸部の軟骨に骨折が認められ、他殺、手で頸部を圧迫して窒息させた扼殺と鑑定された。被害者の遺体には生前情交の痕跡があった。

被害者の経歴が調べられた。彼女の名前は今川美香、二十六歳、医信短大で看護学を学び、明正総合病院に勤務した。

今川美香の死は殺人事件と断定され、所轄署に捜査本部が設置され、若槻も捜査に参加した。

生前情交の痕跡が認められる二十六歳の美人看護師が被害者とあって、捜査の焦点は異性関係に絞られた。

医師と看護師の不正常な関係は最も速やかに連想されるところである。また、患者との関係も無視できない。

被害者の勤務先の病院は典型的な複合病棟であり、担当患者の疾病の幅が広い。退院した患者との関係も視野に入れなければならない。

被害者の私生活はかなり発展していた。特定の関係にあった医師が十一名、退院した患者三名が浮かんだが、いずれにもアリバイが成立して容疑は漂白された。犯人に結びつく手がかりのないまま、容疑者はすべて消え、捜査本部は解散になった。

若槻は捜査本部解散直前、被害者が被害一カ月ほど前から通い始めた教会の神父と親しくしていたという情報をつかんで捜査本部の継続を主張したが、大勢を覆せなかった。定年を間近に控えた一刑事の主張などに耳を傾ける上司はいなかった。

病院が医師中心のピラミッド型構造であるのと同様に、警察社会も星の数がものをいうヒエラルキー社会であった。せめてあと一カ月、いや、十日、捜査を継続していれば、容疑者の尻尾をつかめたと、若槻は無念の涙を呑んで警察を去ったのである。

二十六歳の女盛りを無法に絶たれ、遺体を多摩川河川敷に放置された被害者の無念は、そのまま若槻の胸の奥の埋(うず)み火となった。

今川美香は医信短大を卒業している。湯村も医信大学の教授である。ここにふたたび医信大学が登場して来た。今川美香は同短大に在学中、湯村等と関わりがあったかもしれない。若槻の胸の奥深くに隠されていた埋み火がかき立てられようとしている。

現役時代、若槻は今川美香の経歴を洗うために医信短大に何度か足を運んでいる。若槻は当時の伝を頼って、美香と湯村の間になんらかのつながりがなかったか調べた。

調査は当時の人が学内に現職でいたので、スムーズにはかどった。

その結果、湯村等は今川美香の在学中、短大の講義も担当していた事実がわかった。湯村と美香は師弟の関係にあったのである。

若槻の胸の底から静かに興奮が盛り上がってきた。

当時の捜査では、湯村は捜査線上に浮かんでいなかった。美香との関係を秘匿していたとも考えられる。

湯村と今川美香が師弟の関係であったとしても、直ちに両人の間に異性関係があったとは限らない。

だが、若槻は師弟関係以外に両人の間に重大な共通項を見つけていた。

山瀬薫名義の記事の中に、今川美香が勤務していた明正総合病院の医療体制の記事があったことである。

それは「深夜のナースステーション」というタイトルで、夜の患者を守る看護師たちに密着したドキュメントであった。取材協力者の中に今川美香の名前もある。由理と美香は面識があったのである。

永井と共に由理の変名記事を探していたときは、湯村と城原涼子の方角に目を向けていて美香を見過ごしてしまったが、美香と湯村の接点が確かめられて、山瀬薫の記事の中に隠れていた符合（美香）がにわかに重大な意味を帯びてきたのである。

若槻は自分の発見を直ちに永井に伝えた。

「家内が、若槻さんが担当した最後の未解決事件の被害者と面識があったとは知りませんでした。奇しき因縁をおぼえますね」

永井は驚きを抑えて言った。

「山瀬薫名義の明正病院の看護師ドキュメントは、看護師たちのサイドに立って使命感に燃える深夜労働の実態と問題点を明らかにしていますが、べつに病院や医療体制の批判をしているわけではありません。この記事が物議を醸したとはおもえませんが」

「無難な記事だとおもいます。だからペンネームで書いたのでしょう。しかし、この時点ですでに家内と湯村教授は接触した可能性があります」

「私もそうおもいます。湯村教授の影はますます濃くなりましたね」

若槻の穏やかな目が現役時代の刑事の目に変わりかけている。若槻はいま身体に刷り込まれた猟犬の嗅覚を取り戻しつつあった。現役時代、鬼刑（圭）と刑事仲間や悪人どもから恐れられた若槻の本性がよみがえりつつある。

もう一つ重大な確認事項がある。すりの藪塚は突き落とし犯人の目が光ったと証言している。そこから犯人は義眼を入れているのではないかという疑いを持った。もし湯村が義眼を用いていれば、一挙に距離が狭まる。

今日の義眼は精巧であり、一見しただけではわからない。動く義眼もあると聞いた。面識もない湯村に直接確認することはできない。はっきりわかるような義眼であれば、最上みゆきや城原涼子が察知しているはずである。だが、それを聞くのはまだ時期尚早である。

定年とは残酷な制度である。まだ十分能力のある、むしろ経験を積んで成熟した能力が、いよいよその本領を発揮しようという矢先に、規定通りにお役御免としてしまう。それは能力ある者、またおのれの担当する仕事に使命感を持っている者にとっては死刑の宣告に等しい。定年は能力の死刑である。

若槻はいま、死刑から生き返った囚人のような気がしていた。不本意にも胸の奥深くに埋葬されていた埋み火が、いま火力を強くしている。狩人の取り逃がした獲物が、はるかな森の奥からその臭跡を伝えてきたのではないのか。

当時、湯村は捜査線上に浮かんでいなかったが、いまここに永井由理の不審死をめぐって、今川美香、韓国旅行のメンバー城原涼子と最上みゆき、四人に接点を持つ人物として浮上してきた。湯村等は見過ごしにすべきではないと、若槻の嗅覚が訴えている。

最上みゆきと城原涼子は、永井由理、および今川美香の事件には関係ないようであるが、涼子が受けたセクハラの加害者が湯村であると仮定すれば、涼子は事件に関してなにか知っているかもしれない。

また最上みゆきも湯村を店の客と認めただけで多くは語らなかったが、酒席では無防備になりがちな客の私事や秘密について、なにか知っているかもしれない。

彼女らが持っているかもしれない湯村に関する情報が、由理、美香両人の事件に結びついていく可能性がないとはいえない。

ノグンリの縁によって、湯村との距離が狭められたような手応えを若槻はおぼえていた。

城原涼子は同窓会の席上、永井がまちがえて持参した湯村の写真が意識にひっかかっていた。

永井の妻は韓国旅行の前に事故で亡くなったと聞いた。そのときは聞き流していたが、後になってから彼の妻がどんな事故で死んだのか気になってきた。それというのも、涼子にはもしやという記憶があったからである。

湯村と別れてから、彼女は職場を変えた。新しい職場は四谷にあり、新宿で私鉄からJRに乗り換える。

涼子の出勤時間とは少しずれていたが、彼女が下車後、間もなくホームから女性が突き落とされて、折から入線して来た電車にはねられて死亡したというニュースを聞いた。

その後忘れていた事件が永井の妻の事故と重なって、意識の中で膨張してきた。まさか、というおもいを抱きながら当時の記事を検索して、涼子がその日耳にした事故の死者が永井の妻であることを確認した。

意外な暗合に涼子は暗然となったが、そのとき写真交換会で湯村との意外な再会に嗅いだ不吉なにおいが実感としてよみがえってきた。

同じ朝、職場に急ぐ途中、涼子はホームの人込みの中に、ちらりと湯村の影を見たような気がしたことをおもいだした。はっとして確かめようとしたときは、ラッシュの人の波の中に消えていた。

湯村が朝のラッシュ時、新宿駅のホームにいたとしても異とするに足りないが、その後間もなく、同じ場所で発生した転落事故が気になった。

新聞の記事には、被害者がバッグをひったくられた弾みに突き落とされたと書いてあったが、弾みではなく意図的に突き落としたとも考えられる。そのような連想をすること自体が、彼女が嗅いだ不吉なにおいから発しているのである。

涼子が本能的に嗅いだ不吉なにおいは、湯村から発する危険なにおいではないのか。湯村との出逢いの当初、運命をおぼえたのは、自衛本能が告げた危険な運命ではなかったか。

涼子が耳にした新宿駅女性ホーム転落死と、永井由理の奇禍が重なったとき、涼子が咄嗟に想起した湯村の影は、果たしてなにを意味するのか。涼子はふたたび意識に残像を濃くしている湯村の影を見つめた。

相続された腐れ縁

見目と最上みゆきは急速に接近した。

どうせ一夜限りとベッドを共にして数日後、みゆきから見目に電話がかかってきた。

「お逢いしたいわ」

一切の前おきを省いて、みゆきの甘い声が訴えた。

「ぼくもです」

見目は咄嗟に答えた。

「どうして連絡してくれなかったの」

みゆきの声が艶を含んで恨んでいる。

「ご迷惑をかけてはいけないとおもったからです」

見目はみゆきとの一夜が信じられない。あの夜が幻ではなかったとしても、彼女の一夜の気まぐれにすぎないとおもっていた。二度目の誘いは、一流クラブのホステスとしての〝営業〟ではないかと疑っている。営業でもよい。みゆきから誘われれば、わずかな貯えが尽きるまで彼女の店に通いたい。

「迷惑なんて。そんなことをおっしゃってはいや。あの夜から、あなたからの連絡を一日千秋のおもいで待っていたのよ」

みゆきの声がますます甘く、恨みがましくなっている。

「お店にうかがいます」

「お店ではいや。ゆっくり二人だけでお会いしたいの」

意外なみゆきの言葉に、見目は我が耳を疑った。プロの女性がプライベートに逢いたいと言っていることが信じられない。

「明日は土曜日で、お店はお休みよ。ご都合よろしかったら、先日のホテルでお逢いできないかしら」

「本当によろしいのですか」

みゆきは高価な商品である。その商品を〝窓割〟どころか、前回同様、無料で提供しようと言っているのである。

初回は客をつなぐためのサービスと考えられなくもないが、再度の提供に見目はむしろ混乱した。こんなうまい話があってよいものか。男冥利に尽きるようなチャンスを提供されて尻込みをするようであれば、男をやめるべきであると自らを叱咤しながら、見目はみゆきの誘いを受けた。

再度共有したベッドは、初回の未知なる他人性に伴う不安や遠慮などのバリアを取り外し、手を取り合い、助け合い、励まし合うようにして官能の海を漂流しながら、これ以上は望めない達成へと昇りつめた。性の味奥に達した二人は、ベストパートナーに出逢ったことを確信した。

「今度こそ、離れられなくなっちゃったわね」

達成後も交わった体位を解かぬまま、みゆきは喘いだ。

「ぼくもだよ」

見目は、それほど経験があるわけではなかったが、これまでのセックスはなんであったかと疑うほどの達成の余韻に浸りながら、同じ体位を維持している自分に驚いていた。

セックスで最も重要な条件は、両性の相性である。物心両面の相性であるが、それ以外に具体的にはわからない運命的ともいえる相性がある。二人は相互にそのような相性をおぼえていた。一時的な錯覚かもしれないが、ともあれ、いままでに味わったことのないベストの達成を果たした相性である。

「あなたはお客ではないわ。私のただ一人の男になって。私もあなたにとってただ一人の女になるわ」

みゆきは言った。

彼女の言葉を、見目は一瞬、女性からのプロポーズかとおもった。妻とはすでに離婚同然であるが、見目が離婚を申し出ても応じてくれるかどうかわからない。

みゆきは見目の心裡を読んだかのように、

「でも、結婚してあなたを縛りたくないの。結婚はどんなにたがいを理解し、愛していても、結局は束縛してしまうわ。束縛はせっかくのよい間柄を壊してしまうわ。私、見目さんとの理想的な関係をずっと維持したいの。私たちの関係を大切にするためには、結婚しないほうがいいとおもうわ」

と言った。

「まったく同感だよ」

見目は大きくうなずいた。

結婚は配偶者の身体と精神の独占につながっていく。どんなに相手の自由を尊重しているつもりでも、両性が人生を共有することは、結局、相互の独占となってしまう。独占し合わない限り、人生の共有とはいえない。

だが、夫婦が同じ日に死ぬわけではないし、個々の人間である以上、一心同体というわけにはいかない。男女の能力や、守備範囲のちがいもある。これを無理に相互独占につなげようとするところから、異性感が失われ、束縛され合う単なる同居になりやすいことを、見目は妻との生活を通して知っている。

結婚の悲観的な見方であるが、夫婦相和し、共白髪まで添いとげた人生の共有者であっても、たがいに異性ではなくなっている。異性として自由な〝相互乗り入れ〟を長く維持したければ、束縛の伴う結婚をしないほうがよい。それが見目が結婚を通して学んだ教訓であった。

その教訓をみゆきから仄(ほの)めかされて、ますます見目は、彼女が最高の相性を持った異性であることを確信した。

以後、二人は出逢いを積み重ねる都度、相性がその完成度を高めていくことを心身で確かめた。

「私たち、来世で結婚しましょうよ」

何度目かのデートの後、みゆきが言った。

「来世で結婚……」

見目は束の間、その言葉の意味を探った。

「現世での結婚は息苦しいけれど、来世での結婚は楽しいわ」

「来世の結婚。来約者か、それは素晴らしい約束だね」

見目はみゆきが申し出た来世における夫婦約束が、現世になんの束縛も求めず、しかも現世での二人の関係を来世の結婚の前提とする発想に楽しくなった。

来世は約束されていない。宗教がどんなにもったいぶって来世の幸福を説いても、だれ一人、来世に行って帰って来た者がいないのであるから、証明のしようがない。証明できないものを約束しても、それを履行できるかどうかわからない。

だが、来世がないとも言い切れない。来世の婚約が、現世での期待可能性を抱かせることは確かである。期待はないよりはあったほうがよい。

来世での夫婦約束をした異性は、行きずりの通過する異性ではなくなる。見目は最も信頼できない男と女の約束の中で、最高に期待可能性の高い約束だとおもった。

みゆきが見目を婚約者として来世につなごうとしている好意が嬉しい。

「きみと会っているとき、時間が二倍ではなく、四倍にも八倍にも濃厚になったような気がする」

「私も同じよ。あなたに逢うと、数学の世界から、まったく異次元の世界に瞬間移動してしまったように感じるの」

「数学も物理も苦手だったけど、一足す一が二以上の世界にきみといる」

「そのかわり二で割ると一以下になっちゃうわよ。もしかすると、ゼロかもしれないわ」

「本当に。きみと離れているとゼロ以下になってしまうよ」

そんな会話に実感がある。来世の婚約でもしていなければ、離れているときが虚しい。見目は恋する者の心情を初めて知った。

妻と結婚したときのことはほとんど忘れているが、こんな切ないおもいをしたことはなかった。忘れているということは、さしたる感慨もなく結婚したのであろう。

男冥利に尽きるようなみゆきとの関係が次第に怖くなってきた。こんなうまい話があるはずがない。

　これまでろくなことがなかった半生が、韓国旅行を境に一転した。新たな職場でも信任を得ているし、素晴らしい異性と出逢い、負けの構造から勝ちの構造に変わったことを肌で感じている。

　それが不安になるのは、満ちれば欠ける月のように、なにか危険な陥穽(かんせい)が仕掛けられているのではないかと疑い深くなるからである。幸福であればあるほど、それが失われるのではないかと恐れる不安神経症であろう。

　案ずることはない。人生のギアが陰から陽に切り換わったのである。切り換わったギアを最大限に稼働させて、勝ちの構造をしっかりと固めるのだ。見目は自分に言い聞かせた。

　その時期、見目は勤め先のホテルで意外な人物と邂逅(かいこう)した。

　ホテルのラウンジで業者と新規納入物品の発注、および納品期日などについて打ち合わせをしていた。業者との用談が終わり、席を立ったとき、ちょうど近くを通り合わせた初老の男と目が合った。

「あなたは」

「見目さん……」

　二人は同時に声を発した。

「葉山(はやま)さんではありませんか」

「その節は大変お世話になりました」

二人はたがいに奇遇に驚いていた。

「それでは、私はこれで」

業者が二人のいわくありげな様子を察して辞去した。

見目が葉山と呼んだ奇遇の相手は、自殺防止ボランティアをしていたころ、末期の相談電話をかけてきた女性の父親葉山豊である。彼の娘鈴は恋に破れて自殺を決意し、恋人と泊まった想い出のホテルの部屋から最後の電話を見目にかけてきた。

鈴は自殺防止ボランティアのサイトで見目の名前を知ったらしく、すでに何度か相談の電話をかけてきていた。これからすぐに行くから早まったことはしないようにと、見目は彼女の切羽詰まった声の調子から、取るものも取りあえずホテルに駆けつけた。

だが、彼が着いたときは、すでに致死量の睡眠薬を服んだ後で、手遅れであった。

見目はまずホテルと警察に連絡すべきであったと臍を噛んだが、後の祭りであった。へたに警察やホテルの係が駆けつけると、窓から飛び下りかねない。見目に電話をかけてきたということは、彼に話を聞いてもらいたいという余裕があると判断したのが誤っていた。

少なくとも見目よりも、ホテルの人間や警察のほうが早く駆けつけられたはずである。警察やホテルの人間が見目よりも早く駆けつけていれば、鈴の命を救えたかもしれない。そうおもうと、見目は自分が間接的に彼女を殺したような気がした。

見目は激しく自責した。鈴の葬儀で、葉山は見目の責任ではないと慰めてくれたが、気持ちは少しも救われなかった。母親はショックで寝込んだのか、葬場にそれらしい姿は見えなかった。

うつに陥った見目を案じてカウンセラーを紹介してくれたのも葉山である。葉山は娘を救うために努力してくれた見目に感謝していた。

その後、どちらからともなく疎遠になっていたが、二人は奇遇を喜び、一別以来の挨拶を交わした。

「すっかり、お元気そうになられて安心しました」

葉山は見目の立ち直った様子を見て喜んだ。

「カウンセラーをご紹介いただいたおかげで、ぼちぼちやれるようになりました。実はこちらのホテルに再就職しております」

「そうでしたか。私もこのホテルはよく利用しておりますので、これからもお目にかかる機会がありますね」

葉山も娘を失ったダメージから立ち直っているようである。

見目は、葉山なら知っているはずの一人の人物のその後の消息を問おうとして、言葉を喉の奥に呑み込んだ。葉山にとっては残酷な質問であることに気づいたからである。

奇遇を喜び合った二人は、またの日を約して別れた。

去って行く葉山の後ろ姿は寂しげであった。やはり愛娘を失ったダメージは一生癒えることがないのであろう。

鈴を自殺に追い込んだ男は、医師であった。鈴はその医師と同じ病院に勤務していた。医師と看護師の恋愛はほとんど実らない。

病院は医師中心の縦型社会(ヒエラルキー)である。医療の現場を支える医師と看護師は本来、対等の関係であるべきだが、現実は主従関係である。ベテランの看護師が新米医師よりも実力があっても、身分差は変わらない。

野心的な医師にとって看護師はセックスの供給源でしかない。両者が恋愛しても対等の男女関係にはなれない。独身の医師は開業資金を出してくれる金持ちの娘や、逆玉の輿に乗るまでのつなぎに看護師と遊ぶ。正常な男女関係ではなく、医師にとってはしょせんプレイなのである。現実に看護師と結婚した医師の数は極めて少ない。

葉山鈴の恋愛相手も医師であった。相手が結婚しようと言った言葉を真に受けて、本気で愛してしまった。

医師が看護師に言う結婚という言葉は、魚を釣る餌にすぎない。世慣れた看護師であれば、そんな言葉を告げられても鼻先で笑う。医師と看護師の男女関係をつなぎと割り切っているのである。

看護師になって間もなかった鈴は、本気になってしまった。そして、おさだまりの破局がきた。相手の医師は教授が勧めた大企業の重役の娘と結婚した。経験豊富な看護師であれば、多少の手切金をむしり取り、さっさと身を引くところであるが、鈴には免疫がなかった。

鈴を死のコーナーに追い込んだ男のその後の消息が、葉山に会ってから見目は急に気になった。だが、葉山には問えない。忘れようと努めている葉山の心の傷口を掻きむしるようなことはできない。

葉山との奇遇によって、見目は鈴を死に追いつめた相手のその後が改めて気になってきた。葉山に聞けなければ、独力でその男の消息を追ってみようという気になった。

手がかりは残されている。鈴を捨てた男は岩佐道幸（いわさみちゆき）。ハーバード大学に留学したエリートで、当時、明正病院の勤務医であった。明正病院からたぐれば、岩佐に追いつけるかもしれない。追いついてどうこうということはないが、岩佐は見目の人生にも影響している。

鈴を救えなかった見目は、一時、立ち直れないほどの衝撃を受けた。自殺し損なって自殺防止のボランティアになったが、結局、自分はただの一人も救えない役立たずと知って、無気力になってしまった。救えなかった鈴の父親からカウンセラーを紹介されて、現在の自分がある。

さしたる苦もなく、岩佐の消息がわかった。彼は現在、同源製薬の社内クリニック所長を務めているという。

見目は同源製薬の社名に記憶があった。同社はノグンリ訪問メンバーの一人城原涼子の元職場である。意外なところでの同源製薬の登場に、見目は驚いた。

彼にその情報を伝えてくれた医信大学学術研究支援課の野沢昌代(のざわまさよ)は、生前の葉山鈴と仲がよかった。鈴が岩佐と恋愛中、よく相談を受けていたという。

「岩佐先生は明正病院に派遣された研修医(レジデント)でした。ハンサムで優秀な岩佐先生は看護師の人気を集めていました。でも、岩佐先生は上昇志向が強く、看護師をお手伝いのように見下しているところがありました。自分の能力と容姿に自信をもっていて、女性遍歴もかなりあったようです。

鈴ちゃんは岩佐先生とつき合っていることを私にそっと打ち明けました。私は鈴ちゃんに研修医はどうせ通過して行く人だから、どんな美味(おい)しいことを言われても信じてはいけないと何度も忠告したのですが、岩佐先生に夢中になっていた鈴ちゃんは先生に限ってそんなことはないと言い張って私の言葉に耳を貸しませんでした。病院の中でも岩佐先生は鈴ちゃん以外に何人かの看護師や女性職員と交際していた模様です。岩佐先生は看護師や女性職員を自分のセックスの奴隷のようにしか考えていなかったのです。

明正病院は医信大学と関係が深く、病院長以下、主要医師の大多数は医信大学の医局から来ています。研修医もほとんど同じ大学から送られてきます。

私の危惧した通り、岩佐先生は鈴ちゃんと交際している間に、教授から紹介されたリッチな家のお嬢さんとお見合いをして結婚したのです。その相手が同源製薬の副社長のお嬢さんで、そのコネクションから岩佐先生は研修後、同源製薬の社内クリニック所長におさまったのです。岩佐先生は婚約中も鈴ちゃんを騙してつき合っていました。

岩佐先生の奥さんのお父さんは、同源製薬の社長候補といわれている人です。岩佐先生は会社のクリニック所長を踏まえて、いずれは同源製薬の経営陣入りを狙っているそうです。鈴ちゃんは岩佐先生の玩具(おもちゃ)の一つでしかなかったのです」

野沢昌代は、鈴を弄(もてあそ)んだ岩佐に義憤をおぼえていたらしく、見目が求める情報を積極的に漏らしてくれた。

マッチング方式で希望の病院の試験を受けて研修医となれるが、医局の意に反して他系の病院に行けば、もはや出世は望めない。

野沢昌代から岩佐医師の消息を聞いたとき、見目は葉山鈴が命を絶った睡眠薬が同源製薬の製品であったことをおもいだした。鈴にしてみれば、それがせめてもの岩佐に対する報復であったのかもしれない。

葉山鈴が自ら命を絶ったときは、まだ城原涼子が同源製薬に籍を置いていた。涼子に聞けば、その後の岩佐の事情がもっと詳しくわかるであろう。もしかすると、涼子が同社を辞めるきっかけとなったというセクハラ事件にも、岩佐が関わっているのかもしれない。

いまさらそんなことを調べたところで、鈴が生き返ってくるわけでもないが、見目は、出世街道を驀進（ばくしん）している岩佐に、鈴に代わって一矢報いてやりたいとおもった。

岩佐が鈴から乗り換えた結婚相手の親が関係する会社の薬品を飲んで自殺したとは、あまりにもいじらしい報復ではないか。このままではごまめの歯ぎしりすらできなかった鈴が、浮かばれない。

野沢昌代の話では、葉山鈴以外にも悔しいおもいをしている女性が複数いるようである。見目は彼女らの名前を知りたいとおもった。

城原涼子は意識の中で膨張してくる禍々（まがまが）しいイメージを見つめていた。あの日、新宿駅でちらりと見かけた湯村等は幻影か、他人の空似かとおもい込もうとすればするほど、彼の影が濃くなってくる。

妊娠中絶後、湯村の冷酷さを知って彼から離れたのも、彼が身にまとった危険なにおいを嗅ぎ取ったせいかもしれない。

湯村は医信大学医学部を卒業後、ハーバード大学院に留学したエリートである。帰国後、母校に迎えられ、研究業績を上げて、若くして〝業界〟の中で評価を確定した。だが、臨床経験は少なく誤診が多いという陰の声もある。製薬会社と癒着して私腹を肥やしているという噂も聞こえている。

同源製薬と提携しての、新薬開発の共同研究においても、同源からかなりの謝礼が湯村に渡されているらしい。また、高価なハイテク医療機器の納入をめぐって、湯村と業者の癒着がささやかれている。

湯村は政・財界の要所に太い人脈を張っている。政・財界の要人が汚職や、プライベートなスキャンダルなどで司直やマスコミに追われると、急病になって入院してしまうことが多い。そのような要人の〝避難先〟として医信大学系病院が圧倒的に多い。そのほとんどを湯村が手配しているらしい。

留学中、親しくなったアメリカ人女性と結婚した。妻の父親は米国の大手製薬会社アメリカン・バイオ・ケミカル、ＡＢＣの重役である。

亡くなった永井の妻はオピニオンリーダー的な総合誌の敏腕記者であったという。

一方、湯村は名門医信大学、およびハーバード出身のエリート中のエリート、少壮医学者であるが、身辺にダークな噂がつきまとっている。永井由理記者は、彼の黒い噂の中に踏み込んで、なにかを突き止めたのであろうか。

湯村に急場の避難先を手当てしてもらった要人たちに庇護されているので、湯村のダークな噂を突っつく者はいないとされている。永井由理は湯村の一種の聖域に踏み込んだのではないのか。湯村への疑惑が涼子の胸の内で容積を増しているのである。

そんな時期に永井から電話が入った。そろそろ二回目の同窓会を開きたいという誘いであった。最初の同窓会の際、これからも時どき同窓会を開きたいと提案した永井に、全員が賛同した。

　ノグンリの仲間には特別な親近感を抱いている。涼子もそろそろあのメンバーに会いたくなっていた矢先であった。

　涼子は永井からの電話の後、これは稀有な集まりだとおもった。旅行前はまったく未知の他人であった参加者が、旅行後、重ねて同窓会を開こうとしている。この集まりは長くつづきそうな予感がした。

　ノグンリの衝撃が大きかったせいもあるが、参加者五人の波長が十年来の知己のように合っている。集まると愉しい。人間砂漠の東京で、こんな集まりがつづくことが奇跡的であり、とても貴重なことのようにおもえた。

　メンバーも同じようにおもっていて、永井の呼びかけに嬉々として集まって来るにちがいない。今度集まるときは、永井由理のカメラに保存されていた画像の主の素性と、彼との関係をメンバーに打ち明けるつもりである。

　そして、自分の意識の中で膨張している疑惑についても、一同の意見を聞きたい。永井にリタイア前の前身を明らかにしたという若槻の専門的な意見も聞いてみたい。

　五人のメンバーの間だけに留めておけば、それが涼子の的外れの憶測であったとしても、湯村に迷惑をかけることはないであろう。涼子は同窓会の日が待ち遠しくなった。

見目がおもいきって城原涼子に連絡しようかとおもった矢先に、永井から第二回同窓会の呼びかけを受けた。

「城原さん、若槻さん、最上さんにも連絡いたしました。皆さん出席なさるそうです。見目さんもどうぞご出席いただけませんか」

と永井は言った。

「もちろん出席しますよ。ぼくを除け者にしないでくださいね」

見目はおもわず声が弾んだ。

その後、みゆきとは度々逢っている。あとの三人には同窓会後初めてである。みゆきとは二人だけで逢っているが、ノグンリのメンバーと共に会うのは、また新鮮な感動がある。

永井との電話を切ると、待っていたかのようにみゆきから電話がかかってきた。

「またノグンリの同窓会ですって。見目さんも出席するでしょう」

みゆきは嬉しげに問いかけてきた。

「もちろん出席するよ。きみも出席すると、永井さんが言っていたよ」

「私たち、みんなの前でどんな顔をすればいいの」

みゆきが少し当惑したような口調になった。

「普通の顔をしていればいいだろう」

「あなたの顔を見たら、普通の顔ができなくなっちゃいそう」

みゆきは電話口で誘うような甘い声を出した。

「みんなの手前、そんな声を出されては困る。自制できなくなりそうだよ」

「だったら、自制しないで」

さらに甘い鼻声になった。

「同窓会では、まちがってもそんな声を出さないでください」

「わからないわよ。私、もう溜まっているの。同窓会の前に〝補給〟し合わない？」

見目もまだ逢って間もないのに耐えられなくなった。

「そうだね。予防接種をしていないと、性犯罪を犯しそうだ」

「あら、だれに？　同窓会には私のほかには城原さんしかいないわよ」

みゆきの口調が少しきっとなった。

「ごめん。そんなつもりで言ったんじゃないよ」

「念のために予防接種をしておきましょう」

見目はその夜、みゆきとまた逢った。すでにみゆきから離れられなくなっている自分を感じた。

第二回目の同窓会は初回よりもさらに盛り上がった。すでに親密な素地（そじ）ができていたので、顔を合わせたときから一同は和気藹々としていた。

同窓会が始まる前からすでに盛り上がっている。見目が〝窓割〟（実はサービス）でみゆきの店に行ったことを告げると、男性陣二人が、ほうと感嘆したような声を出して、羨ましげな顔をした。

メンバーは見目とみゆきがいい雰囲気になっていることは察していたが、彼らが深い関係になっている事実は知らない。

「それでは我々も見目さんの後を追って行こうかな」

永井が言うと、若槻と涼子が、私たちも一緒に行くと和した。

「皆さんのお越しを、首を長くして待っていたのよ。見目さんに一番乗りをされてしまいましたわね」

みゆきが見目に流し目を使った。見目は一同に察知されるのではないかと、一瞬ひやりとした。

「でも、城原さんが一緒にいらっしゃったら、お客様の目がみんな城原さんに集まっちゃいそう」

とみゆきが言葉を補足した。涼子はすかさず、

「私も最上さんのお店に入っちゃおうかしら」

と調子を合わせると、

「それは困るわ。涼子さんにみんな私のお客様を取られてしまうもの」

とみゆきが応じたので、男たちがどっと笑った。見目にはみゆきの言葉が、城原涼子に彼を取られてしまうのではないかと危惧しているように聞こえた。

「実は私、皆さんに隠していることがありましたの」

涼子がみゆきの言葉を弾みにしたように言った。一同の視線が涼子に集まった。

「前回の交換会で永井先生の奥様のカメラに保存されていた画像の主を、私、知らないと申し上げましたが、実は私のよく知っている人です」

涼子の言葉に、みゆき以下四人が、やっぱりというような表情を見せた。彼らはあのときの涼子の反応から察していたようである。察しをつけながら、涼子のプライバシーに立ち入ることを恐れて詮索しなかったのであろう。

一拍置いた後、永井が口を開いた。

「こんなことをお尋ねしてよいのかどうかわかりませんが、いまになって城原さんが画像の主を知っていると認められたのは、なぜですか」

と問うた。

「それは……私の憶測にすぎないのですけれど、奥様の死因が、その人となにか関わりがあるような気がしたものですから……。でも、私の単なる憶測から、その人に迷惑をかけてはいけないとおもって迷っていたのです」

涼子の言葉に一座にざわっとした気配が揺れたように感じられた。

「それはまたどうして……」

「奥様が亡くなられた日の朝、ほぼ同じ時間帯に、私、新宿駅の同じホームに居合わせました」

一座の気配がはっきりと揺れた。

「私が新宿駅にいたのは、奥様がホームから転落……突き落とされた時間より少し前でしたが、後になって報道で事件を知りました。そのときはまだ永井先生や皆さんと知り合う前でしたので、先生の奥様が事件の当事者であったことは知りませんでした。でも、そのとき私は画像の主をホームでちらりと見かけたような気がしたのです」

聞いている四人の顔色が改まったようである。

「でも、少し距離があって、確かめる前に人込みの中に紛れてしまったので、画像の主とは断定できませんでした。そのために今日まで話したものかどうか迷っていたのです」

「画像の主は眼鏡か、義眼を用いていませんか」

永井が問うた。

「眼鏡はかけていますが、義眼ではありません」

「画像の主がたまたま事件当日、新宿駅ホームにいたというだけでは、事件と関わりがあるとはいえないとおもいますが……」

若槻が口を開いた。

「そうおもいます。でも、奥様の画像の主が事件当日、事件が発生した同じ場所に居合わせたことが気になって、黙っているのが辛くなったのです」

「画像の主の名前は湯村等……医信大学の人気教授よ」

最上みゆきが涼子に助け船を出すような口調で言った。つまり、みゆきは同窓会の人間関係を店の客よりも上位に据えているのである。

永井と若槻はうなずいた。二人はすでに画像の主の素性を、山瀬薫名義のインタビュー記事から知っている。永井と若槻にとっては、涼子の情報は湯村の疑惑の影を一段と色濃くするものであった。

「実は、ぼくも我々五人のノグンリでの出会いに運命的な縁を感じています」

見目が一座の会話に入ってきた。四人が注目する中で、

「ぼくはノグンリの前、自殺防止のボランティアをしていて、自殺直前に相談電話をかけてきた女性を救えなかったと自己紹介のとき申し上げましたね。葉山鈴という女性で明正病院の看護師でしたが、彼女を死に追いやった相手が、医信大学出身のハーバードに留学したエリート医師で、現在、同源製薬のクリニック所長におさまっていることを突き止めました」

見目は野沢昌代から情報を得た経緯を話した。

「自殺された女性は明正病院の看護師であったとおっしゃいましたね」

若槻の眼光が鋭くなっていた。

「それがなにか……」

「私が刑事時代、最後に捜査を担当した未解決事件の被害者、今川美香さんが、やはり明正病院の看護師でした」

おおという嘆声が一座の者から漏れた。五人のノグンリのメンバーそれぞれに関わっていた人間が、次第に連環を形成してくる気配に驚いたのである。

「当時の捜査では今川さんの異性関係にそのクリニック所長は浮上しませんでしたが、所長が弄んだ女性は複数であったかもしれません」

同じ病院に勤務していた二人の看護師が、同一の医師と並行して関係を持っていたとしても不思議はない。同一職場内で相互の関係は秘匿していたであろう。

若槻の示唆によって、一層連環がクリアになってきた。

「世間は狭いものね。私たち、ノグンリ前から意外な形でつながっていたんだわ」

みゆきが言って、溜め息をついた。一同がうなずいた。ノグンリが一同を結びつけたとおもっていたが、それ以前からすでに意外な形で縁があったのである。

ノグンリ訪問がきっかけとなって、ふたたび書き始めた永井は、これまで自分とは無関係の事件として意識にもなかったノグンリ事件に関心を持った。

ノグンリ訪問以後、永井はふたたび生きることの意味を自らに問うようになった。妻の死後、ノグンリ以前は自らに問いかけることすら忘れていた。大きな変化である。

ノグンリ事件に関心を持ったことも、その変化によるものである。

事件そのものも凄惨であったが、この事件の特殊性は、三十八度線を越えて南下して来た北朝鮮軍を国連が侵略者として決議し、米軍を主力とした国連軍が南北朝鮮の紛争に介入したということである。つまり、韓国にとっては国連軍は友軍であった。

戦争は本来、両国の戦闘員によって行われる。非戦闘員が巻き込まれることはあっても、おおむね敵性の人民であった。それがノグンリでは女性、子供、老人の非戦闘員が友軍(米軍)によって無差別に虐殺されたのである。

理由は、ノグンリの避難民の中に北朝鮮兵士が紛れ込んでいるという疑惑だけであったが、所持品検査を行っても、鎌、包丁以外には危険な武器は発見されなかった。にもかかわらず、戦闘機と歩兵の二重の爆、銃撃を加えて、約四百人を殺害したというものである。

永井はこの事件を踏まえた小説を書こうとおもいたった。事件そのもののドキュメントではなく、事件の後遺症を背負った生存者や加害者が織りなす人生ドラマを書いてみたいとおもった。

ノグンリの悲劇の核心は、いまだ充分に検証されているとは言えない。まずこの虐殺が軍の命令であったか、前線の将兵による偶発的なものであったのかを明白にすることである。軍の命令として実行されたのであれば、米国政府は謝罪し、犠牲者に賠償しなければならない。米軍の虐殺命令が下された証拠資料は、すでにいくつか発見されている。

だが、虐殺を実行した七月二十六日、第五空軍と海軍七十七航空母艦の艦載機離陸記録のうち、他の時刻の記録はすべて残っているのに、十一時三十分〜十二時三十分の第五空軍、第八戦闘爆撃艦隊と、十二時三十分〜十四時の第五空軍の記録だけが紛失しているという。

また、双子トンネルでの虐殺については、米韓共同声明で「避難民に銃撃した事実は認めるが、その銃撃が命令に基づいてなされたという確たる証拠はなかった」として認めていない。

韓国政府自体が認めていないということは、応援に来た友軍に対する配慮があったのかもしれない。

要するに、米国政府としてはノグンリ事件の責任を認めたくないのである。できれば追及を躱（かわ）して、賠償責任を免れたい。

戦時の無差別虐殺については、必ず「虐殺はなかった」とする主張が表われる。ノグンリ事件においてもＡＰ通信の長期にわたる地を這う取材の末の報道に対して、二〇〇二年、ベイツマンという米軍所属の歴史家が「ノグンリ虐殺幻論」を展開していた。

つまり、最も信頼できる村の住人の状態を示す文献が存在しないので、虐殺があったかどうかはわからないという主張である。

これに追随するように、フランク南雲(なぐも)なる軍事評論家は、「避難民に紛れていたのは北朝鮮軍兵士ではなく、韓国の義勇軍兵士であり、誤って米軍に発砲し、米軍がこれに応酬したものである」と強調した。

フランク南雲はハーバード大学客員教授の後、米軍細菌戦研究所のフォート・デトリック研究所にヘッドハントされたという経歴を持っている。

永井は軍事面には暗いが、素人考えにも巧妙な詭弁(きべん)であるとおもった。フランク南雲の主張するようなきっかけからノグンリ事件が発生したとすれば、戦史上稀な虐殺事件が、義勇軍と友軍のミステイクによる同士討ちとなってしまう。

だが、義勇軍兵士が避難民に紛れ込んでいたという確証は示されず、ベイツマン自身も「避難民がその中の義勇軍兵士について知っていたという確たる証拠は存在しない」と記述している。

永井は「ノグンリ虐殺幻論」を支持しているフランク南雲なる人物が気になった。

フランク南雲の米軍細菌戦研究所在籍という経歴が、ますます永井の関心をそそった。

同時に、フランク南雲の古巣であるハーバード大学に留学して、現在、同源製薬のクリニック所長におさまっている岩佐道幸に興味をもった。

永井は大学時代の同期で、警察を経て私立探偵を開業している岡野種男をおもいだした。学生時代、親しくしており、一緒に山に登ったり、サークルの合宿所に寝泊まりした仲である。警察では公安（反政府的な思想やスパイ活動の取り締まり）にいたという噂があるが、真偽は確かめていない。卒業後疎遠になったが、年賀状の交換はしている。久しぶりに岡野に会った永井は、フランク南雲の経歴と岩佐道幸の女性関係の調査を依頼した。

「小説家はまた面白い方面に目を向けるもんだな」

岡野は、永井の次の作品の取材とおもったようである。あまり発表はしていないが、永井の作品をよく読んでいる気配であった。

「売れない作家だから、調査費は学割で頼むよ」

「懐かしい言葉を使うものだね。いまは学割なんてない。強いていうなら窓割だな」

「窓割だって……」

永井は最近知ったばかりの言葉が岡野の口から出たので、少し驚いた。

「なんだ、知っていたのか。同じ学窓を巣立った友情割り引き、窓割を適用することはめったにない。あんたは特別だよ」

岡野が笑った。卒業後疎遠になっていた距離が一気に縮まった。

「一週間から十日みてくれ。フランク南雲の経歴はネットのデータベースからすぐにわかるが、岩佐の過去の異性関係となると、ちょっと手間がかかるぞ」

岡野は言った。

約束した通り、十日目に岡野が報告にきた。

「いろいろ面白いことがわかったよ。まず岩佐道幸の女性関係だが、やつは相当なタマだね。葉山鈴以外にも女を複数〝運営〟していたよ」

永井は、女を運営とはうまい表現だと内心感心した。

「じつはまだ名前は確認されていないんだが、医信大学の後輩で、二十五歳くらいの女性と関係があったらしい。次に行きつけの喫茶店のウエイトレス、坂田朱実。大したタマだね。葉山から坂田に乗り換えたんだ。後輩とは大学時代から交際しており、葉山と同時進行の関係だったようだ」

岡野は二人の女性の名前以下、年齢、現住所、略歴等を書いた報告書を差し出した。

「運営女性の中に今川美香はいなかったかい」

永井は問うた。

「彼女との関係は秘匿していたんだな。そうでなければ、とうに警察の捜査に引っかかっている」

「それはそうだな」

永井は、若槻が最後の捜査で犯人を挙げぬまま捜査本部を解散した無念をおもった。若槻のような敏腕刑事が犯人を焙り出せなかったのであるから、よほど巧妙に関係を秘匿していたにちがいない。

「女性関係は洗えばもっと出てくるかもしれないが、逆玉の輿に乗った岩佐は、いまでも隠して女と関係をつづけているよ。大したタマだね」

　岡野は肩をすくめた。

「いまでもつづけているのか」

「そうだよ。他にも隠れている女がいるかもしれない」

「すると、もし岩佐が今川美香を殺したとすれば、どうして殺したのかな」

「きっと今川美香は、自分を捨てて他の女と結婚すれば、結婚式場に怒鳴り込んでやるとでも言ったんじゃないのか」

「現在運営中の女性はおとなしいというわけか」

「そういうことだな。もし今川が妊娠でもして、絶対に堕さないとゴネたら、殺したかもしれないよ」

「なるほど。そういうことも考えられるな」

「ところで、もう一つの依頼(たのみ)案件のフランク南雲だが、これはすでに故人になっている。元ハーバード大学客員教授という経歴は公表されているが、なんと同源製薬の副社長南雲毅(たけし)の父親ということがわかったよ」

「なんだって」

永井は意外なつながりに驚いた。南雲という姓とハーバード大学客員教授という肩書から、岩佐の米国留学先との一致に興味をおぼえて、岡野に調査を依頼したのである。

「それだけではない。フランク南雲はフォート・デトリック時代、日本陸軍細菌戦研究部隊から引き継いだ研究成果を、朝鮮戦争に用いた当事者だという」

「日本軍の細菌戦部隊というと、細菌やヴィールスを大量殺戮(さつりく)兵器に用いるために中国で人体実験を実行したという七三一部隊のことか」

永井もその七三一部隊については知っていた。

「そうだよ。アメリカはその七三一部隊の研究成果(ノウハウ)を引き継ぐ代償として、国際軍事裁判に訴追しないという取り引きをした」

この取り引きによって七三一部隊の幹部たちは戦犯にも指名されず、戦後にのうのうと生き延びたのである。単に生き延びただけではなく、七三一部隊での研究成果を踏まえて、戦後の日本医学界に名を成している幹部もいる。つまり、国のために行ったとされる七三一部隊での研究を私物化して利用したのである。

岡野の調査リポートは、その一人が同源製薬の創始者北浦良平(きたうらりょうへい)であることを指摘していた。

つまり、七三一部隊の生き残り幹部が創始した同源製薬に、朝鮮戦争における細菌戦を指揮・主導した米軍細菌戦研究所に所属していた学者の息子が、現在、副社長の椅子を占めている。この符合は一体なにを意味するのか。

岡野の調査報告を聞いた永井の意識の内で、次第に容積を増してくるものがあった。

フランク南雲と北浦良平は七三一部隊の研究成果の取り引きに際して結びつき、朝鮮戦争で米軍が行った細菌戦で協力した、いわゆる腐れ縁である。

腐れ縁は長つづきする。日米細菌戦略上の取り引きの副産物として生まれた製薬会社に、アメリカ側の主導者フランク南雲の息子が乗り込んで、マネージメントの椅子を占めている。戦争が生んだ腐れ縁が持続して、ますます強固になっている実証であった。

だが、この腐れ縁が由理の事件にどう結びつくのか。あるいは無関係なのか。由理がこの腐れ縁に着目したとしても、同源製薬の社史とフランク南雲の経歴は秘匿されているわけではない。双方のデータベースを検索すれば、容易に入手できる情報である。由理に知られて都合の悪い情報でもない。

永井は岡野の報告をまず若槻に伝えた。いずれノグンリのメンバーにも報告するつもりである。若槻もフランク南雲と同源製薬の腐れ縁に驚いたようであったが、

「奥さんの事件には直接結びつきませんね」

と永井と同じ意見であった。

「ただし、間接的なつながりは疑われますね」

若槻は補足するように言葉を継いだ。

「といいますと……」

「湯村教授は同源製薬と提携して共同研究をしているそうですね。大学の独立行政法人化で、いまは当たり前になっている。共同研究という名目で研究費の不足を補う便宜を図れば、両者には贈収賄罪が成立します。その事実を奥さんが嗅ぎつけたとすれば、どうですか」

「なるほど。湯村にとって由理は脅威になりますね。しかし、由理はなぜそれを記事にしなかったのでしょう」

「まだグレイの段階で、証拠を集めていたのかもしれませんよ」

「湯村は着々と取材を進めている由理に脅威をおぼえて、その口を塞いだというわけですか」

「まだ推測の域を出ませんが、十分考えられます」

若槻は慎重なもの言いをした。

「それは案外、的を射ている推測かもしれません。妻の書棚には医薬関係の本が目立ちます。職業柄、あらゆる種類の本がありますが、死の直前、特に医薬関係の本が多くなっていたようです」

「それは有力な状況（間接）証拠になりますね。奥さんは生前、医薬業界に興味を持っていたということになります」

「湯村教授の地位を利用した製薬会社との癒着を追及していたことの傍証になるかもしれませんね」

「奥さんが残した医薬関係の本を調べてみてください。書き込みや、ページの間に挿入されているものがあるかもしれません」

若槻の目が光ってきた。

失脚した命

週末の夜、かねてから観たいとおもっていた映画の帰り、渋谷の街の雑踏を歩いていた城原涼子は、

「城原さん、城原涼子さんじゃありませんか」

と突然、背後から声をかけられた。振り向くと、最近疎遠になっているが、記憶にある顔が笑いかけていた。

「まあ、野沢さん……」

涼子は無意識のうちに相手の名前を口にした。

「おぼえていてくださったの。嬉しいわ」

呼びかけた女性は同源製薬時代、何度か社用で足を運んだことがある医信大学学術研究支援課の要員野沢昌代であった。たしかめてはいないが、涼子より一、二歳年長で、波長が合い、社用を果たした後、大学の喫茶室でよく話し合った。湯村との関係は昌代に打ち明けていない。

「お久しぶりね。こんなところで奇遇だわ。お茶喫む時間ある？」

昌代は懐かしげに近づいて来て問うた。

「あります。野沢さんは大丈夫なの」

「週末、一人でこんなところを歩いているくらいだから、予定なんかないわよ」

昌代は苦笑した。

二人は近くの喫茶店に入った。運よく二人分の席が空いたところであった。

「よかったわ、お会いできて」

「私も」

二人は向かい合って座ると、一別以来の言葉を短く交わした。

「会社、辞めたんですってね」

コーヒーが運ばれて来る前に、昌代が問うた。

「ごめんなさい。急に会社がつまらなくなっちゃって、だれにも連絡せずに退社したの」

「驚いたわよ、湯村教授から聞いて。教授もあなたが退社した理由も、その後の消息も知らなかったみたい」

湯村にはなにも知らせず退社し、その後、一切連絡しなかったが、辞めた理由は察しているはずである。

「私も時どき、いまの職場を辞めたくなることがあるのよ。でも、辞めても、さし当たってほかに行く先もないし、辛抱しているの」

「野沢さんなら引く手あまたでしょう」

「外に飛び出すのが怖いのかもね。冬の夜、ぬるいお風呂に入っているようなものよ」

「冬のお風呂……」

「お風呂から出ると寒いので出そびれている間に、お湯がどんどん冷めていくのよ」

「まあ」

巧妙なたとえに、涼子はおもわず笑った。

「涼子さんはいまなにをしていらっしゃるの……ごめんなさい、よけいなことを聞いてはいけなかったわね」

昌代は自らを戒めるように慌てて口を閉ざした。

「いいのよ。いまは四谷の会計事務所に勤めているの」

だが、新しい職場の名刺は差し出さない。野沢には携帯のナンバーと住所をおしえた。

「気を遣わなくてもいいのよ。職場を替えるにはそれなりの事情があるものだわ。職場を替えるといえば、湯村教授も大学を辞めるみたい。涼子さんの前の会社となにかあったみたいよ」

「なにかあった……」

「私も詳しいことは知らないのだけれど、なんでも湯村教授による多額の使途不明金が会計監査で発見されたようよ。理事会としては湯村教授の辞任にとどめて、事を内聞にすまそうとしているらしいわ」

湯村は大学付属病院、および医信大学系の病院に圧倒的な勢力を張っている。同源製薬その他の製薬会社の依頼を受けて行う、新薬の大規模な治験(効力実験)のほとんどは、治験審査委員長の湯村が実権を握っている。

製薬会社から莫大な謝礼が湯村に支払われているという噂は流れているが、確証はない。

治験を担当する医師には、すべて湯村の息がかかっている。

その湯村が、本拠地の医信大学を辞めるということは、彼の絶対権力を覆すような事件が起きた証拠である。

大学としては事を表沙汰にして、杜撰な経理を衝かれたり、治験という名目で企業と提携して甘い汁を吸っている大学病院全体に飛び火することを恐れたのであろう。

「湯村教授がお辞めになったら、医局はどうなるのかしら」

「序列からいけば、大山准教授が昇格ということでしょうけれど、教授会の選挙の票がどう流れるかによって予測がつかないわ」

医信大学病院の花形である内科循環器科医局は湯村の独裁国家である。湯村は医者というよりは政治家と陰口をきかれているが、循環器障害を専門としており、政・財界の有力な要人たちに広い人脈を持っている。

花形医局と強力な人脈を踏まえて、総長や院長すら押さえるほどの隠然たる勢力を張っているがゆえに、学内や院内の反感も強い。そのような反感が使途不明金の発覚と同時に一気に噴き出したのであろう。

「それにしても湯村教授が抵抗もせずに、よくおとなしく辞める気になったわね」

涼子は言った。

湯村は医局の独裁者であるだけではなく、大学の経営にも深く関わっていたらしい。何事にも表と裏があるように、大学病院にとっても探られたくない裏がある。癒着している企業も無事ではすまない。湯村一人を処分して、大学と病院が涼しい顔をしているというわけにはいかないであろう。

「さあ、その辺のことになると、私にはわからないわ。きっと湯村教授が自ら辞表を出さざるを得ないような悪いことをしたんでしょう」

野沢昌代は他人事のように言った。

野沢昌代と別れて帰宅した城原涼子は、いずれはこんなことになるのではないかという予感が当たったことを知った。

確かに湯村はやり手ではあった。五十代にして名門医信大学教授の椅子に座っただけではなく、医術よりは政治的手腕を発揮して学部長の椅子を占め、総長まで射程に入れていた。だが、彼の専横に対する反感は強く、敵対勢力を培(つちか)った。

涼子は一時、湯村のパワーに満ちた権力志向に魅(み)せられたが、そんな彼の圧倒的な自信に満ちた足許には深い陥穽が掘られているような気がした。いずれは、それも遠い将来ではなく、湯村がその陥穽に落ちるような気がしていたのである。

　それにしても、一体なにが彼の身辺に起きたのか。湯村の突然の失脚は、大学や病院はもちろん、涼子の古巣である同源製薬にも大きな影響を及ぼすにちがいない。涼子を弄び、弊履のように捨てた湯村であるが、彼女の青春の主要なページであったことは確かである。そのページを破り捨てたのは涼子自身である。

　意外な人物から涼子に電話がかかってきた。

「いまさらきみにこんなことを言える義理ではないのだが、一度会って、ぜひとも話したいことがある。時間をつくってもらえないかな」

　と忘れようもない声が受話器から話しかけてきた。湯村等であった。

「私にはなにも話すことはありませんけど」

　涼子は突き放すように言った。彼には知らせていないはずの新しい電話番号をどうして知ったのか不思議におもった。

「一度だけでいい。ぜひとも話しておきたいことがあるんだ」

　尊大で自信に溢れていた湯村らしくない、哀願するような口調であった。失脚して弱気になっているのであろう。いい気味だとおもいながらも、ふと、哀れにおもった。

「実は、どうしてもきみに一言お詫びしたいとおもったんだよ」

「お詫びなどしていただかなくてけっこうです」

「きみだけではない。赤ちゃんにもお詫びをしたい」

湯村の声がすがりつくように聞こえた。

自分で中絶するように命じておいて、いまさらなにを言うかとおもったが、日の目を見ることなく闇から闇に掻き落としたはずの命の芽の痛みが、体の奥で疼いたような気がした。生まれてくれれば、どんな花を開いたかわからない芽を、親の都合から摘んでしまった。その共犯者の一人が詫びたいと言っているのを、勝手に拒絶してよいものか、ためらいが揺れた。

彼女の微妙な心の動揺を敏感に察したらしく、湯村は、

「頼む、五分でもいい。会いたい」

と訴えた。

涼子の心は揺れた。自分自身でも不思議な動揺である。湯村は彼女を弄び、心身を傷つけた、憎むべき青春の天敵のような男である。だが、彼との関係は男の一方的な意思によって始まったわけではない。彼女自身も青春の破損に手を貸した共犯者なのである。

ある意味では共犯者ほど強い連帯はない。涼子は湯村と手を組んで、自分の胎内に宿った幼い命の芽を殺したのだ。涼子が絶対に産もうと決意すれば、幼い命は助かったはずで

ある。むしろ、涼子が主犯であり、湯村は従犯者である。その従犯者が救いを求めるようにすがりついてきている。

「いいわ。ただし、本当に五分よ」

五分ですむはずがないが、時間を限った。

「ありがとう。きみの家に行く」

彼が涼子の新たな住所までどうして知っているのかという不審は保留して、

「それは困るわ。いいわ。私が先生のところに行きます。いまどこにいらっしゃるの」

涼子は譲らなかった。

「家だよ。ぼく一人だ。家内はアメリカに帰ってしまった」

失脚と同時に、家族にも捨てられてしまったらしい。湯村の家で二人だけで会うことに、危険はまったく感じなかった。湯村の口調にはそんな気配よりもっと切迫したものがあった。

湯村の住居は柿の木坂のマンションである。涼子は腕時計を見た。午後十一時を少しまわっている。少し遅いかなとおもったが、行くと言ってしまったので、いまさら取り消すわけにはいかない。取り消したら、湯村が自殺しそうな切羽詰まった雰囲気があった。

湯村の住居には数度行ったことがある。本宅は八王子市域にあるが、大学から離れているので、大学に近いマンションに東京の拠点を構えた。以前は柿の木を侍らした農家が多かったところから地名となったそうであるが、現在は豪勢なマンションが立ち並ぶ閑静な住宅街となっている。

家族はほとんどこのマンションに来ない。昼間は管理人がいるが、夜間の訪問者は玄関先のコールボタンを押して入居者にドアを開けてもらう。

だが、涼子が何度湯村のルームナンバーボタンを押しても応答がない。呼びつけておきながら、ドアを閉ざしたまま無視している湯村に腹立たしくなった涼子が帰ろうとしたとき、エレベーターのドアが開いて、三十代半ばと見える男が慌てた足取りで出て来た。顔色が蒼白で、狼狽しているように見えた。

彼は玄関口にたたずんでいた涼子に一瞬、ぎょっとしたように立ちすくんだが、慌てて顔を背け、逃げるように立ち去って行った。涼子は一瞬、目を合わせただけであるが、男の顔に薄い記憶があるような気がした。咄嗟におもいだせない。

男が外に出て行くとき、開いたドアを潜(くぐ)って館内に入った涼子は、五階にある湯村の部屋に直行した。

だが、チャイムボタンを何度押しても応答がない。室内に鳴るチャイムの音が玄関ドア越しにかすかに聞こえるが、なんの気配も生じない。周辺の部屋も無人のように静まり返っている。

眠ってしまったのかもしれない。しかし、涼子に泣きつくようにして会いたいと言った湯村が彼女の到着前に眠るであろうか。

首をかしげながら、未練げに引いたドアがなんの抵抗もなく開いた。ロックされていなかったのである。

涼子は最小限に開いたドアの隙間から中に身体を入れた。

「湯村先生、涼子です。いらっしゃらないのですか」

後ろ手にドアを閉めた涼子は、屋内に声をかけた。依然としてなんの反応もない。まったく人のいる気配がない。

玄関から廊下を伝い、ベランダに面して寝室と居室がある。青春の天敵、もしくは共犯者の住居の勝手を心得ていることが、改めて心身に刻まれた疵として疼いた。

室内は薄明るい。奥のリビングの灯りが点いているのである。湯村は寝てはいない。就眠するときは必ず消灯することを知っている。

廊下とリビングルームを仕切るドアを開いた涼子は、室内に展開されている異常な光景にぎょっとなって、立ちすくんだ。

リビングは十二畳の洋室である。毛足の長いカーペットが敷きつめられ、中央のティーテーブルを囲んでソファー、大型のテレビ、ステレオ、書棚などが工夫された位置に配されている。湯村専用のソファーが定位置から少しずれており、そのかたわらの床に湯村が俯せに倒れていた。

明らかに眠っているのではない。後頭部から滲み出たらしい黒いしみが、頭部を中心に絨毯の上に面積を拡(ひろ)げている。かたわらに、学会での功績を表彰されて贈られた、湯村が自慢にしていた医神アスクレピオスを象(かたど)ったというブロンズの置物が放置されていた。

血は生々しく、凶行が演じられて間もないことを示している。かたわらのスタンドの照明が、その凄惨な光景をなんの遮蔽も置かずに照らしだしている。

涼子は驚愕のあまり悲鳴もあげられず、その場に麻痺したようにしばし立ち尽くしていた。

束の間、茫然とした涼子は、我に返った。こんな場面をだれかに見られたら、犯人として自分が最も疑われる立場にいることに気がついた。痴情・怨恨という申し分ない動機も持っている。

涼子は現場から離れようとおもったとき、玄関先ですれちがった男の素性をおもいだした。彼は湯村の助手の一人で、いわさという人物であった。涼子も彼に二、三度、付属病院で会ったことがある。

いわさの顔色は青ざめ、明らかにうろたえていた。いわさは湯村を殺害して逃げ出す途中、涼子とマンションの玄関口で鉢合わせしたので、狼狽したのではないのか。

身におぼえがないのに、へたに現場から逃げようとして入居者や通行人に見られたら、自分が犯人として疑われてしまう。

なにはともあれ、警察に通報すべきである。そうおもったとき、警察より前に永井の顔が脳裡に浮かんだ。なぜ永井を連想したのか、自分でもわからない。

涼子は携帯を取り出して、同窓会のときにおしえてもらった番号に連絡した。彼女の祈るような気持ちが通じたらしく、永井の声が応答した。

「よかった」

涼子は名乗る前につぶやいた。

「その声は城原さんですね。こんな夜遅く、どうかしましたか」

永井の声が優しく問うてきた。名乗る前から涼子の声と識別したようである。時計を見ると、いつの間にか午前零時近くなっている。

「先生、助けて。大変なことになりました」

「落ち着いて。まず深呼吸しなさい。それからなにが大変なのか話してごらんなさい」

永井に言われた通りに深呼吸をすると、少し落ち着いてきた。

「そうです。それでいい。さあ、なにがあったのか話してください」

永井の穏やかな声音に、ようやく自分を取り戻した涼子は、いま直面している事実を告げた。

一通り涼子の言葉を聞いた永井は、

「その場から逃げ出さなくてよかった。私もこれからそこにまいります。その場を動かず、まず一一〇番しなさい。そして、事実をありのままに告げなさい。私は若槻さんに連絡して、そこへ行きます。いいですか。決して嘘をついてはいけませんよ。事実をありのままに話すのです」

と諭すように言った。

十月××日深夜、目黒区柿の木坂一丁目のマンション「アドニスコート」五〇三号室で入居者が殺されているという通報を一一〇番経由で受けた碑文谷署から、事件番の捜査員が臨場した。通報者は同夜、被害者の住居を訪問した女性である。

当夜、事件番で自宅で待機していた碑文谷署刑事水島は、自宅の寝床から現場に引っぱりだされた。

深夜の高級住宅街は突然、殺人事件の現場として警察のものものしい管理下に置かれた。現場は所轄の碑文谷署から目と鼻の先にある。現着一番乗りは所轄署のパトカー、前後して碑文谷署刑事課員、機捜カー、つづいて本庁から捜査一課、鑑識課員が次々に到着する。

臨場した検視官の検案によれば、死後経過時間二、三時間。

致命傷は後頭部の挫創、頭蓋骨陥没に伴う脳挫傷と検案した。

凶器は死体のかたわらに放置されていたブロンズの置物であり、被害者のものとおもわれる血液が付着している。後頭部の挫創以外には傷は認められない。

被害者は医信大学教授湯村等五十五歳である。

犯人は被害者の隙を見て、後方から立っている被害者の後頭部に置物を上から下に垂直に振り下ろしたと推測された。現場には格闘や抵抗した痕跡、また犯人の遺留品らしきものは認められない。

第一発見者は被害者の友人と称するOLの城原涼子、二十五歳である。その夜、被害者から呼び出しを受けて、その住居を訪ねたところ、リビングの床に後頭部から血を流して倒れている被害者を発見したという。

深夜、男の住居を一人で訪問した若い女は、被害者と特別の関係にあるにちがいないと捜査陣は見た。まずは第一発見者から死体発見の経緯を詳しく聴く。

第一発見者の事情聴取に当たったのは水島である。彼女の供述を聴きながら、水島は、この女は犯人ではないとおもった。男に会いに来たはずが、たまたま殺人の現場に来合わせてしまった動転(パニック)がまだ残っているが、聴かれたことに真剣に対応している。

「あなたが部屋に入ったときは、すでに湯村さんは殺されていたのですね」

「はい。何度チャイムを押しても応答がないのでドアを引いてみると、ロックされていなかったので室内に入ったところ、リビングに倒れている湯村先生を見つけたのです」

「あなたが来たとき湯村さんがすでに死んでいたとすると、玄関はどうやって入ったのですか。外来者は入居者に中から開けてもらわないと入れないはずだが……それとも湯村さんからドアを開くカードを預かっていたのですか」

「いいえ」

城原涼子は首を横に振りながら、はっとなにかをおもいだしたような表情をした。

「どうしました?」

「玄関から何度コールボタンを押しても反応がないので帰ろうとしたとき、館内から男の人が出て来たのです。その人はかなり慌てていたようで、顔を背けて逃げるように出て行ってしまいました」

「あなたとすれちがいに出て行った男は、慌てていたようだとおっしゃいましたね」

水島は涼子の顔を覗き込むようにして問うた。

「私、その人を知っています」

「知っている……」

「湯村先生の助手で、二、三度、顔を見かけたことがあります」

「その人の名前は……」

「たしか、いわささんといいます」

「どんな字を書きますか」

「知りません。ただ、湯村先生がその人をいわさ君と呼んでいました」

「その助手のいわさ氏が、あなたとすれちがいに慌てた足取りでマンションから出て行ったというのですね」

「はい」

「でも、彼は顔を背けていたとおっしゃいましたが」

「すれちがうとき、一瞬、目が合ったのです。そのときはどこかで会ったような気がしたのですが、咄嗟にはおもいだせませんでした。湯村先生の遺体を見つけた後、玄関口ですれちがった人がいわささんだったとおもいだしたのです」

「おもいちがいということはありませんか」

「まちがいなくいわささんでした。彼も私をおぼえていたらしく、ぎょっとしたように顔を背けたのです」

自分の罪を他人に転嫁しようとして、彼女が嘘をついている可能性も考えられるが、調べればすぐにわかるような嘘はつくまい。

水島がさらに質問をつづけようとしたとき、顔馴染みの捜査一課の棟居と、彼に同行した形で珍しい顔が入って来た。

「やあ、圭さんじゃありませんか。また復帰されたのですか」

水島は何度か捜査を共にした元捜査一課の鬼刑事若槻の顔を見いだして驚いた。彼はたしか最近、リタイアしたと聞いている。

「やあ、水さん、久しぶり。おれは押し出されたところてんだからね、もう復帰はしない。

だが、第一発見者の城原さんは私のちょっとした知り合いでね」

と若槻は懐旧の情を面に塗って言った。

「なんだ、そういうことでしたか。それにしても、死体の第一発見者が圭さんの知り合いとは、驚いたな」

水島は奇遇ともいえるこの出会いに、本当に驚いていた。

若槻は昔の顔で現場に入れたが、さすがに永井はオフリミットの線を越えられなかったのか、あるいは遠慮したのか、この場に姿を見せない。だが、涼子は若槻の顔を見て、ほっとした。

事情聴取を終えて、涼子は〝おかまいなし〟とされた。逮捕状は出ていなくとも、事件の第一発見者がこんなに簡単に釈放されたのは、若槻の口添えがあったからであろう。涼子は改めてノグンリの仲間の有り難みをおぼえた。

マンションの玄関口では永井が待っていてくれた。現場から若槻にエスコートされて玄関口で永井に迎えられた涼子は、これまで張りつめていた緊張が一気に解けて、その場に頽れそうになった。それをがっしりと支えてくれた永井の手の温もりを感じたとき、彼の存在がいつの間にか自分の意識の中に大きなスペースを占めていることを悟った。

寡作ではあったが、永井とノグンリで出会う以前から、彼の作品には目を通していた。

心の相性がよかったというのか、彼の文章には涼子の心の琴線に触れるものがあった。

　韓国旅行中、自己紹介し合ったとき、永井は文筆に携わっていると言ったが、ペンネームと本名が異なっていたので、彼がその作者本人であることに気がつかなかった。

　帰国後しばらくして、『万物の慟哭』という作品の広告に永井の顔を見いだして、彼のペンネームと永井が愛読書の作者本人であることを知ったのである。

　まだその時点では彼を特別に意識したわけではない。湯村の死体を発見したとき、永井の顔をおもい浮かべて、はっとした。

　なぜ永井の顔を窮地に陥ったときおもい浮かべたのか。そのときは自分の心の奥を詮索している余裕はなかった。いま、初めて遭遇した窮地から救い出されて、涼子はいつの間にか愛読書の作者に恋しており、もう決して現われないとあきらめていた恋の対象が、手を伸ばせば届く至近距離にいることに気づいたのである。

　男女の仲はおおむね接触と直接の会話によって始まる。言葉がなく、身体の一部が触れ合っただけで始まることもある。

　だが、永井とは書かれた言葉によって、それも涼子から一方的に始まった。作者と読者の関係は本を媒体にして常に一対一である。それもスターや歌手のように直接の容姿や芸に惹かれた関係ではなく、作者が投射（内面の想念を作品に化体）した作品に惹かれた間接的なものである。

作者対読者の関係は、読者がどんなに恋しても、作者は作品の背後に隠れている。直接対象に触れられないという意味では、月や星を恋するのと同じである。月や星を恋していたはずの涼子が、その実体にいま触れている。それだけにその喜びは大きかった。

碑文谷署に設置された捜査本部は、犯人逮捕は時間の問題と考えていた。被害者は著名な医学者であり、医学界はもとより、政・財界にも有力な人脈を伸ばしている。事件はマスコミにも大きく報道された。

解剖所見はおおむね現場での検視官による検案と一致していた。

捜査本部は第一発見者の供述を重視して、被害者の元助手、現在、同源製薬クリニックの所長である岩佐道幸医師に任意同行を求めて事情を聴くことにした。

現場からは涼子の指紋を含めて、対照可能な指紋が数個採取されている。

翌日の午後、岩佐の在宅を確認した捜査員が自宅に赴いて任意同行を求めたところ、岩佐は顕著な反応を示した。

「医信大学教授湯村等氏の殺害事件について伺いたいことがありますので、ご同行願います」

と捜査員団を代表して棟居が要請すると、

「私ではない。私はなにも知らない。関係ありません」

と岩佐は顔面蒼白になって震える声で訴えた。

「そういうことも含めてお伺いしたいことがありますので、ご同行願います」

棟居が妥協を許さぬ断乎たる口調で告げると、

「私は本当になにも知らないのだ」

と同じ言葉を繰り返しながら、床に座り込んだ。

「事件に無関係であれば、なおのことご同行いただいて、潔白であることの証明をしていただきたい。正当な理由もなく同行を拒否されると、それが逮捕の理由にもなりますよ」

と棟居に告げられて、岩佐はようやく立ち上がった。

捜査本部に同行を求められた岩佐は、相も変わらず自分が事件と無関係であることを訴えつづけた。

「あなたが昨夜遅く、湯村教授の住んでいる柿の木坂のマンションから出て来る姿を見た人がいます。あなたは昨夜、湯村教授のお宅に行かれましたね」

棟居は確認した。

「はい、行きました」

「どんなご用件で行かれたのですか」

「特に用事はありませんでしたが、しばらくお会いしていなかったし、たまたま所用で近くを通りかかったものですから、立ち寄ってみたのです。ご不在、あるいはご都合が悪ければ、そのまま帰るつもりでした」

「すると、特に用事もなく、ふらりと立ち寄ったということですね」

「私にしてみればご機嫌伺いです。まさか教授が殺されているなんて、夢にもおもわなかったので……」

「すると、あなたが湯村教授のお宅に行ったときは、すでに教授は亡くなっていたというのですね」

「はい。何度チャイムを押しても返事がないのでドアを引いてみたところ、ロックされていなかったので室内に入り、教授が死んでいるのを見つけました。私は仰天して、そのまま逃げ帰って来たのです」

「玄関はどのようにして入ったのですか」

「たまたま入居者らしい方が帰って来たので、その人と一緒に入りました」

「その人の顔はおぼえていますか」

「いいえ。おぼえていません。ほとんど顔を見ませんでしたから。その人も私を意に介していないようでした」

「玄関を入ったのは何時ごろですか」

「午後十一時半を少し過ぎていたとおもいます」

「あなたはマンションから出るときに、玄関口ですれちがった人をおぼえていますか」

「はい、若い女性とすれちがいました」

「何時ごろですか」

「十一時四十分前後だったとおもいます」

「その女性の顔をおぼえていますか」

「すれちがいざま、ちらりと見ただけなので、おぼえていません」

「先方はあなたと面識があると言っていましたが」

「患者かもしれません。毎日、多数の患者を診療しますので」

「対面すればおもいだすかもしれませんね。現場には犯人のものとおもわれる指紋が残されていました。もしあなたに疚(やま)しいところがなければ、指紋採取にご協力いただけませんか」

「そ、それは、私の指紋が現場にあるのは当然でしょう。私は先生の部屋に行きましたが、殺してなんかいませんよ」

岩佐は少し立ち直ってきたらしく、口調が強くなった。

「現場から逃走した犯人は、自分から手を下したとは言いません。あなたはさしたる用事もないのに、推定犯行時間帯に被害者の居宅を訪問しているのです。疑われてもやむを得ませんね」

「私は無実です。指紋採取などと、まるで犯人扱いではないか」

岩佐は声を荒らげた。開き直ったようにも見える。

「身に疚しいところがなければ、ご協力くださってもよいとおもいますがね」

棟居に肉薄された岩佐は追いつめられた。


現場から採取された指紋は、岩佐の指紋と一致した。だが、凶器に用いられたブロンズの置物からは、彼の指紋は顕出されていない。岩佐の供述通り、犯行推定時間内に現場を訪問した事実を、即犯人に結びつけるわけにはいかない。

室内の仕切り戸、建具、家具など、所々に岩佐の指紋が残されているにもかかわらず、凶器のみ手袋をはめて犯行に使用したというのは、犯人の心理として解せない。

岩佐ははめられたのではないか。もしそうだとすると、岩佐は犯人に現場におびき出されたことになるが、岩佐は近くに来たついでに被害者を表敬訪問したと主張している。任意同行を求められたときの岩佐の反応を見ても、彼が犯人を庇っているとは考え難い。

すると、もう一人の現場訪問者城原涼子が疑わしくなるが、彼女は、岩佐が去った後に現場に来ている。

犯人逮捕は時間の問題と楽観していた捜査本部は、立ち上がりから困難に直面した。

岩佐道幸は依然としてダークグレイであるが、彼には動機が見当たらない。湯村は岩佐の恩師に当たり、学生時代から特に目をかけられていた。同源製薬副社長の令嬢との縁談も湯村が推挙し、結婚の媒酌人まで務めている。

岩佐は医者以上にビジネスセンスに優れており、現在、同社内クリニック所長兼新薬開発部長を務め、治験を通して医信大学系の内外の病院に商圏を拡大した。

それというのも、湯村の医学界から政・財界、多方面に及ぶ影響力に負うところが大きい。岩佐にとって湯村はライフラインともいえる重要な存在であり、湯村を失うことは深刻なダメージとなる。

岩佐が湯村の住居の近くに来たついでに表敬訪問をしたという弁明は、両者の関係から不自然ではない。

捜査を進めれば進めるほどに、岩佐の容疑は薄れていった。だが、岩佐に代わるべき容疑者は浮かび上がらない。

捜査本部の中から、城原涼子を洗い直すべきではないかという意見が出てきた。湯村の住居を深夜、涼子が訪問した事実は、二人の特別な関係を物語る。これを無視するわけにはいかないという主張が、彼女を容疑者の最前列に引き戻した。

「城原涼子は岩佐の後に現場に行っている。そのときすでに湯村は殺害されていた」

と棟居が反論すると、

「城原は湯村を殺害した後、いったん現場から立ち去り、なんらかの方法で岩佐を呼び出し、犯人に仕立てたのではないのか」

と切り返された。

「なんらかの方法とは、どんな方法か。もしなんらかの方法で岩佐が現場におびき出されたのであれば、彼がその事実を黙秘するはずがない。また城原が犯人であれば、現場に戻って警察に通報するはずがない。身を安全圏に置いて、匿名で通報すべきではないか」

「城原は湯村の生前の異性関係から、自分が焙り出されることを予測して、犯人であれば取るはずがない行動を自発的に取って、自分を捜査圏外に置こうとしたのではないのか」

「それは危険が大きすぎる」

双方の主張は対立したまま平行線をたどった。

永井と若槻によってとりあえず窮地から救い出されたものの、捜査本部が依然として自分に嫌疑をかけている気配を、涼子は感じ取った。

その証拠に、当分の間、遠方や海外への旅行は控えるようにと棟居から言われた。強制ではないが、その勧告に逆らえば不利になる状況が察せられる。

それにしても、湯村が生前、涼子に会いたいと言った切迫した事情はなんであったのであろうか。

湯村は殺害される直前に大学の教授職を辞任したという。大学側も湯村の突然の辞任についてはは公にしていないようである。その辺に事件の真相が隠れているのではないのか。

涼子も未確認情報として、野沢昌代から聞いたことを事情聴取されたとき、捜査員に告げていない。

捜査本部が確認しても、大学側がそんな事実はなかったといえば、それまでである。野沢昌代自身も詳しくは知らないと言っていた。単なる噂にすぎないのかもしれない。

城原涼子は永井と若槻に、湯村失脚の情報を伝えたものかどうか迷った末に、結局、伝えることにした。

永井は作家として鋭い洞察力に富み、若槻は刑事としての経験に磨かれた勘と刑事の嗅覚に優れている。

湯村は生前、涼子になにを伝えようとしたのか。永井と若槻がすべての情報を集めた上で、湯村の死因を分析してくれるかもしれない。

見目とみゆきの仲は深まっていた。会えば会うほどに親密度は増し、別れ難くなっている。もはや二人ともたがいの存在なくしては生きていけないような間柄になっていた。

見目はみゆきと結婚しようと決意した。だが、その前に別居している妻と離婚しなければならない。もはや夫婦の間には一片の愛情も残っていないが、妻は離婚に素直には応じないような気がした。

妻は陰湿な性質であり、見目がいまになって離婚を申し出ると、その理由を探るであろう。そういうことに関しては異常に敏感な女である。見目に新しい女性ができたと知れば、絶対に離婚には同意しないであろう。

そして、まずいことに、妻は見目が恋愛している気配（けはい）を察知しているようであった。一時、まったく無気力に陥っていた見目が、ノグンリ以後、人が変わったように生気を取り戻している。いまにして見目が潔白（クリーンハンド）な間に、男ができた気配のある妻に離婚を申し立てればよかったと悔やんでも、後の祭である。

いまや見目もクリーンハンドではない。妻と同じ立場に立っては、先に離婚を申し出たほうが足許を見られる。妻に離婚を同意させるためには、かなりの慰謝料を積まなければなるまい。見目にはそんな金はない。みゆきにすがるわけにはいかない。そんなことは男の沽券（こけん）に関わる。

それにすでに離れ難い二人であるが、まだみゆきの意志を確認していない。恋愛と結婚は別である。果たして銀座の一流クラブのトップホステスが見目の妻になってくれるかどうか確かめるまではわからない。二人の関係を大切にするためには結婚しないほうがいいとみゆきは言っていた。むしろ、来世の妻、現世の恋人同士のほうが、このよい関係を持続できるかもしれない。

結婚して、常に一緒にいるようになれば、次はいつ相手に逢えるかという期待と不安が失われてしまう。恋愛は常に需要が満たされないほうが長つづきするという名言をどこかで聞いたような気がする。だが、同時に恋愛は深間に嵌まれば嵌まるほど、相手に対する飢餓感が強くなるものである。

　この飢餓感に耐えられぬために、鶏を一挙に潰そうとしてしまう。その愚は百も承知でありながら、鶏を潰して一挙に卵を取り出そうとする衝動に耐えられなくなる。それが恋愛である。そして、何度恋を重ねても教訓（レッスン）を学ばない。

　そんな時期、逢瀬を重ねたみゆきが、

「湯村先生、失脚したみたい」

　とベッドの上でふと漏らした。

「とうとう医信の絶対独裁者も失脚したのか。驕（おご）れる者久しからずだね」

　見目は交わった体位を解かぬまま、みゆきの言葉を聞いた。

　華やかな銀座に、夜毎集う男たちはいずれも一廉（ひとかど）の権力の持ち主である。だが、どんなに強い権力者でも、その座は永久ではない。圧倒的な権勢があっという間に崩落する場面を、みゆきは何度も見ているようである。

　権力を失った者は銀座に自力では来られなくなる。来られても来なくなる。権力と自力はちがうことを、みゆきは知っている。権力者以上に銀座の華であるみゆきを我が物にしている見目は、一体どんな力を持っているといえるのか。

　一度、みゆきに問うたとき、彼女は「みりょくよ」と言下に答えた。

「みりょく?」

「チャーミングな魅力だけじゃないわよ。もちろんそれもあるけど、三つの力の三力(みりょく)。一がいわゆる魅力、次が実力、三番目が神の力よ」

「魅力と実力はわかるが、神の力とは具体的にどういう力なんだね」

「まず運命。どんなに愛し合う二人でも、出逢えないことにはどうにもならないわ。つまり、二人の力だけではどうにもならない、神が出逢わせてくれるような運命的力ね」

「なるほど。魅力と実力と神の力の三つの力か。私たちにはその三つの力が揃っていたというわけだね」

「そうよ。だから、これからもその三つの力を信じて愛し合いましょうね」

そんな言葉を交わしている間に、体力を回復してくる。それは身(み)の力だと見目はおもった。

「男と女の間では、権力よりも三力のほうが強いのよ」

みゆきの言葉に見目は自信を取り戻す。そして、そんな会話の後間もなく、湯村の悲惨な訃報を聞いたのである。

湯村は権力を失うのとほぼ前後して、生命までも失ってしまった。

「城原さんが疑われているみたい」

さらにみゆきは驚くべき情報を見目に伝えた。

「疑われているというと、湯村殺しの容疑者という意味かい」

見目は問うた。

「そうよ。警察がまず疑うのは女性関係だわ。城原さん、湯村教授とつき合っていたと言ったでしょう」

「しかし、完全に別れたそうじゃないか」

「警察は過去の関係でも疑うわよ。まして、城原さんは湯村教授にいい感じを持っていなかったもの」

「湯村教授はかなり発展していたようじゃないか。とうに別れた過去の女性よりは、現役の女性を疑うんじゃないのかい」

「警察は第一発見者である女性から事情を聴いていると報道されているけれど、もしかして、その第一発見者が城原さんじゃないかしら」

「どうしてそう言えるんだ」

「実はね、湯村教授、かつて最も愛していた女性は城原さんだと私に漏らしたことがあったの」

「えっ、そんなことをきみに漏らしたのか」

「名指しはしなかったけれど、同源製薬の女子社員と言っていたわ」

「女子社員なら、他にもいただろう」

「医者と看護師とはちがうわ。同源製薬の女子社員といえば、城原さんに決まっているわよ。同窓会のとき、城原さん、湯村教授の写っている写真を見て、最初知らないと言ったでしょう」

「後になって、間接的に湯村教授と交際していたことを認めたが……」

「それよ。警察は、交際していた城原さんが教授を恨んでいたと疑うわよ。つまり、動機があるということね」

「城原さんは人を殺すような人間じゃないよ」

「そんなことは警察に通用しないわよ」

「じゃあ、どうする」

「元刑事の若槻さんがいるわ。永井先生も知恵を貸してくださるにちがいない。ノグンリの仲間で城原さんを支えるのよ。みんなで集まって対策を講じましょう」

みゆきが言い出した。

みゆきの呼びかけで五人が集まった。みゆきが案じたように、警察は城原涼子を容疑者対象からはずしていないようである。涼子はノグンリの仲間がこれほど自分の身を案じてくれていることに感激していた。

みゆきの呼びかけで集まった一同は、マスコミで報道されている情報や、永井が岡野から聞いた報告を交換した後、若槻が棟居から仕入れた捜査本部のその後の動きを伝えた。本来なら捜査の情報を警察ＯＢが容疑対象者に告げるのは論外である。それだけ若槻は涼子を信じ、ノグンリの仲間を大切におもっているということである。涼子も当夜の状況を簡潔に説明した。

「岩佐道幸の容疑は薄れているようだ。岩佐には湯村教授を殺害すべき動機がまったくない」

「私にはあるとおもわれているようです」

若槻につづいて涼子が発言した。

「しかし、城原さんが現場に行ったときは、すでに湯村教授は殺されていた。ただし、解剖による死亡推定時刻には多少の幅があり、城原さんはその時間内に現場に行っている」

つづいて永井が言った。

「幅はあっても、城原さんが行ったとき、すでに湯村教授が死んでいたのであれば問題ないんじゃありませんか」

みゆきが口を出した。

事件発生の概略は一同、報道によって知っている。報道では、涼子や岩佐の名前は明らかにされていないが、すでに涼子から岩佐が湯村の家に先着していたことは告げられている。

「たしかに私は当時、湯村教授を恨んでいました。裏切られたとおもいました。でも、ノグンリで生死の境界から立ち直った人たちの証言を聞き、皆さんと知り合って、私はまだ十分にやり直せることに気がつきました。考えてみれば、私はセクハラを受けたわけではなく、自分の意志で招いたことでした。湯村教授を恨みつづけていたら、私は当夜、彼の家に行かなかったはずです。教授は失脚して心細くなり、私に逢いたくなったのではないかとおもいます」

「それはわかるわ。男の人って、そういうときは女性に逢いたくなるものなのよ」

みゆきが言った。

「そういうことがなくても、ぼくは会いたい」

おもわず口から出たらしい見目を、みゆきが睨んだ。他の三人は、みゆきと見目がよい雰囲気になっていることに気がついている。

「医信大学だけではなく、医学界をはじめ、政・財界に隠然たる影響力をもっていた湯村教授が失脚した理由が曖昧だね。多額の使途不明金があったということだが、大学はそんな事実はないと否定している。教授失脚の理由に、事件の真相が隠されているかもしれない」

若槻が言った。捜査本部も湯村失脚の理由を洗っているようであるが、はかばかしい進捗は見られない。

「皆さんが私の身を案じて集まってくださり、本当に有り難くおもいます。でも、私のことよりも、一つ、とても気がかりなことがあります」

一同の視線が彼女の面（おもて）に集まった。

「それは永井先生の奥様のことです。奥様は一体、だれが突き落としたのでしょう。実は私、湯村教授を疑っていたのです。奥様は湯村教授の失脚の原因になった使途不明金や、製薬会社との癒着について調べていたのではないでしょうか。湯村教授は永井夫人に脅威をおぼえて、駅のラッシュに紛れてホームから突き落としたのではないかと疑っていました」

涼子に言われて、一同は湯村の事件に意識が集まり、永井由理の死を忘れるともなく忘れていたことに気がついた。

涼子は由理がホームから突き落とされた朝、未確認ではあるが、湯村らしき者の姿を同じ駅のホームで見かけたのである。

「家内はやはり事故だったのではないかな。考えてみれば、湯村教授のような地位にある者が、自ら家内を突き落としたとは考えられない。湯村教授は義眼を入れていない。家内と湯村教授を結びつけるものは山瀬薫名義のインタビュー記事だけだった」

永井が反省するように言った。

「しかし、社会的地位や失うものが大きければ大きいほど、保身のためには手段を選ばないということはありませんか」

見目が言った。

「それにしても、駅のホームから突き落とすというのはあまりにも危険が大きすぎる。ラッシュアワーを利用したということは、それだけ人目も多く、だれに見られるかもわかりません。現に、城原さんが湯村教授を見かけています。教授はマスコミにもよく顔を出していています。いかに家内に脅威をおぼえたとしても、彼自らそんな危険を冒すとは考えられない」

「永井夫人のホーム転落死は事故ではない。あれは殺人です」

若槻が断定するように言った。一同の視線が彼のほうに転じた。

「永井さんは、奥さんが足許を誤って線路に転落するような人ではないことをよくご承知のはずです。現場を目撃している藪塚が、奥さんは突き落とされたと証言しています。藪塚はすりの名人だけに、歳は取っても目は抜群にいいのです。特に動体視力、つまり動くものを見分ける視力が優れています。藪塚の証言は信憑性があります」

「たとえば湯村教授がだれかに命じて、永井夫人を突き落とさせたということはないかしら」

みゆきが一同に問いかけるように言った。

「可能性としては考えられるが、共犯者を使うのは、本人自身が実行する以上に危険が大きい。それにもしそうであれば、事件発生時、永井夫人突き落としの現場には近づかないはずだ」

若槻が答えた。

「気になって見張っていたのではないの？」

みゆきが言った。

「あの朝、もしかしたら湯村教授は私の後を尾けていたのかもしれません」

涼子がなにかをおもいだしたような表情をした。

「なぜ、あなたを尾けるの」

みゆきが一同を代表して問うた。

「教授はとても嫉妬深い人で、私にほかに恋人がいるのではないかと疑っていました」

涼子は湯村に妊娠を告げたとき、「他の男とつき合っていたのではないのか」と詰問した湯村の言葉をおもいだしていた。一同にはそのことを告げていない。

湯村が殺されて、永井由理を突き落とした容疑者が消えた形である。だが、突き落とし犯人はいると若槻は断定している。

「それでは、岩佐はどうかしら。岩佐が湯村教授に命令されて、永井夫人を突き落としたとは……」

みゆきが新たな仮説を唱えた。

「それは無理だとおもうよ。岩佐自身が失いたくない大きなものを背負っている。いかに湯村が恩師であるとしても、へたをすればすべてを失ってしまう危険な命令を、唯々諾々と引き受けるはずがない。岩佐自身が湯村教授に匹敵するような力を持っている。湯村教授の大スポンサーである同源製薬中枢に食い込んでいるんだ、いまの岩佐は」

見目が反論した。彼にしてみれば、葉山鈴を自殺させてまで乗り換えた逆玉の輿をふいにするような危険な橋を渡るはずがないというわけである。

「それもそうだわね」

みゆきはあっさりと引き下がった。

「捜査本部は湯村教授失脚の原因に当面捜査の焦点を絞っているようだよ。捜査本部には棟居君がいる。彼は信頼できる。棟居君は事件発生時から城原さんを無関係と主張している。捜査本部の大勢も棟居君に傾いている。だが、嫌疑を完全に捨てたわけではない。永井先生の友人である私立探偵は腕がよさそうだね。どうだろう。彼に湯村教授失脚の真相を調べてもらったら……」

若槻が提案した。

「私もいまふとそうおもいました。岡野なら、なにかつかんでくれるかもしれない」

「いま岡野と言いましたね……」

「岡野がどうかしましたか」

「もしかして、その私立探偵、岡野種男という人ではありませんか」

「そうです。若槻さん、岡野を知っているのですか」

永井が驚いたような声を出した。

「岡野君なら、警察で伝説になっている私立探偵ですよ。公安出身という噂があるが、確認されていません。彼の調査力には定評があり、警察も時どき協力を求めています。組織にがんじがらめにされている警察とちがって、小回りが利く機動力にものをいわせて、すごいネタをくわえてきます」

五人が集い、交換した情報を踏まえて討議している間に、事件の構造が複雑で、根が深そうな様相を見せてきた。

「捜査は警察に任せるとして、私たちは城原さんを守りましょう。警察は依然として城原さんにかけた容疑を捨てていない。事件に直接、間接に関わっている者はすべて疑う、それが警察です。私は警察を辞めて、人間を疑うことから、人間を信ずることに所信を変えました。私は、いや、ここに集まったみなさんは城原さんを信じています。その信念に基づいて城原さんの一点の曇りもない潔白をみんなで証明しようではありませんか」

若槻が言った。彼の言葉は刑事の前身を踏まえているだけに説得力があった。若槻の言葉がノグンリで聞いた「最期の日まで空を仰ぎたまえ　一点の恥辱なきことを……」の尹東柱の詩を下敷きにしていることは明らかであった。

「私、これまで恥辱多き生き方をしてきました」

涼子が声を詰まらせた。

「恥辱なき人はいない。その恥辱を少しでも少なくしようとしながら生きているのですよ」

永井が柔らかく言うと、涼子の頰を一粒の涙滴が伝い落ちた。

「私、本当に素晴らしい仲間を持って幸せだわ」

涼子は自分に言い聞かせるように言った。

「ぼくなどは恥辱を少なくしようともがきながら、恥辱を重ねています」

見目が少し湿りかけた一座を明るくしようとして言った。

「あら、どういうこと」

　みゆきが少しきっとした口調で問うた。

「いやいや、きみには関係ないことですよ。ぼく一人のこと」

　見目が少し慌てた口調で言い返したので、

「自分一人のこととむきになって言うところが怪しいね」

　すかさず永井が切り込んだので、一座がわっと沸き、明るくなった。

　当日の集まりで、五人は一層絆を固めると同時に、一連の事件の経緯を再構成した。

　最も関心を集めた話題は、永井由理の突き落とし事件と湯村教授殺害事件の関連性の有無である。若槻は関連性ありと主張して、他の四人もそれに傾いている。

　だが、関連性ありとすれば、最も容疑濃厚であった湯村が殺害された理由がわからなくなってしまう。そのジレンマを五人は解けない。

　関連性を疑われる人物として残されたのは岩佐道幸であるが、彼は由理の生前にはまったく無縁であり、湯村に対しては動機がない。動機という点では城原涼子のほうにあるのである。

　男と女の関係は、当事者以外にはわからない。若槻が、人を疑うことから人を信ずることに所信を変えたと表明したが、彼らは城原涼子を信ずることを絆として、一層固く結びついたのである。それは警察官の使命感と、ノグンリの仲間のちがいであった。

永井はノグンリの仲間たちに会った後、考え込んだ。

由理の死は事故ではない。湯村の死体を踏まえた突き落とし犯人の笑い声が聞こえるような気がした。だが、由理の死因を湯村のみに結びつけるのも危険である。

由理の生前の取材先は多方面にわたる。取材の成果を発表されては都合の悪い人間も複数いたかもしれない。

由理はジャーナリストであり、取材中の事件や、対象や、取材源に関しては、夫婦といえども永井に語ったことはない。小説の材料として永井に提供したこともない。

また永井も由理が書いた記事からヒントを得たことはあっても、その材料を用いて小説を書いたことはない。犯人（突き落とし）は由理の取材対象の中に隠れているかもしれない。

その観点から、由理が生前に扱った取材対象を調べ、山瀬薫名義の湯村のインタビュー記事を見つけたのであるが、ペンネームを用いてはいたものの、発表されたものである。

取材を終わり、記事も仕上がった後、出版社、雑誌の都合、あるいはある方面からの圧力を受けてボツ（原稿や記事を発表前に廃棄する）にされたことはなかったか。

由理は生前、

「無名のライター、著名なレポーター問わず、原稿は活字になるまでどうなるかわからないのよ。お偉方から、その記事は差し止めろと鶴の一声が下れば、天下国家の大事でも、正義を実現する原稿でも、日の目を見られないわ。憲法が保障する表現の自由も、現場は制限だらけなのよ」

と漏らしたことがあった。

「たとえばどんな制限があるのだね」

永井が問うと、

「たとえば、まず天皇および天皇制の批判、日本の戦争犯罪の告発、そして差別に関する表現などね。スポンサーの意向も大きいわよ」

と由理は答えた。

「きみの原稿もボツにされたことがあるのかい」

「たくさんあるわ。ボツにされた原稿供養をしたいくらいにね」

由理は束の間、悔しげな表情をした。永井は一瞬ではあったが、彼女の面に浮かんだ無念の色をおもいだした。

「その気があれば、インターネットや自費出版でも発表できるだろう」

「生命の危険を冒せばね。もし、そういう場面になったら、生命を懸けても発表するつもりよ」

由理は優しい妻の顔から不退転の決意を示すジャーナリストの顔になった。

永井はそのとき、妻の面に表われた無念の色の奥に突き落とし犯人が隠れているような気がした。地を這うようにして取材した原稿をボツにされ、命を懸けて発表しようとした矢先、彼女は永遠に口を封じられたのではないのか。

（ボツ原稿だ）

彼女の生前のボツ原稿の中に突き落とし犯人が潜んでいる。

だが、由理の遺品の中にそれらしき原稿はなかった。たとえボツにされても、原稿を保存している限り、日の目を見る機会はある。

出版社に残されていた由理の私物はパソコンを含めて、彼女の死後、永井の許に返されてきたが、その中に原稿（ファイル）はなかった。あるいは原稿は出版社のものという意識か契約があって、出版社に保存されているのかもしれない。

もし出版社の都合でボツにされた原稿であるなら、永井が請求しても素直に返してくれるとはおもわれない。またボツ原稿の存在そのものを否定されるかもしれない。

自分の発想を若槻に伝えた。

「それはいいところに目をつけましたね。ボツ原稿か。そこまで意識がまわらなかったなあ。捜査本部もボツ原稿は盲点だとおもいますよ。棟居君に伝えていいですか」

「もちろんです」

「ただし、強制捜査となると、出版社は表現の自由や、取材源の秘匿を楯に取るかもしれませんね。表から行ったのでは大戸を下ろされても、裏口から行けば入れてくれるかもしれません」

若槻の言葉には経験が滲んでいる。

「裏口なら、私にも多少の伝（つて）があります」

「棟居君が喜ぶでしょう。捜査の突破口になるかもしれません」

若槻は現役の刑事のように興奮を抑えた口調で言った。


すり係刑事中橋の許に聞きおぼえのある声が電話をかけてきた。

「ダンナ、藪塚です。その節はお世話になりました」

相手は殊勝な声で言った。

「なんだ、ヤブキンか」

電話の相手は藪塚金次であった。

「旦那、かけにくい電話をせっかくかけているのに、なんだ、ヤブキンかはないでしょう」

藪塚の声が少し恨みを含んだ。

「気にするな。あんたがかけにくいと言ったように、またなにか悪さをしたんじゃないのか」

「ダンナ、そりゃあんまりだ。私はもうあの日から改心して、他人様の懐中には一切手を出していませんよ」

「それを聞いて安心したよ。それで、かけにくい電話をかけてきた用事とは、なんだね」

「誤解しないでください。実はあのとき、線路に突き落とされた女性からすり奪ったブツはすべて亭主に送り返したとおもっていたのですが、バッグの中身がこぼれ落ちたらしく、返し損なったものが一つ出てきたのです」

「なんだって。バッグの中身がこぼれ落ちたって……なんだい、それは」

「私にもよくわからねえんですが、とても小さな、薄っぺらな板ですよ」

「とても小さな、薄っぺらな板……」

と言われても、中橋にもすぐおもい当たらない。

「私の家にはそんなものはありませんし、外から持ち込んで来る人間もいません。すると、私がすったバッグの中身としか考えられねえんで」

「だったら、持ち主の亭主に返したらいいだろう」

「ダンナ、そんな冷てえことを言わねえでくだせえ。いまさらすりが、亡くなった奥さんの持ち物の一つが私の家の中にこぼれ落ちていましたなんて言って、返せますか。それに、その奥さんの持ち物と確認されているわけではありませんしね。やっぱりダンナにお渡しするのが順当だとおもいましてね」

「せっかくの親切な申し出を無にしてはいけないな。わかった。私が預かろう。二、三日うちにあんたの家に行くよ」

「私のほうからダンナのお宅にお届けします。以前教えていただきました。警察の敷居は高いんでね。刑事のダンナに家に来られたら、近所の人間から、また悪さをしたんじゃないかと疑われますからね」

「おや、近所の衆が、あんたが腕利きのすりであることを知っているのかい」

「そんなこと知っていたら、私はここに住めません。ダンナが気安く私をすり、すりと呼ぶから怖いのですよ」

「すりでなかったら、なんだね」

「ほら、もうその口から言ってる。私はもう堅気(かたぎ)になったんですよ」

「そうだろうな。すり奪ったブツを返しに来てくれるくらいだから」

「ほら、また言ってる」

藪塚は電話を切った。

捜査は立ち上がりから難航した。

湯村が殺されて、彼の失脚の理由はうやむやになってしまった。大学側としてももともと内聞に済ましたい失脚の理由を、本人が死亡した後、詮索されても、素直に明かすはずがない。　失脚というよりは、湯村追放の裏には大学にとっても秘匿したい内部事情があるらしい。

湯村の汚職のにおいに、東京地検特捜部も動き始めている気配である。この時期に若槻が示唆した永井由理のボツ原稿は、たしかに捜査本部の盲点であった。だが、捜査本部の大勢は永井由理の死因を湯村から切り離している。

棟居もその大勢にあえて異を唱える気はない。事件発生当初、両者の関連を疑ってみたが、湯村は由理突き落としの犯人像としては無理がある。

だが、両事件を切り離してしまうことにもためらいをおぼえている。別件でありながら、どこかでなにかがつながっている。そんな感じがして仕方がない。論証はできないが、棟居の職業的な勘が、両事件を結びつけたがっているのである。

若槻の示唆にも同類の勘が働いているようであった。組織捜査や科学捜査は老練刑事の勘を否定する。だが、それは最先端医療機器のデータばかり眺めて、患者の顔や身体を見ない医者のようなものである。現場から発するにおいや、血まみれの被害者の死体、その生前の人生から立ち上る体臭などから働く刑事の勘には、科学機器のデータや物証とは異なるファジー（個人的な微妙な感覚）な人間味がある。

勘だけに頼るのは危険であるが、最先端機器や、そのデータのみを信頼するのはもっと危険である。

棟居は永井由理の事件を意識の片隅に置きながら、湯村の事件を見つめた。凝視している間に、小さなことではあるが、意識に引っかかってきたものがある。

城原涼子は湯村の生前、彼と交際していた事実を認めたが、湯村が殺害された時点では、彼との交際を完全に絶っていたという。そのために住居も携帯の番号も変えたと言っていた。

絶交している彼女に、事件発生直前に湯村から電話があって、ぜひ話したいことがあると呼び出されたという。湯村の切羽詰まった口調にしぶしぶ訪ねたと言うが、湯村はどうやって城原涼子の電話番号を探り出したのか。

そのときは、絶交しても男と女の関係は簡単に断ち切れるものではないと見過ごしていた。

棟居は城原涼子にその点を確認してみることにした。

「私も湯村教授から新しい携帯に電話がかかってきたとき、どうして知ったのか不思議におもいました。絶交後、もちろん彼には新しい電話番号をおしえていません」

涼子は答えた。

「しかし、湯村教授はあなたに電話してきたのでしょう」

「はい。どうして電話番号を知っているのか不思議にはおもったのですが、あまりにも切羽詰まった声で逢いたいと言うものですから」

その点はすでに繰り返し聞いたことである。

「すると、湯村教授はあなた以外の人間から、あなたの電話番号を聞いたことになりますね。湯村教授と共通の知人に新しい電話番号をおしえませんでしたか」

「そういえば……」

涼子はなにかおもいだしたような口調になった。

「だれですか、その人は」

「野沢昌代さんという人です。大学院を経て、大学の学術研究支援課という部署にいます。同源製薬時代に知り合った人です」

「その野沢さんという人に新しい携帯のナンバーをおしえたのですね」

「はい。湯村教授の事件の少し前に、渋谷で偶然出会ってお茶を喫んだとき、野沢さんに聞かれておしえました。野沢さんなら湯村教授と言葉を交わす機会があるので、私の電話番号をおしえたのかもしれません。野沢さん以外に、湯村教授と共通の知人にはおしえていません」

「野沢さんと偶然出会ってお茶を喫んだとき、どんな話をされましたか」

「そういえば、そのとき野沢さんから湯村教授が、もしかすると大学を辞めるかもしれないと聞きました」

「ほう、野沢さんがそんなことをあなたに話したのですか」

「野沢さんも詳しいことは知らないようでした。なんでも経理の検査で湯村教授に多額の使途不明金が発見されたということで、辞任に追い込まれたという噂だと言ってました」

「野沢昌代さんとはその後、会いましたか」

「いいえ。それ以後は会っていません。そのとき会ったのも偶然で、同源製薬を退職してからは、医信大学とも関係がなくなりましたので」

「同源製薬に在籍中は医信大学にもよく行かれたのですか」

「同源製薬は医信大学に治験、新薬の効能実験を依頼していましたので、よくまいりました」

「そこで湯村教授と知り合ったということでしたね」

「はい」

「渋谷で野沢さんと偶然出会ったとき、彼女に連れはいませんでしたか」

「お一人でした。もし連れの方がいたら、私に声をかけなかったとおもいます」

「野沢さんのほうから声をかけたのですね」

「そうです。後ろから声をかけられて、振り向いたら野沢さんがいました」

「同源製薬時代、野沢さんとは親しかったのですか」

「特に親しいというほどではありませんが、顔はよく合わせました」

「野沢さんはあなたと湯村教授との私的な関係を知っていましたか」

棟居はさらに踏み込んで問うた。

「知らなかったとおもいます。でも」

「でも、なんですか」

「湯村教授が野沢さんに話していれば別ですけど」

「湯村教授と野沢さんは親しかったのですか」

「個人的に親しかったかどうかは知りませんが、医学部教授と学術研究支援課は密接な関わりを持っています」

城原涼子から野沢昌代という人物の名前を聞き出した棟居は、どうも野沢が涼子と湯村の関係を知っていたような気がした。

野沢は二人の特定な関係を知っていて、城原涼子に湯村辞任の情報を伝えたのではないか。棟居の胸の内に醸成してくるものがあった。

つまり、野沢が湯村と涼子の関係を知っていたということは、湯村と野沢の関係も密接であったことを物語るものである。

だが、捜査本部に報告するには、情報がまだ熟していない。湯村と野沢の異性関係を確かめる必要がある。

棟居は次第に意識の中に容積を増してくるものを凝視した。これまでの湯村の身辺捜査では、野沢昌代は浮上していない。湯村は私生活でかなり発展していた模様であるが、教授という立場上、異性関係は秘匿していたようである。

棟居は捜査本部に報告する前に、野沢昌代の発見を相棒の水島に伝えることにした。

「棟居さん、その線、いけそうですね」

水島もやはり刑事の勘に触れるものがあったらしく、即座に反応した。

「水島さんにそう言ってもらうと、自信がもてますね」

棟居は水島の敏感な反応に意を強くした。

二人共に、暗中模索の手先にようやくなにかが触れたような感触をおぼえていた。

未解決のまま警察を去った、今川美香殺害事件は若槻にとって人生の債務であった。リタイアと同時に現役中の債務は清算されたはずであるが、若槻が心に負った債務は残っている。このまま人間そのものをリタイアしてしまえば、債務をあの世まで背負っていくことになる。

そんな心の負担を少しでも軽減するために韓国の旅行に参加したのであるが、ノグンリ以後、かえって債務の重さを意識するようになってしまった。

金銭の債務は清算できても、事件はその真相を突き止めるまでは清算できない。ノグンリ以後、現役中は捜査線上に浮上しなかった岩佐が、にわかに今川美香との関係疑惑を深めてきた。

岩佐は美香と当時、同じ病院にいた。女性に手の早い岩佐が、同じ職場に医師と看護師として居合わせたのである。だが、二人に接点はあってもつながらない。

当時、岩佐が葉山鈴と交際していたのは事実であるが、今川美香とはつながらない。葉山鈴との関係と同時進行していた可能性もあるが、美香との関係は巧妙に秘匿していたのであろう。

岩佐は湯村殺しに対して動機はないが、今川美香の関係疑惑人物として見過ごせない。

若槻は忘れようと努めていた人生の債務が、ふたたび前以上に重くのしかかってくるのをおぼえた。

城原涼子は棟居刑事から野沢昌代について質問されたことが、心に尾を引いた。

なぜ、棟居刑事は野沢昌代にこだわったのか。そのことが次第に涼子の意識を圧迫してきた。涼子は自分一人の思案にあまったので、永井順一に相談した。永井に会う口実でもあった。

永井は喜んで涼子が持ちかけた相談に乗ってくれた。永井も涼子に会う口実ができたことを喜んでいるらしい。

「棟居刑事は、湯村教授が知らないはずの涼子さんの新しい電話番号を知っていることに、不審の念をおぼえたのでしょうね」

涼子の話を一通り聞いた永井が言った。永井の言葉が、二人の距離を狭めたようで、涼子は嬉しかった。

「でも、私が野沢さんに電話番号を伝えたことを告げると、棟居さんの興味が野沢さんのほうに移ったようにおもいます」

「つまり、棟居刑事は野沢さんをマークしたらしいということですか」

「マークというほどではないとおもいますが、気にしていたようです」

「その野沢さんという女性と湯村教授は、涼子さんの情報が筒抜けになるほど親密な関係だったのですか」

「筒抜けとはおもいませんが、同じ大学でよく顔を合わせていたはずなので、私の電話番号をなにげなく湯村教授に伝えたのではないでしょうか」

「棟居刑事は、二人が親密な間柄だとおもったのでしょう。捜査本部としては被害者の異性関係をマークするのは常套手段ですからね。野沢さんはどんな女性ですか」

永井は問うた。

「といいますと……」

涼子は質問の本意を取り損なった。

「つまり、野沢さんは男にとって魅力的な女性でしたか」

「はあ……それは」

ようやく質問の意味するところを悟って、涼子はおもわず口ごもった。

棟居は湯村と野沢昌代との特定の関係を疑ったのである。涼子は自分の迂闊(うかつ)さに唇を嚙んだ。棟居の疑惑が的を射ていれば、涼子と昌代はライバル関係にあったことになる。湯村を挟んでの関係が同時進行していれば、典型的な三角関係として野沢昌代にも動機が生まれる。

だが、湯村が殺害された時点では、涼子は彼との交際を絶っていた。

「野沢昌代さんが恋愛の対象となり得る女性で、湯村教授の生活圏にいたとすれば、棟居刑事としては見過ごせないでしょうね」

涼子の胸の内を読んだように永井は言った。

「でも、もし野沢さんが湯村教授と特定の関係にあったのであれば、むしろ、私の消息は秘匿するのではありませんか」

もし野沢が涼子を恋のライバル視していれば、涼子の新しい電話番号を湯村に伝えるはずがないとおもった。

「男と女の問題ですから、当人同士でないとわかりませんが、情報が湯村教授に伝わる野沢さん以外の線は考えられませんか」

「湯村教授と共通の知人としては、野沢さん以外には電話番号はおしえていません」

「そのとき野沢さんに口止めをしましたか」

「いいえ、しませんでした。偶然、渋谷で出会ったので、そこまで考えませんでした」

「つまり、涼子さんには野沢さんから湯村教授に筒抜けになるという意識はなかったわけですね」

「ありませんでした。同じ職場ではあっても、教授と野沢さんを結びつけて考えませんでした。いまにして迂闊だったとおもいます」

「野沢さんにしても、湯村教授と涼子さんの間を知らなければ、軽い気持ちで話したのかもしれませんね」

「でも、棟居刑事はそうはおもわなかったのでしょう。私ももっと慎重になるべきでした。そうすれば、皆さんにご迷惑をかけることはありませんでした」

当夜、湯村の住居へ行かなければ、あらぬ疑いをかけられることもなく、四人にも無用の心配をかけずにすんだはずである。

「だれも迷惑などとおもっていませんよ。少しでもあなたのお役に立てれば嬉しいのです」

永井は城原涼子から相談を受けて嬉しかった。涼子と話していると、由理を失った心の虚ろが柔らかく手当てされるような気がした。

まことに手前勝手な解釈であるが、由理の霊がノグンリで城原涼子に引き合わせてくれたような気がする。いつまでも亡き妻の想い出にしがみついていては、由理も浮かばれないであろう。

涼子と別れた後も、永井はしばし、彼女の余韻に浸っていた。涼子の出現によって、こんなにも早く立ち直れる自分に、永井は驚いている。涼子が永井を相談相手に選んだのも、彼を憎からずおもっているからであろう。

涼子は湯村と交際があった事実を認めている。それゆえに事件発生時、湯村の住居に居合わせた涼子の嫌疑は容易には晴れないであろう。涼子は嵌められたのではないのか。彼女を嵌めたのは犯人にちがいない。

とおもったとき、まだ会ったことのない野沢昌代が意識の中にクローズアップされた。

岡野が伝えた情報の中に岩佐の異性関係に医信大学の後輩で二十代半ばの氏名未確認の女がいたことをおもいだした。もしかするとその女が野沢かもしれない。

湯村と野沢の関係はまだ確認されていない。野沢が湯村に涼子の情報を流したとすれば、同じように湯村も、涼子と犯行当夜会う予定であることを野沢に伝えた可能性がある。つまり、野沢昌代は当夜、湯村の住居に涼子が行くことを知っていた。だが、犯人の計算になかった岩佐の介入が、涼子の嫌疑を薄めてしまった。

犯人は当夜、涼子が湯村の家を訪問することを知っていた人物である。そして、湯村がそのことを他の人間に話していなければ、野沢昌代一人がその情報を知り得る位置にいる。

棟居もその可能性に気がついたのであろう。

　藪塚から電話を受けた翌日の朝刊になにげなく目を通した中橋は、かなり大きなスペースを割いた社会面の記事に藪塚の顔写真を見いだして、目を見開いた。

「お手柄の乗客、車内ですりの現行犯逮捕」というリードも麗々しく、藪塚が通勤ラッシュの電車の中で老人から財布をすったすりを目ざとく見つけて大声をあげ、周囲の乗客たちの協力を得て捕まえたことを報じている。

　新聞には晴れがましげな藪塚の顔写真と住所区が載っている。

「やっこさん、昔取った杵柄で、同業の犯行に気がついたんだな」

　もう少し早く知っていれば褒めてやれたのに、と中橋は悔やんだ。

　そうとは知らず、また悪さをしているんじゃないかと失礼なことを言ってしまったが、近く返し忘れた永井由理の遺品を返しに来ると言っていたので、そのとき改めて褒めてやればよいとおもい直した。

　藪塚は同業の犯行を阻止することによって、自分が足を洗った事実を証明したかったのであろう。住所区を明らかにしてしまっては、〝同業〟の怨みを集めることにならないかと、中橋はよけいな心配をした。

　だが、藪塚の来訪を心待ちにしていたが、藪塚は現われなかった。気まぐれなやつだから、気が変わったのだろうと中橋はおもった。

藪塚が捕まえたすりを引き渡された鉄警隊員に問い合わせてみると、すりは最近、韓国から来た常習犯で、もっぱら通勤電車を漁場に単独で犯行を重ねていたという。さすが百戦錬磨のすりも、すりの名人藪塚に見破られたというわけである。

財布は無事に被害者に返された。

中橋は心待ちにしていた藪塚が一向に現われないので、連絡を取ってみた。だが、応答はない。藪塚は携帯電話は持っていない。中橋は一抹の不安を覚えながらも、続発する事件に追われた。

永井の許に私立探偵の岡野が追加報告に来た。彼はなにか大きな獲物の臭跡を嗅ぎつけた猟犬のような顔をしていた。

「ちょっと気になることがわかってね」

岡野は一切の前置きを省いて言った。

「気になることって、なんだい」

「葉山鈴だがね、彼女の母親は北朝鮮出身だよ」

「なんだって……」

「娘が自殺したというのに、母親の姿が見えないのが気になってね、調べてみたんだ。日本名葉山淑子、朝鮮名李英淑だ」

「そういえば、葉山鈴さんが自殺したときも、母親には一度も会わなかったと見目さんが言っていたな」

永井はおもいだした。

鈴の死後、処理はすべて父親の葉山豊が行い、母親の姿は見えなかったという。衝撃で母親は引きこもっていたのだろうと、見目は言っていた。

「母親はどうしているんだね」

「北朝鮮に帰国している。北朝鮮帰国事業に乗って、二十五年ほど前に帰国したということになっているが、『地上の楽園』北朝鮮の実態が明らかにされて、帰国事業は開店休業状態であったので、拉致強制帰国が疑われている」

「それにしても、幼い娘を日本に残して、どうして母親一人だけ帰国する気になったんだね。それとも無差別に拉致・誘拐した日本人の妻が、たまたま北朝鮮出身者であったということなのかい」

「いや、きっかけは北朝鮮に住んでいた年老いた養親から帰国を求める手紙が来たらしい。当時、すでに北朝鮮の経済破綻が伝えられており、帰国をためらっていた英淑は、養親の様子を見るために一時帰国したらどうか、養親の状況を確認して、また日本へ戻って来てもよいと勧誘されて、ためらいながらも新潟まで行ったところ、帰国船に押し込まれ、北朝鮮に運ばれて、同地に監禁同様に留置されているようだ」

「すると、帰国したお袋さんが葉山鈴の自殺になんらかの関わりがあるということになるのかい」

「考えすぎかもしれないが、北朝鮮は地上の楽園帰国事業で出身者を騙して帰国させ、人質に取り、日本に残留した家族を工作員として操っているということだ。騙されて帰国した出身者は地上の楽園どころか、満足な食べ物もなく、住む家もなく、仕事もなく、自由もない、ないないづくしの暮らしに命懸けで韓国や中国に逃亡したり、絶望のうちに死んだりする者が後を絶たない。逃亡に失敗した者は強制収容所に監禁されて、一生出ることができない。帰国した拉致被害者によって地上の楽園の真っ赤な嘘が世界に知れ渡った。他国の人間すら不法に拉致するくらいだから、自国の出身者を騙して連れ戻すのは当然の権利と心得ているのだろう」

「それで、母親はいま北にいるのかい」

「北に帰って、何年かは音信があったらしいが、その後なんの消息も聞こえてこない。北は、帰国者は元気に幸せに暮らしていると躍起になって宣伝しているが、生死不明だよ。北の国内事情となると、おれの調査網も及ばないが、日本国内には北の工作員がうようよいる。彼らは人質を取って日本国内の家族を操っている」

要するに、北への帰国者の家族は、日本に潜入している北の工作員の人脈、あるいは工作員そのものかもしれない。

「ちょっと待ってくれ。そうすると、自殺した葉山鈴とその父親の葉山豊氏も、北の工作員の疑いがあるということか」

「可能性はあるな。とにかく鈴は母親を、葉山氏は妻を人質に押さえられているのだから、言うことを聞かなければ人質の生命は保障しないと脅かされれば、北の意のままに動かざるを得なくなるだろう」

岡野の意外な報告に、これまでは葉山鈴の死因を岩佐道幸との失恋と決めつけていたのが揺れてくる。

「母親を人質にして、その家族を操って、なにをさせるというんだい」

「いくらでもあるだろう。北が最も敵視しているのは南朝鮮（韓国）だよ。日本を経由して南へ工作員を送り込む。その手足となるのが帰国者の家族だ。それだけではない。北にとって日本は南の次に位置する強力な敵性国家だよ。日本に対する諜報工作員としても利用価値は極めて高い」

「つまり、葉山父娘（おやこ）は北のスパイの手先にされていた疑いがあるということか」

「スパイそのものにされていたかもしれないよ」

「葉山鈴を自殺に追いやった岩佐なども、北の工作員につけ込まれる素地をもっていたということになるのか」

「その可能性は十分にあるね。葉山鈴を自殺させた責任を取れ、取らなければ逆玉の縁談が進行中の相手にすべてをばらすと脅されたかもしれない」

「そういえば、当時、岩佐の縁談は葉山鈴との交際中、同時進行していた……」

「そんな形に波及していけば、工作員の人脈は無限に拡大していくだろう。特に女の人脈は強い。歴史も閨閥が操っているだろう」

岡野の報告は永井の視野に新しい窓を開いた。

葉山鈴の自殺に、岡野の報告のように北の工作が絡んでいるとすれば、どのみち見目一人の力では、彼女を救えなかった。

北が母親を人質に取り、鈴に帰国を命じたのかもしれない。父親は帰るなと言う。両親と恋の板挟みになって、ついに自ら命を縮めたという想定もあり得る。

岡野は葉山父娘の身辺をさらに探ってみると言った。岡野はいまや葉山鈴の異性関係よりも、北との関係に興味を持っているようである。

永井は岡野の報告を若槻に伝えることにした。若槻を経由して棟居にも伝わるであろう。

水入らずの第二期捜査本部

北新宿四丁目、中央線を底辺に小滝橋を頂点とし、東方の小滝橋通り、西方の中野区との境界を流れる神田川を左右の斜辺とする三角地帯には、小住宅や古ぼけたアパートが犇いている。南方には新都心の超高層ビルが林立していて、夜景はごみごみした界隈に都会的な借景を添える。

消防署から退去勧告を受けそうな古アパートには、古い住人が根を生やしている。日照や衛生的にも恵まれているようには見えない地域であるが、人肌の温もりが感じられる界隈である。

道が錯綜していて、いいかげんに歩いていると小さな公園に出たり、保育園、卸売市場に出合ったりする。

新宿消防署のお膝下に、いざというとき消防車が入れないような小道や路地が四通八達しているのが皮肉っぽい。だが、そんな地域に古い住人が多いのは、それなりの魅力があるからであろう。

中央線のガードを潜って三丁目に入ると、古い社寺が散在している。明治末期に過激な社会主義者や無政府主義者が好んで住み着いていたというのも、都会の中の一種の吹き溜まりのような温もりが惹きつけたからであろう。

この界隈の三角形の左辺、神田川に面して、「桃青荘」というモルタル造り二階建ての古いアパートがある。いまどき珍しい単室構成、トイレット共用の老朽アパートで、外壁のモルタルには雨水のしみが陰惨な縞模様を描いている。

アパートの名前は神田川の工事監督をした芭蕉の別号「桃青」にちなんでいるが、入居者には芭蕉への関心はなく、命名のいわれを知る者はほとんどいない。

その桃青荘の住人藪塚金次が、この数日帰宅せず、大家から捜索願が所轄の新宿署に出された。

大家の話によると、藪塚は六十六歳、愛知県出身で、現在無職であるが、貯えがあるらしく、ゆったりとした暮らしぶりであった。桃青荘に入居したのは五年前で、調理師と自称したが、確認したわけではない。

毎日、規則正しく職場に出勤していたようであったが、最近はリタイアしたとかで、部屋にいる時間が長くなっていた。訪問者はなかった。同じアパートの入居者とも挨拶を交わす程度で、交際はしていない。家賃は毎月、期日にきちんと納めていた。

五年も入居していながら、存在感の薄い藪塚が、ラッシュの電車の中ですりを捕らえたことが派手に報道されて、一躍アパートの英雄になった。本人はそのお手柄をかえって恥じているらしく、入居者が寄ると触ると噂をすると、身体を縮めるようにしていた。買物に出たりすると、店の者が話題にするので、引きこもりがちになっていた。

その藪塚の気配が数日前から消えてしまった。不審におもった大家が室内を覗いてみると、この数日間、生活をしていた痕跡がまったくなかった。室内は比較的整頓されていたが、冷蔵庫内には数日前の日付の生鮮食品がまったく手付かずで、流しには汚れた食器が放置されている。郵便受けには数日分の新聞が溜まっていた。

押入れには寝具と汚れた下着類が押し込まれたままである。靴も大家がよく見かけた茶の短靴が見えない。財布も残されていない。放置された新聞の日付から判断すると、四日前の夜から帰宅していないと推測された。

大家から事情を聴いた所轄署の係官は、気儘な独り暮らしの老人であるから、数日の旅行にでも出かけたのだろうと言った。

「それはないとおもいます」

大家は答えた。

「どうしてそのように言えるのですか」

「藪塚さんは野良猫を飼っていました」

「野良猫を飼っていた……？」

「あの人は猫が好きでしてね、アパートの近くに住み着いている野良猫に餌をあたえていたのです。一日でも不在にしたり、帰宅が遅くなるようなことがあると、私に餌を預けて、猫にやってくれるようにと言い残して出かけました。私も猫は嫌いではないので、藪塚さんに代わって餌をやっていました。その藪塚さんが四日も留守にすることがわかっていながら、私に猫の餌を預けないはずがありません。出先でなにか事故に遭ったか、災害にでも巻き込まれて帰れなくなったのではないでしょうか」

大家は不安げに言った。

たしかに不審な状況ではあるが、まだ犯罪被害容疑のある所在不明者と推定するのは時期尚早である。

係官は藪塚が最近、不動産取り引きや、多額の金銭授受を伴う取り引きに関係していなかったか、平素なんらかのトラブルに巻き込まれていなかったか、暴力団関係者とつき合っていなかったか、また老人ではあっても異性関係はどうだったか等について大家に問い紏した。だが、大家は知る限り、そのようないずれにも心当たりはないと答えた。

室内には現金が約十万円残されており、内容は覗いていないが、貯金通帳や有価証券もそのままであるという。

係官は藪塚が失踪前、すりを現行犯で捕まえた事実に注目した。もしかすると、すり仲間に恨まれて、どこかに拉致されたのではないかと疑ったのである。

係官は捜索願を受理すると同時に、鉄道警察隊のすり担当に藪塚金次の失踪を伝えた。

新宿署から藪塚の失踪を伝えられた中橋は、不安が的中したのを悟った。おもわず、しまったと唇を嚙んだ。

藪塚失踪を伝えられた瞬間、「殺られた」とおもった。動機は、藪塚が「返す」と言った永井由理の遺品の一つにちがいない。由理突き落としの犯人は、藪塚に犯行時、顔を見られたことを知っていた。同時に犯人も藪塚の顔を見ていたのであろう。報道された藪塚の顔写真と所在区から住所を割り出して、彼を誘い出し、その口を封じた。

突き落とし犯人が動き始めたのである。まだ藪塚の失踪を永井由理突き落とし事件と結びつけるのは短絡的すぎるかもしれないが、中橋は自分の直感を信じた。

それだけに藪塚が返還したいと申し出た由理の遺品を確保しなかったことが悔やまれる。藪塚が持参すると申し出ながら現われなかった時点で、こちらのほうから出向くべきであった。

中橋は新宿署からの報告を、直ちに棟居と若槻に中継した。

中橋から経緯を聞いた棟居は、釣り人が竿先に感じる〝魚信〟のような手応えをおぼえた。中橋も同じような魚信をおぼえたので、新宿署からの報告を速やかに中継してきたにちがいない。

棟居はこの情報を重視した。突き落とし犯人は犯行中、藪塚に顔を見られたことを察知したのであろう。だが、藪塚の素性や住居がわからなかった。それが藪塚がすりを捕まえたことが報道されて、顔とおおよその住所がわかった。

藪塚は実際には犯人の顔を見ていない。だが、犯人は見られたと意識していたのであろう。たとえ藪塚が忘れていたとしても、いつおもいだすかわからない。犯人にとって藪塚の存在は脅威であった。その脅威を取り除くために、藪塚を帰宅できないようにしたにちがいない。最悪の場合は、彼の生命が危ない。

棟居は、藪塚の失踪が本件湯村教授の殺害事件にどう関わっていくのかを考えた。

現在、湯村殺しは永井由理突き落とし事件とは切り離されている。だが、棟居は若槻の意見や、城原涼子から事情を聴いて、両事件はつながっているという予感がしきりにしていた。

当初、由理は湯村教授のダークサイドを探っていて突き落とされたと疑われていた。湯村自身が殺害されるに及んで、その疑いは次第に薄れていた。藪塚の失踪によって、いったん忘れていた両事件の関連疑惑がふたたび濃厚になってきた感じである。

棟居は捜査会議に報告する前に、若槻と共に中橋に会った。二人も棟居と同じ意見であった。

同時に葉山鈴の母親が北出身で、北に帰国しているという情報を若槻から伝えられた。

鈴の自殺も関連がありそうであるが、まず藪塚の失踪と、永井由理突き落としの関連の有無について検討を加えることにした。

「問題は、藪塚が犯人の顔を見て、拉致、あるいは消されたとしても、このことが両事件にどう結びついていくかだね」

若槻が口を開いた。

「藪塚が犯人の顔をおぼえていようといまいと、犯人が見られたと意識していれば、犯人にとって藪塚が重大な脅威であったことには変わりありません。そのことが湯村殺しには直接関わっていきません。しかし、永井由理は敏腕の雑誌記者でした。社会のあらゆる方面に取材しています。湯村教授以外の取材対象を同時進行、あるいは前後して追っていたかもしれません」

棟居が若槻の言葉を受けた。

「そういえば永井さんが、奥さんは南北朝鮮に興味を持っていて、生前いつか一緒に韓国に行きたいと言っていたと漏らしていたよ。永井さんが韓国旅行（ツアー）に参加したのも、奥さんの死後、奥さんとの生前の約束を果たすためだったと述懐していた。永井さんは奥さんの位牌を持って韓国へ行ったんだよ」

若槻がおもいだしたような顔をした。

「由理さんは夫婦の韓国旅行を兼ねて取材をしようとしていたんじゃなかったのかな」

中橋が憶測した。

「その可能性は十分にありますね。そして不安をおぼえた北の工作員に消された……」

棟居は宙の一点を睨んだ。彼の胸裏に次第に煮つまってくるものがある。彼が担当する事件とはまだつながらない。だが、八方塞がりであった捜査にかすかな光明が射し込んできたように感じられた。

これまで湯村の生活圏内に北のにおいや気配はまったくなかった。したがって、捜査もその方角にアプローチをしていない。もし北方に細い糸一本でもつながりを見つけられれば突破口が開けるかもしれない。

若槻も中橋も、棟居の意見に同調した。

「湯村や同源製薬が北とつながっている可能性は十分に考えられるよ」

若槻が自信のある口調で言った。

「圭さん、そうおっしゃるには、なにか根拠がありそうですね」

棟居が若槻の表情を探った。

「この夏、韓国に旅行したとき、ソウルの南百数十キロの山間にあるノグンリという小さな村に行ったんだよ」

「ノグンリ……？」

棟居は中橋と顔を見合わせた。どこかで聞いたような気もするが、おもいだせない。

「朝鮮戦争のとき、その地域の避難民約四百人を米軍が無差別に虐殺した地だよ。日本ではあまり知られていない。韓国内部でもAP通信の記者がこれを取材して、一九九九年九月に発表するまでは、知る者は少なかった」

若槻は夏に参加したノグンリへのオプショナルツアーにおいて、現地で見聞したことを話した。帰国後調べた知識も加わっている。

「避難民に北の兵士が紛れ込んでいるかもしれないという疑惑だけで、四百人もの非戦闘員を虐殺してしまったのですか」

日本の戦後の驚異的な高度成長を支えた朝鮮戦争に、そのような悲劇が隠されていた事実を知らされて、二人は改めて衝撃を受けた。ノグンリという地名はどこかで聞いたような気がしたが、その実態についてはいま初めて知らされたのである。

「しかし、圭さん、そのノグンリの虐殺が、湯村殺しや、同源製薬にどう関わってきますか」

中橋が問うた。

「ノグンリ訪問がきっかけになってね、ノグンリ事件について少し調べてみた。AP通信の発表によって、アメリカも頬被りし通せなくなり、当時の大統領クリントンが遺憾(リグレット)の意を表明した。だが、謝罪(アポロジャイズ)はしなかった。へたに謝罪すれば、国家賠償責任が生ずる。大統領としては迂闊に謝罪できない。クリントンの態度に足並みを揃えるように、ノグンリ任はない。

誤解による同士討ちならアメリカに賠償責任はない。

（冒頭続き）

の虐殺はなかったという主張が出てきた。避難民の中に混じっていた南の義勇軍兵士が、誤って米軍に発砲したために、米軍は北の兵士と誤信して交戦した。つまり、双方の誤解による同士討ちの傍杖を食ったという主張だ。誤解による同士討ちならアメリカに賠償責任はない。

同士討ち説を唱えたのが同源製薬の現副社長南雲毅の父親のフランク南雲という元ハーバード大学客員教授で、米陸軍細菌戦研究所の幹部だ。フランク南雲は元日本細菌戦部隊の幹部でのちに同源製薬創業者の北浦良平と手を組んで、朝鮮戦争の細菌戦を主導した。そのころから同源製薬と朝鮮には一種の腐れ縁ができたと考えられないか。少なくとも同源製薬の創業者は朝鮮戦争に関わっている。北ともまったく無関係とはいえない」

若槻の言葉に、棟居は新しい視野が開けたようなおもいがした。

「南北いずれのゲリラにしても、ノグンリの虐殺をなかったものに、あるいは矮小化しようとする魂胆が見え見えの主張です。圭さんのお説の通り、同源製薬は南北いずれとも無縁とはいえませんね」

宙を探っていた棟居の視線が一点に固定していた。

棟居からの報告を受けた捜査会議は紛糾した。

「自殺したという葉山鈴の母親が北出身というだけで、湯村教授や同源製薬に結びつけるのはあまりにも短絡的ではないか」

と打ち返すような反論が出た。これは予想されていたところである。

「たしかに短絡的と言われても仕方がありませんが、北の工作員が人質を取り、その家族を操ることは脱北者や報道によってかなり知られています。日本の細菌戦部隊の元幹部がアメリカと取り引きをして、国際軍事裁判の訴追を免れて、戦後に生き延びた事実は明らかになっています。朝鮮戦争において強行されたアメリカの細菌戦に手を貸した元幹部の一人が同源製薬を創立し、次期社長と目されている人物は、朝鮮戦争の細菌戦を主導したフランク南雲の息子です。同源製薬が南北朝鮮とまったく無縁であるとはいえないとおもいます。

湯村教授に同源製薬と密接な関係があった事実はすでに確認されており、ここに湯村教授のかつての教え子の母親が北の出身ということは無視できないとおもいます。これまで湯村教授の異性関係には、葉山鈴は浮上していませんが、葉山が医信短期大学在学中に湯村が出講して、葉山はその講義を受けています」

「湯村と葉山鈴に関係があろうとなかろうと、それは本件にどんな関わりがあるというのかね」

山路（やまじ）が意地の悪い質問をした。

「つまり、本件の動機に北の関わりを検討すべきではないかということです」

「北のほうから、湯村教授殺害の刺客が来たということかね」

　山路が皮肉っぽい口調で言った。

「その可能性も検討すべきだとおもいます」

「スパイ映画の見すぎではないのかね。被害者と葉山鈴の間には異性関係は認められない。二人の関係は、被害者の生前の講義を葉山鈴が受けたことがあるというだけだ。彼女が生きようと死のうと、湯村にはなんの関係もない。日本国内には北出身の人間はいくらでもいるよ」

　山路が嗤った。

「被害者と葉山鈴の間に異性関係が認められなければ、別の関わりがあったかもしれません。動機は男女の痴情・怨恨だけとは限りません。なにか別の線で結びついていたかもしれません」

「その別の線とやらに、なにか心当たりがあるのかね」

「過日、永井由理という女性が新宿駅ホームから何者かに突き落とされて、入線中の電車に接触して死亡しました。彼女は生前、南北朝鮮関係に興味をもって取材していた状況があります。また彼女が突き落とされる直前、そのバッグをすり奪ったすりが、すり担当刑事の中橋さんに返し忘れた遺品を返しに行くと告げてから消息不明になっています。このことも永井由理突き落としに関連している疑いがあります」

「だから、それが本件にどのように関わってくるのかと聞いているのだよ」

山路の口調がねっとりと絡みつくようになった。

「永井由理が突き落とされる少し前、現場に近い新宿駅の同じホームで湯村教授は目撃されています」

「湯村教授と確認されたわけではあるまい。それに、彼が事件当日、現場近くで目撃されたとしても偶然であったかもしれない」

「いずれにしても捜査対象として検討すべきであるとおもいます」

棟居は一歩も譲らなかった。

湯村は、永井由理突き落とし事件の最有力容疑者としてマークされていたが、彼の殺害と同時に、両事件は切り離された形になった。棟居はそれをふたたび結びつけようとしていた。

「捜査は膠着している。当初マークされた捜査対象もほとんど漂白されている。被害者と葉山鈴との異性関係は現時点では発見されていないが、彼女が帰国している北の出身者の家族ということは、被害者が密接な関わりをもっていた同源製薬の南北朝鮮との歴史的な関わりを考慮すれば無視すべきではないとおもう。永井由理の事件に関わったというすりの消息不明も気になる。今後の捜査対象にこの二人を加えたい」

那須（なす）の言葉が、その日の捜査会議の結論となった。

最上みゆきは銀座が好きである。特に黄昏どき、銀座が昼から夜の衣装に着替える時間帯が好きである。クラブやバーが密集している五丁目から八丁目、中央通りと外堀通りに挟まれている界隈に、銀座で働く女性たちが出勤して来る時間帯が好きである。まだ華やかなネオンは咲き揃わないが、ネオン以上に華やかな女性たちが、次第に昏れまさる銀座の夕闇を彩る。

朝のラッシュ時の、それぞれの職場に脇目もふらずに向かう働き蟻の大群と、シャープな対照(コントラスト)を成す。蟻の大群からは殺気をおぼえるが、銀座の夜の出勤者には艶やかな香りがある。客が集まるにはまだ早い時間帯であるが、銀座は光と影の交替の間に、舞台のように出演者と衣装が替わる。

朝の蟻の大群が、集団自殺大移動するといわれるレミングの行列のように見えるのに対して、夜の出勤者には銀座にチャンスを求めて集まる女性たちの野心が弾んでいるように感じられる。

昼よりも夜のほうが女性は主役になりやすい。昼の主役は圧倒的に男が多い。だが、夜は断然女性が主役となる。同じ主役を張るなら、やはり夜の銀座がよい。

男たちにとって、銀座は成功の象徴である。銀座で美女を侍らせてグラスを傾ける。そんなたわいないことが男どもの夢であり、成功の証(あかし)なのである。

男たちが銀座を成功の証としている限り、銀座の灯火は華やかで、世間は景気がよく、世界は平和である。男たちが銀座に夢を追わなくなった（追えなくなった）ときは、世の中は不景気で、世界は不穏に、時代は暗くなる。

いまはアメリカから発した不況の風が世界的に吹きまくり、世界のあちこちに戦火が発しているが、少なくとも日本国内には戦争はない。不景気風に煽られて、銀座の灯火も最盛期に比べるとだいぶ寂しくはなっているが、一応、国内が平穏なおかげで銀座が真っ暗になることはない。

銀座に通える男は、規模と種類は異なっても、一応の権力や経済力をもっている。銀座に自分の金を使わない男ほど、権力が大きい。だが、その権力は長つづきしない。毎夜のように銀座を梯子していた男が、ある時点からぱったりと姿を見せなくなったときは、たいてい失脚している。たとえ健康に問題があっても、権力を確保している限りは、頻度は減っても銀座に通って来る。

銀座の遊興は曖昧である。新宿や池袋、六本木などと異なり、遊興の主体が曖昧である。女性をかたわらに侍らせて（侍らないことも少なくない）グラスを傾け、無駄話を交わしている。ビジネスのサロンとして利用する者も少なくないが、ここでは露骨な商談は行われない。

昼は一分、一秒を惜しむような多忙な男たちが、水っぽいグラスを傾けながら、女性を交えて取り止めのない話を交わしている姿は、場馴れしない者の目には奇妙に映るであろう。銀座のそんな曖昧さが男たちの余裕であり、成功や権力の象徴なのである。

だが、最近はだいぶ様変わりしてきている。銀座にも具体的なサービスを求める客が増えてきている。余裕の上に成り立っているはずの銀座が、余裕がなくなっているわけである。

そんな風潮は、銀座にチャンスを求めて集まって来る女性たちにとってはあまり面白くない。余裕のない銀座には、女たちの求めるチャンスも少なくなる。銀座とは余裕のある男たちが遊びに来て、女性にチャンスをあたえるところなのである。

みゆきが郷里を出て上京し、いくつかの店を転々とした後、「ランプシェード」に入店したとき、ママが言った言葉が忘れられない。

「男の人にとって銀座はステータスだけど、銀座にとっての女は消耗品なのよ。銀座に集まる女性は、恋や友達を求めて来るのではありません。成功とチャンスを求めて来るのよ。銀座の女の成功とは、太いお客をつかみ、そのお客からチャンスをもらうことなの。チャンスを自分のものにした女性は生き残り、それ以外の女は消耗していくのよ。生き残り率約一割、その一割になるよう頑張ってね」

みゆきはママの言葉に発奮して、ランプシェードに腰を落ち着け、ナンバーワンに駆け上がった。だが、ナンバーワンといっても客の人気投票のようなもので、ママの言うチャンスをつかんだわけではない。チャンスをつかむかわりに、みゆきは見目と出会ってしまった。恋人は客ではない。そして、恋人は彼女に銀座のチャンスをくれない。

しかし、見目に出逢った後、みゆきは考え方（ポリシー）が変わってきた。チャンスよりも見目のほうにより大きな価値を見いだしたのである。

上京以来、東京のサバイバルレースで鍛えられたみゆきは、恋愛と人生の方針（ポリシー）を使い分けることにした。見目に傾斜しても、チャンスをあきらめたわけではない。ある意味では、見目はみゆきの非軍事地帯であった。

銀座にチャンスを求めて来た女にとって、銀座は戦場である。敗れれば都落ちしなければならない。銀座という戦場の疲労を、みゆきは見目によって癒しているのである。

だが、非軍事地帯にのめりこむと、チャンスを逸し、消耗品になってしまう。みゆきは見目で疲労を癒しても、銀座の消耗品になるつもりはない。

銀座を転々として恋に傾きすぎたために消耗品となった女を、みゆきは数多く見てきている。つまり、見目との恋はあくまでも大人の恋、双方にとって都合のよい愛であった。そういう愛が鮮度を失わず、長つづきするのである。

「このごろみゆきちゃん、ますます綺麗になったね。恋人ができたんじゃないのかい」

と練達な客に言われたとき、見目との関係を悟られたかと、おもわずどきりとしたが、他の客からも同じ言葉を言われるようになって、恋が彼女の素質に磨きをかけていることを知った。

みゆきはポリシーを使い分けて、女の武器である艶をますます磨き上げていることを知った。いまや見目はみゆきにとって商売道具ともいえる美質を磨き上げる研磨台のようになっていた。銀座の女にとっては理想的な恋人である。

みゆきはノグンリでの出逢いを感謝した。

みゆきが見目とのハッピーな関係を育て始めている時期、新しい女性がランプシェードに入店してきた。

銀座の女性はおおむね回転が速い。ママ以下、幹部のお姉さんたちや、創業以来根を生やしている〝お局〟はいるが、多数派は若い子が占め、二、三年で店の古株になる。お局か若手に分かれ、中堅がいない。

ママに引き合わされた新人は坂田朱実と名乗り、みゆきより二、三歳年下のようであった。

「こんな銀座の一流のお店は初めてなので、よろしくお願いします」

と殊勝に挨拶した朱実は場馴れしておらず、かなり緊張しているようであったが、その目を見たとき、みゆきは銀座は初めてであっても、都会の汚れた水をかなり飲んでいるようなしたたかさを感じ取った。ママはそのしたたかさが店の戦力になると察知したのであろう。

「こちらこそよろしくね」

みゆきは愛想よく挨拶を返したが、彼女に以前どこかで出会っているような既視感（デジャビュ）をおぼえた。

もし銀座の他の店から替わって来たのであれば、パーティーかなにかで顔を合わせているかもしれないが、朱実はそんな反応は見せない。それに銀座は初めてだとママも紹介した。

べつに確かめるほどのことでもなく、デジャビュの下地があれば、いずれわかることである。みゆきはあえて詮索しなかった。彼女もきっと銀座にチャンスを求めて来たのであろう。とすれば、同好の士であると同時にライバルである。

朱実には妖しい雰囲気があった。それが妖しい艶となって客を惹きつけるらしく、入店後速（すみ）やかに客の人気を集めた。

同時に練達の客は、

「朱実には危険なにおいがする。へたにあの子に入れ込むと泥沼に嵌まってしまうような危険なにおいを発散している」

と言った。

「だから魅力があるんでしょう」

みゆきが言葉を挟むと、

「同じ危険ではあっても、きみの危険性とはちがうな」

「どうちがうの」

「危険であることに変わりはないが、きみは自分の危険性を知っている。だから、自分でブレーキをかけられる。だが、朱実の危険性は彼女自身が自覚していないんだな」

「なんだか朱実ちゃんのほうが魅力あるみたい」

「乗り換えてみろと言うのかい。牛を馬に乗り換えるとは言うが、牛からライオンや虎に乗り換えるつもりはないね」

「私は牛なの」

「牛は牛連れ、馬は馬連れと言うからね」

「うまいことおっしゃるわね。感心したわ。モーさんは牛ですもの」

「そういえば、おれは毛利（もうり）という名前だったな」

　客との会話はうまいことオチが決まったが、朱実の危険な雰囲気はママも察していたらしく、ＶＩＰにはつけないようにしていた。

　だが、本人自身が気がつかない危険性とはなにか。それは持って生まれた危険な運命（さだめ）であるかもしれない。達者な客ほど、彼女が振りまく危険なにおいを好むようである。それは一種のフェロモンとなって客を呼び集めるようであった。

ノグンリの夏は遠のいた。

十二月下旬のある日、五人は忘年会を口実にして集まった。この間にもみゆきと見目、涼子と永井、若槻と永井は個別によく会っている。五人が集うのはノグンリ後四度目である。すでにノグンリが遠い昔のことのようにおもわれた。

忘年会には新しい顔が一つ加わっていた。永井が連れて来た人物で、私立探偵の岡野種男と一同に紹介された。一同はすでに岡野の名前を永井から聞いて知っている。

「今日は忘年会を兼ねて、岡野さんから新たな調査報告があります」

永井が岡野の紹介に合わせて言った。一同は興味津々たる表情をしている。

永井に促されて岡野が口を開いた。

「永井君と若槻さんとは顔馴染みですが、お三方には初めてお目にかかります。永井君からこの同窓会のことを聞いて、以前から参加させていただきたいとおもっていました。お三方の銘々伝は永井君から個人情報に触れない程度にうかがっておりますが、ノグンリの同窓会というのはまことに珍しい集まりだとおもいます。

私はノグンリには参加しませんでしたが、今後ぜひお仲間に加えていただきたいとおもいます。初参加のお土産に、今日は皆さんが驚くような情報を持参してまいりました」

岡野の初対面の挨拶に、一同は完全に引き込まれた。まことに見事な導入であり、初見のアプローチであった。

警察の組織捜査も及ばぬ調査力と、若槻があらかじめ予備知識をあたえておいたので、一同の興味はますますそそられている。

一同の興味を十分に惹きつけたところで、

「城原涼子さんや永井君の奥さんが巻き込まれた事件について、永井君から依頼されて調査を進めておりましたが、永井由理さんが生前、強い関心をもっていた朝鮮の南北紛争について、私なりに調べておりましたところ、フランク南雲、この名前は皆さんすでにご存じとおもいますが、朝鮮戦争において細菌戦を主導したと目される人物です。ノグンリ事件発生時、ノグンリにいた事実が確認されました」

と岡野が言った。一同から、驚きの声が漏れた。

「ノグンリ事件については、自らの家族を殺傷された鄭殷溶（チョン・ウニョン）氏の書いた『ノグンリ虐殺事件――君よ、我らの痛みがわかるか』以下、ＡＰ通信の調査や、その他の資料によって事件の詳細が明らかにされています。私は現地で取材した大学教授や、事件の研究者に会って、当時、フランク南雲が虐殺を実行した米第八軍第一騎兵師団第七連隊第二大隊Ｈ中隊に同行していた事実を確かめました。

彼は虐殺後、現場に入って生存者の救出や手当てに当たったそうです。そのときフランク南雲は約百名の避難民が殺害された双子トンネルの中で、母親の死体に庇われて生きていた当時三歳の幼女を救出しました。その幼女が葉山鈴さんの母親で、現在、養親のいる北に帰国している李英淑さんであることがわかりました。

　李英淑はフランク南雲によって生命を救われ、日本に来て葉山豊氏と結婚し、鈴さんをもうけたということです。フランク南雲は、七三一部隊との取り引きと朝鮮戦争を通して親密になった北浦良平の同源製薬創立に手を貸し、自分の息子南雲毅を北浦の後釜として推薦したという筋書きです」

　岡野の調査報告によって、ノグンリ事件が意外なところで見目の関係人物に関わっていることがわかった。一同は改めてノグンリの縁の深さを知った。

　永井はノグンリへ行ったとき、妻の霊に導かれているような気がしたが、あれは錯覚や幻覚ではなかった。それ以前はなんの関心もなかったノグンリの縁が、次第に根を張り、枝葉を拡げてくる気配である。

　妻の霊にはまだまだノグンリを通して伝えたいことがあるような気がする。一同も同じおもいのようであった。

「フランク南雲は虐殺現場で率先して生存者や負傷者の救出、手当てに当たっているのに、どうしてノグンリの虐殺はなかったと主張しているのでしょう」

　城原涼子が疑問を呈した。

「それは、私の推測ですが、虐殺の規模があまりにも大きく、残酷であるので、これを米国の責任とすると莫大な国家賠償を求められると予測して、政府機関の一員としてアメリカを守るために虐殺を糊塗しようとしたのでしょう」

　永井が私見を述べた。

「フランク南雲はすでに故人となっており、本人自身から聞くことはできませんが、たぶん上層部のほうからも圧力がかかったとおもわれますね。ノグンリは戦争時の異常な環境の中での偶発事件として処理したいというのが、アメリカの姿勢ですから」

　岡野が永井の言葉を補足した。

　岡野報告の衝撃から立ち直った一同は、

「とにかく岡野さんを歓迎する乾杯をしましょうよ」

　とみゆきに言われて、まだ乾杯もしていなかったことに気がついた。一同、グラスを挙げて、ようやく忘年会らしい雰囲気になった。

　若槻から捜査本部の動きが報告された。

「棟居君の主張によって、湯村事件の捜査方針に北関係へのアプローチが加えられたそうだ」

「それって、永井先生の奥様の事件との関連性も疑うということですか」

　早速みゆきが質問した。

「両事件の関連性を意識に入れて捜査を進めるということだよ。葉山鈴の母親が北出身という情報は、捜査に大きく影響している。つまり、永井夫人の生前の取材には、北にとって都合の悪い事情があったのではないかという見解を捜査本部が考慮したということだね」

「奥様の遺品を返そうとしていた矢先に失踪したすりも、北が関わっているのでしょうか」

　涼子が言った。

「拉致は北の十八番です。都合が悪ければ拉致するか、口を封じてしまう……」

　岡野が言った。

「まさかそのすり、藪塚さんといったかしら、拉致されたのでは……」

　涼子は、ふとおもいつきで言った言葉の可能性におもい当たって、はっとしたようである。

「北が拉致したと確かめられたわけではない。いまの状況は単に消息不明になっているだけです」

　永井が答えた。

「しかし、藪塚は中橋刑事に電話して、奥さんに返し忘れた遺品を返しに行くと言った矢先に失踪してしまったんでしょう。藪塚が返し忘れた遺品が北にとって都合の悪いものであれば、藪塚をどうかしたかもしれませんよ」

　見目が口を出した。

「仮にそうであるとしても、藪塚から返し忘れたという遺品を奪えばすむことじゃないかな」

「藪塚が素直に渡さず、拒んだり、抵抗したとしたらどうですか」

「目的が藪塚ではなく、家内の遺品であれば、藪塚の不在を狙って住居を捜索するはずだよ。そんな形跡はない」

「藪塚の失踪を北の仕業と決めつけるのは、まだ時期尚早だよ。藪塚の存在に脅威をおぼえたり、都合の悪い者がいたかもしれない。藪塚が現行犯のすりを捕まえて、彼の顔とおよその住所が報道された後、消息を絶った。彼が何者かに拉致されたとしても、拉致犯人は報道されるまでは彼の住所を知らなかったんだ」

若槻が言った。

「藪塚さんの失踪の原因が北以外にあるとしたら、どんな線が考えられますか」

涼子が一同の意見を問うように言った。

「藪塚は元すりだからね。すり奪(と)った他人の懐中物の中に、知られては都合の悪いものや極秘のものがあったかもしれない」

「そのように考えると、すりには多数の敵が潜在しているのね」

みゆきが言った。

「藪塚の失踪に事件の鍵が隠されているような気がする」

永井が自分に言い聞かせるように言った。

「私もそうおもう。藪塚はなにかを知っていたか、事件を解く鍵を持っていた」

若槻が同調した。

「藪塚は無事でしょうか」

見目が一同の危惧を代表して言った。消息を絶ってからすでに半月ほど経過している。

大家は前家賃と保証金を合わせて三カ月分前払いされているので、その間、藪塚の部屋を押さえておくと言った。

警察は彼の消息不明が確定してから、その部屋を立入禁止にしている。立入禁止前に部屋が荒らされた形跡はなく、以後は警察の厳重な管理下に置かれている。室内に残されている物品から、藪塚の行き先がわかるかもしれないという望みをつないで捜索したが、徒労に終わった。

「せっかく岡野さんが参加されたので、この機会に皆さんで事件の経緯を整理してみたらどうかな」

若槻が提案して、一同は異議なく賛成した。

永井由理と湯村教授の両事件に重大な関わりをもつ永井と涼子を含めて関係人物が多く、事件の経緯も複雑になっているので、岡野を加えた一同の理解を助けるための整理は賢明な作業である。

整理はもちろん若槻が主導した。

「全体はおおむね三段に分けられるとおもいます。まず、永井夫人の事件から始めましょう」

と整理の開始を告げた若槻の顔が、往年の刑事の顔に戻っている。

「×月××日午前八時三十分ごろ、新宿駅JR中央線七番線ホームで、東京方面行き快速電車を待っていた永井夫人のバッグを藪塚金次がすり奪り、逃走した。これに気づいた夫人が追跡しようとしたとき、何者かにホームから突き落とされ、折から入線中の電車に接触した。

この事件発生の少し前に、城原涼子さんが同じ番線ホームに居合わせ、湯村等教授らしき人物を目撃している。永井夫人は当時、湯村教授と同源製薬の癒着汚職事件を追跡中と見られ、湯村が保身のために永井夫人の口を封じたのではないかと疑われた。

一方、永井夫人のバッグをすり奪った藪塚金次は、自分が突き落とし犯人と疑われることを恐れて、中身ごとバッグを永井氏に送り返してきた。藪塚は突き落とし犯人を見ているが、顔はおぼえておらず、目が光ったと中橋刑事に証言した。

これまでが一連の事件の第一段階だが、なにか質問がありますか」

若槻が一同の顔を見まわした。だれからも質問はなく、若槻は第二段の整理を始めた。

「その後、城原涼子さんは渋谷で、以前勤めていた同源製薬時代顔馴染みであった医信大学学術研究支援課の野沢昌代と偶然出会い、湯村等教授が失脚したことを伝えられた。失脚の事由は、湯村の巨額の使途不明金ということであるが、真相は不明である。

城原さんは以前の職場で湯村からセクハラを受け退社したが、野沢昌代と出会ってから数日後、湯村から電話があって、ぜひ会って話したいことがあると申し出られた。いったん断ったものの、湯村の切迫した口調に不審をもって、彼の柿の木坂の住居を同夜午後十一時四十分ごろ訪問したところ、湯村はすでに何者かに殺害されていた。

城原さんは湯村の死体発見前に、マンション玄関で湯村の弟子である岩佐道幸とすれちがっている。岩佐は同源製薬南雲副社長の娘婿でもある。岩佐に嫌疑がかかったが、彼にはまったく動機がない。

永井夫人突き落とし犯人として最も濃い疑いをかけられていた湯村が殺害されて、事件は永井夫人突き落とし事件とは切り離された形になった。

ここまでが第二段。なにか質問はありますか」

若槻は一呼吸おいた。

「岩佐に失恋して自殺した葉山鈴と、北出身のお母さんの帰国などは、湯村教授の事件に関係ないのですか」

みゆきが質問を発した。

「それらのことについては、事件の周辺にいる関係者や、事件と関わりがあるとおもわれる環境や歴史と共に、これから整理しましょう。

それでは第三段にいきます。

同源製薬の創立過程や、朝鮮戦争との関わりはすでに岡野君から報告があった通りです。岩佐道幸は研修医時代、派遣先の明正病院の看護師であった葉山鈴と交際していたほか、喫茶店のウエイトレス坂田朱実と関係があったこともすでに報告されています」

岩佐の女性関係については、第三回目の同窓会の席上で岡野の調査を下敷きにして、永井から報告されていた。

「岩佐は結婚に際して、女性関係を整理したようだが、確認されているわけではない。岩佐は動機がないとされて、とりあえずおかまいなしとされたが、依然としてグレイだ」

「若槻さん、お話し中ですが、ただいま坂田朱実とおっしゃいましたか」

最上みゆきが突然遮った。

「坂田朱実がどうかしましたか」

「いまおもいだしました。以前、永井先生が岩佐が葉山さん以外につき合っていた女性として、坂田朱実の名前を挙げていましたが、しばらく前にその坂田朱実が私のお店に入って来ました」

みゆきの言葉に一同が驚いたような顔を見合わせた。

「同姓同名の別人ということはないのかな」

見目が問うた。

「本人に確かめてはいないけど、たぶん同一人物だとおもうわ。ちょっと危険なにおいのする女の子なの」

「危険なにおいねえ」

「ごめんなさい、話の腰を折ってしまって。朱実さんがお店に来たのは偶然でしょうし、同一人物であろうと、同姓同名の別人であろうと、事件には関係ないものね」

とみゆきは若槻以下、一同に詫びた。

「いや、関係ないとはいえないかもしれない」

永井が言い出した。一同の視線を集めた永井は、

「岩佐の女性関係を洗い出したのも岡野君だが、坂田朱実は同源製薬のフランチャイズ店のような喫茶店でウエイトレスをしていて、そこで岩佐と知り合ったらしい。彼女の喫茶店にはコーヒーの好きな湯村教授もよく顔を出していて、二人は顔見知りだったようです。坂田朱実と湯村教授の間には接点がある」

と言って、永井は岡野に目配せした。永井が依頼した岩佐の異性関係の調査を実行した岡野のほうが、坂田朱実について詳しいはずである。

岡野が口を開いた。

「坂田朱実と岩佐が交際していたと考えられるのは短い期間で、むしろ湯村教授と親しか

ったのかもしれません。しかし、二人の関係は調査のアプローチをしていません。岩佐が朱実と短期間で切れたのは、湯村に対する遠慮があったとも考えられます。朱実が最上さんの店に移ったということは、湯村の影響があったかもしれませんね」

みゆきが朱実から嗅いだ危険なにおいとは、事件に絡まるにおいであったのであろうか。

「これは、坂田朱実について調査する必要がありそうですね」

一同の気配を敏感に察したらしい岡野が言った。

「第三段の総括として、事件に直接の動機はないものの、岩佐道幸、野沢昌代、坂田朱実、また岩佐が自殺に追い込んだ葉山鈴、その生母と北との関係、藪塚金次の失踪を絡めて、一段、二段の相関関係の有無、三段の人物や北の絡みが一段、二段にどのような関係をもつのかもたないのか。その鍵は失踪した藪塚と、彼が返し損なった永井夫人の遺品に潜んでいるような気がする。以上、つたない整理でした」

若槻が言葉を結ぶと、永井が手を挙げて、

「若槻さん、ちょっと気になることがあります」

と言った。

「なんでしょう」

「若槻さんが最後に担当した殺人事件の被害者、たしか今川美香といいましたね、彼女も明正病院の看護師でしたが、この事件は整理された三段の事件や人物に関わりはありませんか」

　と永井は言った。

「同じ明正病院の看護師ということが気になりますが、当時の捜査では、被害者の人脈に全三段の登場人物は浮かび上がりませんでした。もう少し時間があたえられれば、なにかわかったかもしれないが、おもいだすだに、いまでも残念です」

　若槻は唇を噛んだ。

　組織捜査は刑事一人の独走を許さない。その悔しさと鬱憤をいまノグンリの仲間と、公安出身の一匹狼探偵岡野と共に晴らそうとしているかのようである。

「私たち、捜査本部みたいだわね」

　みゆきが若槻の胸の内を読んだように言った。

「捜査本部は和気藹々としていない。むしろ殺気がぶつかり合っている。和気藹々とするのは、首尾よく事件解決した打ち上げのときだけだね」

　若槻がふと懐かしげな表情を見せた。

「事件未解決のまま解散するときはどうですか」

　見目が問うた。

「秋風悲し五丈原だね。低空飛行の捜査本部は次第に捜査員を間引かれ、櫛の歯が欠けたようになってしまう。どこかで嗤っている犯人の声を聞きながら打ち上げの乾杯なんかする気になれない。それでも近隣の檀家から差し入れのビールや焼酎でご苦労さま会をやることもある。みんな湿っぽくなって、殺気どころかしおたれている。本部解散後は所轄署に引き継いで第二期、つまり継続捜査ということになるが、事実上は迷宮入りだね」

若槻は口をへの字に曲げた。

最後に担当した捜査が迷宮入りしたのは、彼の生涯の債務となってのしかかっているのである。

「それでは、このノグンリ同窓会が水入らずの第二期捜査本部ということになりますのね」

涼子が時宜を得た発言をしたので、湿っぽくなりかけた一座が沸き立った。

北方の疑惑（ぎわく）

永井は岡野の報告によって、北への帰国問題に興味をもち、文献を漁った。

複数の文献から学んだ北朝鮮帰国事業なるものは、北政府と朝鮮総連（北朝鮮の在日本公民団体。日本における北朝鮮の窓口として北と密接な関係にあるとされている）が計画した。北と国交のない日本は赤十字を介して、日本赤十字社と朝鮮赤十字会との間で協議が始まり、国際赤十字委員会の協力を得て一九五九年二月閣議決定した。そして一九五九年十二月、第一次帰国船が出航した。

金日成は「我が人民は、日本で生きる途（みち）を失い、祖国の懐に帰ってこようという彼らの念願を熱烈に歓迎し、共和国政府は在日同胞が祖国に帰り、新しい生活ができるよう、全ての条件を保障する。我々はこれを、自らの民族的義務と考える」と表明した。

これ以後、朝鮮総連主導の「帰国事業」は拡大されていった。途中、一時中断したが、一九八四年までつづき、全期間を通して九万三千三百四十人が帰国したという。

その中には千八百二十八人の日本人妻と、少数の日本人夫、子供たちなど、六千六百七十一人の日本国籍者が含まれていた。（『光射せ！』副題「北朝鮮収容所国家からの解放を

目指す理論誌」創刊2号「北朝鮮帰国者の生命（いのち）と人権を守る会」より）

当時の日本には在日朝鮮人に対する著しい差別があり、在日の子供はまともな就職ができないという、極めて厳しい環境が帰国事業を促した。

「北は地上の楽園」という宣伝文句が、日本国内の厳しい差別環境に前途の希望を失っていた在日朝鮮人に甘い幻想を抱かせた。

だが、実際に帰国した人たちが見た北は、地上の楽園どころか、人間らしく生きていくための自由や、必要な生活物資がなにもないところであった。聞くと見るとの大ちがいに絶望した人々は、日本への再帰国を望んでも、自由が奪われていた。つまり、騙して北へ連れ去ったということである。その中の一定数は、いやがる者を無理やりに帰国船に乗せた拉致であったという。

北の実情が次第に明らかにされるにつれて、帰国者は激減し、六七年に一時中断された後、一九七一年に再開され、八四年までほそぼそとつづいた。

文献によると、葉山鈴の母親は最後の年の帰国者ということになる。最後となれば、帰り行く北の実情は帰国者自身も知っていたはずである。つまり、拉致同然に帰国させられたと推測される。

永井も、北朝鮮が「地上の楽園」でないことは知っている。

この夏、韓国旅行で、統一展望台から眺めた北の光景を想起した。緑豊かな南と対照的に、漢江（ハンガン）対岸の山野には一木一草もない。すべて燃料にしてしまったということである。対岸には一応人間が住んでいるような集落の建物が見えるが、住人の姿はなく、電柱一本、家畜一頭見えない。南側から覗かれることを意識してつくった〝囮村（デコイ）〟であるという。

展望台の望遠鏡から覗いていると、一個の人影がとぼとぼと歩いている姿が映った。囮村の管理人（？）であろうか。電気もきていない囮村で、その管理人はどのようにして生活しているのかとおもった。

北が「地上の楽園」を誇大宣伝して、帰国事業を推進した意図は、

一、技術者と労働力の確保
二、産業移植（職能集団（プロフェッショナル）の移植）
三、社会主義北朝鮮への民族移動による政治的優位性の国際的なアピール
四、対南（韓国）工作の人脈の養成（人質づくり）

が挙げられている。

葉山鈴の母親は人質として帰国させられたようである。

北の実情が「地上の楽園」からかけ離れている事実は、まだ検閲が行われていない時期、北帰者からきた手紙によって明らかにされた。

永井はそれらの手紙に興味をもった。

——生活物資の不足を示す手紙　一九六一年一月発信　李さんから横須賀市の吉川さんへ

「私たちに今どんな物が切実に必要か次に書きますから、お金を戴いて何卒買って一日も早く送って下さいますようお願ひ申し上げます。

子供の下着類

パンツ、シミーズ、シャツ、半靴下、長靴下（黒）、手袋、ビニールの靴（四百円程度の物）四、五足（寸法九文半）、半オーバー（トッパー）安い物で良いですから十六、七歳用。

学校用具

カバン、色鉛筆、画用紙、水筒、エノグ、コンパス、計算器（スライダー）三ケ、ボストンバッグ、海水着、ペン先、ドロップス（アメ類）、オカキ。

洋服は女学生の着る様な物で安い特価品で良いですから数を多くして下さい。ジャンパースカートを一枚も持って来ませんでしたので、ジャンパースカートと安いブラウス類も入れて下さい。安い三千円程度の時計一個と自転車一台をぜひお願ひします。……

次は、私にミシン一台お願ひします。……

その外、私にこれもみんな安い特価品で良いのですから数を多くして下さい。（後略）

——前記誌より引用

「安い物」を列挙しているが、いずれも日本ではなんの困難もなく手に入るものばかりである。

永井は老人から聞いた戦時中の日本を想起した。

だが、検閲が始まって以後は、北帰者からの手紙には、「平壌は毎日雨です。」という文言が増えてきたという。世界の天気予報を見ても、毎日雨など降っていない。つまり、北の実情を天候に暗喩して知らせてきたのである。

二〇〇〇年代には脱北者が相次ぎ、彼らは朝鮮総連を提訴した。この訴訟はおおかた時効で処理されたが、二〇〇八年六月には大阪の脱北帰国女性が、虚偽宣伝による帰国事業によって、本人およびその家族が人生を破壊され、心身共に深いダメージを受けたとして、朝鮮総連に損害賠償を求める訴訟を起こして、現在、裁判が進行中である。

その訴状の目的の中に次のような文言があった。

――帰国者を待ち受けていたのは「楽園」ではなく、「地獄」にも似た現実であった。自由の拘束と経済的困窮は帰国者に限った事ではなかったが、その中でも帰国者は徹底した監視・統制・分断の下に置かれた。

北朝鮮から脱出してきた者の証言により、北朝鮮には十二カ所程の強制収容所が存在し、推定二〇万人以上が収容され、人間の生活とは言えない状況に置かれていることが明らかとなった。そして収容者の中には日本からの帰国者が多数含まれていることも明らかとなった。（後略）――

永井はこの収容所の中に、葉山鈴の母親がいるかもしれないとおもった。

訴状の関連文言として、帰国事業の北の意図第四の、対南（韓国および日本を含む）工作の人脈づくりが一層重大な意味を帯びてくる。つまり、人質を押さえて在日の家族や関係日本人を工作員として自由に操作し、工作の人脈の拡大を狙うものである。

永井は文献を渉猟している間に、「土台人」という言葉を目にした。土台人とは対韓、対日工作の土台（橋頭堡）、協力者、および協力機関を意味しているようである。帰国事業の第四目的は、土台人工作であることを明言している。

（葉山鈴は土台人にされたのではあるまいか。そして、人質にされた母の命を守るために、やむを得ず北の工作員に協力していた？）

そして土台人と恋の圧力の板挟みに耐えかねて、自ら命を絶った……。

日本が北の対南工作の拠点とされていることは隠れもない事実である。文献には、「要するに、日本を通して、日本を媒介に南へ工作員を送る、そのための手段として帰国船という交通手段と帰国者家族という無限に広がる可能性をもった人脈を使うということです。

もちろん、当然日本に対する工作の手段としても使われているわけです。」と言及されていた。

この文言を読んだとき、永井の脳裡に強い光が明滅したように感じた。鈴が土台人にされていたのであれば、当然、彼女の父親も土台化されている。むしろ、人質の夫である葉山豊のほうが土台としてはしっかりしているであろう。

これまでは自殺した鈴に焦点が絞られていたが、葉山豊も当然、視野に入れておくべきであった。いや、視野には入っていたが、彼に焦点を結んでいなかった。

由理は生前、韓国に興味をもっていた。ノグンリという地名も彼女から聞いたのであるが、由理の興味は北のほうを向いていたのかもしれない。

由理は、もしかすると北による日本人拉致問題の追及が進む間、日本国内における北の非合法活動、すなわち拉致事件をはじめとする工作員の動向、不正送金、麻薬、拳銃の密売、核兵器関連部品の密輸出、偽札製造等の中心拠点（ハブ）としての、土台工作を調べていたのではなかろうか。

帰国者を押さえて、日本国内に土台人ネットを張りめぐらし、日本を北の中心拠点（ハブ）化してしまう。

由理の調査が彼らに肉薄し、脅威をおぼえた北の指令によって、由理は消されたのではないのか。

だが、由理と葉山親子を直接結びつける線は発見されていない。かすかではあるが、藪塚が両者をつなぐ細い糸になっている。突き落とし直前に藪塚がすり奪(と)ったバッグの中身に、北を脅かす調査結果が入っていた。藪塚はそんな重大なものとは知らず、すった。北の脅威となるような調査結果を取り戻すために、由理は我を忘れてしまったのかもしれない。

由理はホームからやすやすと突き落とされるような人間ではない。藪塚の失踪が由理のすり奪られたものの重大さを裏づけている。藪塚が返し忘れたという由理の遺品が、「北の脅威」であったのであろう。

永井の思案は速やかに煮つまってきた。

推理を自分一人の胸に閉じ込めておけなくなった永井は、岡野と若槻に諮(はか)ってみた。

「あんたの推測、いいところを衝いているとおもうよ」

岡野が乗ってきた。

「きみもそうおもうか。土台人ネットが日本国内に張りめぐらされているということは、知る人ぞ知るだが、具体的にだれが土台人で、どんな風にネットが張られているかわかっていない。警視庁や公安調査庁も土台ネットの実態を調べているようだが、はかばかしい成果は上がっていないようだな」

「すると、もし奥さんが日本の土台人ネットに迫ったとすれば、これは北にとって脅威ということだね」

「土台人ネットが摘発されれば、北は日本における情報網を一挙に失ってしまう。重大な脅威であることにはまちがいない」

「もしそうであれば、奥さんの取材資料をなんとしても回収しようと努めるはずだが」

「まず家内の口を封じようとしたんだろうな。あるいは消せという命令を受けていたのかもしれない。命令遂行の機会をねらっていたところ、家内が藪塚にバッグをすられた隙を衝いて突き落とした。その後、様子を見守っていたが、土台人ネットが公表も摘発もされないので意を安んじていたところ、突き落とし犯人の顔を見た可能性がある藪塚の一件が報道されたので、彼を拉致した。北の工作員としては、由理そのものに脅威をおぼえていたのかもしれない」

　永井の推理に岡野もおおかた同じ意見であった。

　二人の会話に黙って耳を傾けていた若槻が口を開いた。

「問題は、二つの事件がどう関わっているかということだな」

「二つではないだろう。もしかすると三つの事件かもしれないよ」

　岡野は謎をかけるように若槻の顔を覗いた。

「今川美香のことを言っているのか」

「それ以外にあるかね。今川美香は明正病院の看護師だったんだろう。湯村教授も葉山鈴も、彼女を自殺に追い込んだ岩佐にしろ、明正病院と密接な関わりをもっている。永井夫人は明正病院の医療の現場ルポを発表した。棟（ムネ）居さんもそのことを気にしていたよ」

「いまにしておもえば、今川美香の捜査には上から突然、物言い（圧力）がかけられたようだったよ。明正病院はお偉方の避難先だ。殺しの捜査でかきまわされると、お偉方に都合の悪い事情があったのかもしれない。湯村教授は政界に強い人脈（パイプ）をもっていたからね」

「そういえば、当時、文世光事件に関してお隣さん（韓国）の反日感情が強くなっていたな」

　岡野がおもいだしたような表情をした。

　一九七四年八月十五日、日本支配からの解放記念日（光復節）に、ソウルで当時の韓国大統領夫人が、大統領と誤って射殺された。使用された銃器は大阪市内の派出所から盗まれた拳銃であった。

　韓国警察は朝鮮総連の関与は明白であるとしたが、日本政府がこれを否定したために、韓国における反日感情が高まり、日韓関係は最悪の状態に陥った。

　日本警察官の銃器が犯行に使用されていながら、日本側が総連を捜査しなかった理由は不明であるが、政府の圧力が働いた可能性が高い。日本政府としては南北の紛争に関わることを敬遠し、南北への対応には特に慎重を期している。

二〇〇二年九月、当時の小泉首相の抜き打ち訪朝において、北朝鮮が拉致関与を認めた時点を境に、北関連組織や施設への優遇措置が見直される傾向となっている。

そんな時流の中で、今川美香殺害事件が発生したのであった。

「つまり、事件は北に関わっていく可能性があったということだね」

若槻の目が光った。永井が切り出した推理が若槻の意識の中で脹らんできた。

今川美香の異性関係を洗っていた若槻は、彼女の部屋に同源製薬の薬品が多くあったところから、同社をマークした矢先に定年となった。

同源製薬の創始者は朝鮮戦争に深い関わりをもっている。もしかすると、同源製薬そのものが土台化されているのではないのか。岡野の示唆によって初めて閃いた発想であった。

同源製薬が土台化されていれば、事件の構造はさらに複雑に各方面に広く根を張っていく。若槻は自分の発想を見つめた。


捜査本部の捜査方針に永井由理突き落とし疑惑事件を加えることに成功した棟居は、湯村事件との関連を裏づける資料を精力的に探し歩いていた。

この間、若槻と岡野から葉山鈴の母親が北出身で、現在、帰朝中であるという情報が届けられた。ほぼ同時に届けられた、葉山父娘は北の土台人ではないかという永井の発想を、棟居は重視した。

むしろ捜査本部が先取りすべき情報である。捜査本部は最初から葉山親子には捜査のアプローチをしていない。鈴の父親葉山豊が土台人であれば、〝南北事情〟に関心をもっていた永井由理との間に接点が生じてくる。

だが、まだ由理と湯村がつながらない。この両者を結びつける鍵は藪塚が握っているという確信を、棟居はますます強めた。

藪塚は依然として失踪をつづけている。拉致されたか、あるいはすでにこの世の者ではないのか。

彼の失踪後、棟居は何度も大家の立ち会いのもと、藪塚の居宅を捜査したが、彼の所在に結びつくものや、永井に返し損なったという由理の遺品らしきものは発見されなかった。どこかに見落としがあるにちがいない。だが、六畳一間に一畳半ほどの流し、押入れが付いているだけの室内と、独り暮らしのわずかな家具や物品の中に、これ以上探すべき対象がない。さすがの棟居も壁に打ち当たった。

棟居は徒労の足を引きずって帰署した。一日の捜査を終えて本部に手ぶらであがる（帰る）のは辛い。

報告をすませて帰途につくと、疲労がどっと発する。朝のラッシュと異なり、夜の通勤車内にはアルコールのにおいが漂っている。一日の勤めを終えた働き蜂たちが家に直帰せず、行きつけの居酒屋で一杯ひっかけて、職場の疲労やストレスを発散した余韻が車内にまで持ち込まれる。

微醺を帯びたサラリーマンのグループが声高に雑談を交わしている。

「課長、このごろ少しおかしいぞ」

「どうおかしいんだい」

「鈍いねえ。気がつかないのか」

「課長のほうはあまり見ないようにしているからね。目が合うとろくなことは言われない」

「ところが、最近、文句が少なくなっている」

「そういえば、課長の怒鳴り声が聞こえなくなったような気がするな。心境の変化でもあったのかな」

「そうだよ。なにかが変わった。あのうるさい課長がおとなしくなった。なぜか……」

「だから、心境の変化だろう」

「心境が変化したきっかけはなにかと言ってるんだよ」

「きっかけねえ……」

「最近、人事異動で総務にいた女の子がうちの課に転属して来ただろう」

「ああ、ちょっと可愛い女の子だな。課長が可愛がっているようだ」

「それだよ。転属して来たばかりだから、ミスが多い。だが、課長はあまり怒らない」

「それは新入りだから、ドジが多くても仕方がない。庇っているんだろう」

「それだよ。あの子がきっかけだよ。あの子だけに甘く、ほかの者にうるさくは言えないからな。課長、あの子を庇うためにおとなしくなったんだよ」

「なるほど、そういうことか」

「そういうことだよ。我々にとっては有り難いがね」

サラリーマングループの話題は、異動して来た女子社員のほうに移っていった。

棟居は耳に入るともなく入ってくる彼らの雑談をなにげなく聞き流している間に、はっとした。グループの雑談の中にあった「庇う」という言葉が棟居の意識に引っかかった。

湯村が殺害された当夜、その現場に岩佐道幸と城原涼子が来合わせた。涼子は当日、湯村に呼ばれたと供述し、彼の携帯のリダイヤル一覧には該当時間に城原涼子の電話番号が保存されていた。涼子の容疑は速やかに晴れたが、岩佐については動機はないものの、依然としてグレイである。

（岩佐は現場で犯人を見ながら黙秘しているのではないのか）

犯人を見たと証言すれば、岩佐の嫌疑は速やかに漂白される。それにもかかわらず黙秘しているのは、彼が犯人を庇っているからではないのか。

車内でたまたま耳にした「庇う」という言葉から、棟居は岩佐にかかっていた霧の奥が少し見えてきたような気がした。

岩佐は当夜、犯行現場で犯人を目撃しながら黙秘している。彼が庇うような人物はだれか。

岩佐は湯村を表敬訪問したと言っていたが、偶然立ち寄ったのではなく、近くに所用があったのではないのか。岩佐はなにかの目的があって現場の近くへ来た。つまり、だれかに会うために近くに来たついでに、現場を〝表敬訪問〟したとすれば、彼はだれに会いに来たのか。

同時に、棟居の胸に疑問が立ち上がってきた。岩佐はだれかに会いに来たついでに現場に立ち寄り、犯人を見かけて庇っている。自分自身が犯人にされかねない深刻な立場を顧みず、庇わなければならない人物はだれか。

岩佐は上昇志向の強い男である。他人の死屍を踏まえて昇っていくことを少しも憚らない人間である。出世のために葉山鈴を死に追い込み、南雲の娘に乗り換えた。

岡野の調査によると、岩佐は坂田朱実を整理している。ほかにも泣いている女性がいるであろう。そんな人間がすべてを失う危険を冒して庇わなければならない者がいるか。たとえ無実であろうと、殺人の嫌疑をかけられただけですべてを失う危険があるのである。

動機がなくとも、現に岩佐の嫌疑が完全に晴れているわけではない。妻や、舅の南雲毅に知られるだけで、将来も、現在の地位も、家庭も失う虞がある。すでに南雲や妻の耳に、岩佐が殺人容疑をかけられたことは入っているであろう。

そこまで思案を進めたとき、棟居は、はっとした。南雲は湯村の大スポンサーである。同源の次期社長として実権を握っている南雲がバックアップしているので、湯村は医学界に圧倒的な勢力を張ることができた。

また南雲も湯村の影響力を利用して同源製薬の商圏を拡大した。両者は持ちつ持たれつの仲であった。

だが、南雲の後ろ楯にもかかわらず、湯村は失脚した。両者の間に生前、なにかがあったのではないのか。密接であればあるほど、両者が離反したときの痛手は大きい。南雲に見放されたことが、湯村の失脚につながったのではないのか。

棟居は湯村と南雲の関係をもっと掘り下げるべきであったとおもった。

南雲は岩佐の現在、および将来を握る舅である。南雲の庇護が失われれば、岩佐は妻を含めてすべてを失ってしまうであろう。また岩佐が南雲を庇えば、岩佐の殺人容疑はむしろ彼を守る強力な保険となる。岩佐が庇護すべき人物として最前列に立つ者は、南雲以外にない。棟居はようやく暗中模索の手先に確かな手応えをおぼえたような気がした。

棟居が唱えた新たな意見は、捜査本部を動かした。

同源製薬の次期社長最有力候補を容疑者像とするのは無理があるのではないかという意見もあったが、岩佐が庇うべき人物として最前列に位置しているという主張に黙った。

湯村と南雲の関係が密接であればあるほど、離反したときの憎しみが募る。失脚後間を置かず殺害されたことも、南雲の容疑者像を濃くしている。だが、それだけでは南雲の逮捕状どころか、任意同行を求めるまでにもいかない。

捜査本部では棟居の意見を入れて、湯村と南雲の関係掘り下げを決定した。

棟居は岩佐が犯行当夜、現場に立ち寄ったことが気になっている。当夜、彼の所用とはなんであったのか、そしてどこへ行ったのか。後ろ暗いところがなければ隠さず話すはずである。

最初の事情聴取のとき、岩佐が所用先からの帰途、湯村を表敬訪問（ご機嫌うかがい）したという言葉を鵜呑みにして深く詮索しなかったのは迂闊であった。その時点では、岩佐の所用とその行き先は問題ではなかった。彼が現場に居合わせた事実が重大であり、そのことに捜査の焦点が絞られていたのである。

だが、殺人動機がなく、事実、表敬訪問したのであれば、岩佐の本来の所用と訪問先が気になってくる。

棟居は岩佐にその点を再度聞いた。

「大した用事ではありませんでした。高校のクラス会の打ち合わせで、友人の家を訪ねたのです」

岩佐は澱みなく答えた。

「その友人のお宅はどちらですか」

「それは……そのことがなにか関係があるのですか」

　岩佐の言葉が少し滞ったように聞こえた。

「参考までにお尋ねしています。差し支えなければおしえていただけませんか」

「目黒区内の八雲（やくも）というところです。久しぶりに会ったので引き留められるまま、つい長居をしてしまいました」

「その友人のお名前と住所をおしえていただけませんか」

　棟居は追及した。

「私はまだ疑われているのでしょうか」

　岩佐が不満げに問い返した。

「あなたは当夜、犯行の現場にいたのですよ。嫌疑が完全に晴れたわけではありません」

「わかりました。八雲三丁目の八雲ハウスというマンションに住んでいる中林（なかばやし）という友人です。彼に聞いてもらえば、私が訪問したことがわかりますよ」

　と岩佐はしぶしぶといった口調で言った。

　棟居は、岩佐が証人を用意している気配を感じ取った。

　岩佐は犯行当夜、だれかほかの人物に会いに行ったにちがいない。そのだれかは湯村の住居の近くに住んでいた。そして、岩佐にはその人物に会ったことを知られたくない事情がある。たぶん女に会いに行ったのであろう。

結婚した後も、岩佐は女との関係をつづけている。殺人の前に女に会いに行く気にはなれないであろう。この点からも、岩佐の行動は犯人の心理としては無理がある。

棟居は一応、中林に会った。

「たしかにその夜、岩佐君は来ましたよ。午後八時ごろ来て、十時半ごろ帰りました。その間、クラス会の会場や進行などについて打ち合わせをしました。久しぶりに会ったので、肝心の打ち合わせよりは雑談が多かったですがね」

中林は気軽に答えた。

一通りの話を聞いて、棟居が辞去しかけたとき、中林がふとおもいだしたように、

「あの夜、岩佐の恩師が殺害されたと報道で知りましたが、岩佐も大変なところに立ち寄ったものですね。てっきり女の家から直帰したとおもっていましたよ」

「女性の家から直帰……あなたの家から帰る途中湯村教授の家に立ち寄ったのではなかったのですか」

「帰り際、この近所に住んでいる彼女の家に立ち寄ると言ってました。今にしておもえば彼女の家から私の家に寄り、恩師の家に立ち寄ったのでしょう」

中林は訂正するように言った。

「すると、岩佐氏は当夜はまず女性の家に立ち寄った後、あなたの家を訪問してクラス会の打ち合わせをしてから湯村教授の家にまわったということですか」

「いまにしてそうおもいます」

中林はよけいなことを言ってしまったことを悔いるようにうなずいた。

「その女性もこの近所に住んでいるような感じですね」

「さあ、私は彼女の住所までは知りませんよ」

岩佐と同源製薬副社長南雲毅の密接な関係はすでに明らかである。だが、湯村の失脚は大学内部から盛り上がった反湯村勢力の突き上げによるものであることが、おいおい明らかになってきた。

湯村の医信大学における勢力は圧倒的であり、医信大学は医学界において全国的なシェアを誇っている。国公立大学の医学部の主要ポストはもとより、有力な私大医学部教授から講師まで、公立病院の主要ポストから地方の民間病院まで医信大学出身者がその主要な地位を占め、業界で「天領」と呼ばれる医信大学直系の病院には、時の独裁者湯村の息のかかった医師を派遣している。

医信大学系の縦型社会（ヒエラルキー）のトップに湯村が比較的短い時間（スパン）で駆け上れたのは、同源製薬の莫大な資金によるバックアップがあったからである。同時に、同源製薬も湯村の独裁権力によって、その商圏を拡大した。

湯村によって地方に飛ばされたり、医者としての将来に絶望した者も少なくない。それに湯村の独裁に反発する理事や教授たちに、同源製薬中心の治験を快くおもわぬ製薬業界や医療機器業界が呼応して、アンチ湯村運動を繰り広げた。

致命傷となったのは、同源製薬との癒着疑惑について、東京地検から事情聴取を受けたことである。地検特捜部の事情聴取は悪のレッテルを貼られたも同然で致命的であった。

学内には湯村辞任の噂が流布していた。

だが、そのこと自体は湯村の殺害に結びついていかない。

同源製薬との癒着疑惑はビジネスから発生した疑惑であり、湯村と南雲の個人的怨恨に直接結びつかない。

それに、両者の関係にひびが入ったとしても、怨みを含むのは失脚した湯村のほうである。

せっかく捜査本部に採り入れられた棟居の提言であったが、南雲毅は容疑者像としては適格性を満たさない。

葉山鈴の自殺も本件につながってこない。藪塚の行方も杳(よう)として知れない。

ようやく薄日が射しかけたかに見えた捜査は、ふたたび膠着した。

その朝配達されていた郵便物に目を通していた永井は、一通の封書に目を留めた。宛名人居所不明のため差し戻すという付箋が貼られている。永井の記憶にない、似ている名前であったので、誤って差し戻されたのであろう。近くなので、散歩のついでに届けてやろうとおもった。

　そのとき、失踪している藪塚の住居を捜索したが、彼が返し忘れたという由理の遺品も、またその消息に結びつくものも発見されなかったと、若槻から聞いたことをおもいだした。

　永井は、誤って差し戻されてきた郵便物から走った連想を見つめた。

　仮に同じことが失踪後の藪塚に起きたとしたら、どうか。

　藪塚は由理の遺品を中橋刑事に郵送した。直接届けると言ったそうであるが、億劫になったのかもしれない。

　それが宛先の名前、あるいは住所を誤記して、差し戻された。今度は差出人を誤って差し戻されたとする。つまり、二重の誤りが重なって別の人物に差し戻されてしまった。

　誤って差し戻された人物が、本来の差出人に郵便物を届けるという保証はない。誤配された人物がそのまま郵便物を手許に置いておけば、いくら本来の差出人の住居を捜索しても発見されない。

　あるいは藪塚の家に届けに行ったところ、すでに失踪した後であり、持ち帰ったということも考えられる。

　永井は早速、自分のおもいつきを若槻に伝えた。

「あり得ますね。家宅捜索は郵便受け（メールボックス）にまで及びます。しかし、他家の郵便受けまでは調べられません。マンションやアパートなどでは郵便受けが集合ボックスになっていて、誤配が生じやすい環境です。誤配されても、隣同士であれば、すぐに本来の宛名人や差出人に隣人が渡してくれるとおもいますが、すでに引っ越して無主の郵便受けに誤配されたりすると、いつまでも放置されるかもしれませんね」

若槻は永井の連想に乗り気になった。

「藪塚の近所に似たような名前の住人がいれば、その可能性はありますね。早速、チュウさんや所轄に伝えましょう。もしかすると、なにか出てくるかもしれませんよ」

若槻は弾んだ声で言った。

警察はおおむね他署から捜査に関して口を挟まれたり、介入されたりすることを嫌う。特に「わが署の事件」への介入は、領土を侵犯されたような気がする。まして、退職した刑事が、他署管内の事件にくちばしを挟んで喜ばれるはずがない。

だが、所轄の刑事に面識のある者がいれば別である。新宿署には現職中、何度か捜査を共にして気心が通じ合っている牛尾がいる。

牛尾はすでに棟居から湯村殺人事件と関連があるかもしれないと連絡を受けており、失踪した藪塚に関心をもっていた。

若槻を経由して永井の連想を伝え聞いた牛尾は、

「それはいいところに目をつけましたね。現場の刑事真っ青ですよ。早速当たってみましょう」

とむしろ若槻の伝達を喜んでいるようであった。

牛尾が早速管内の住人を調べたところ、藪塚の近隣に藪原金作という人物が住んでいることがわかった。

突然訪問して来た牛尾に、誤って差し戻されてきた郵便物の有無を問われて、

「申し訳ありません。たしかに藪塚金次という人が差し出した郵便物が、まちがって私の家に差し戻されてきました。いったん藪塚さんの家に届けに行ったのですが、失踪してしまったとかで、警察に届けるのも億劫になって、そのままにしてしまいました」

と藪原は恐縮して答えた。

「その郵便物はまだお手許に保管していますか」

「はい、他人のものなので、開封しないで保管していますよ」

「それを預からせてもらえませんか」

「どうぞ、私のものではありませんので」

藪原は件の郵便物を別室から持参して来た。宛名人は中橋要介、および彼の自宅らしい住所が記入されていた。その住所が誤記されていたのであろう。そして、差し戻された先が類似姓名の別人であった。

封筒の中身はデジタルカメラのメモリーカードであった。

牛尾は手応えをおぼえた。若槻や棟居から伝え聞いたところによると、駅のホームから突き落とされた永井の細君は、医薬業界の不正を探っていたらしい。このがそのメモリーカードの不正の証拠であれば、永井夫人と湯村教授の事件は一挙につながる。

牛尾からメモリーカード発見の報告を受けた棟居と若槻は、胸の内に歓声をあげた。牛尾はまだメモリーカードの中身を覗いていないという。他署管内事件の有力な資料の詮索を遠慮しているのである。管轄地域の失踪人に関わる資料でもあるので、牛尾が覗いてもだれも異議を挟むはずもないが、直接関わりがありそうな棟居の捜査本部に、資料の優先権を譲ったのである。いかにも牛尾らしかった。

棟居は大いに感謝して、牛尾と一緒にメモリーカードの中を見ることを提案した。牛尾も棟居の提案を喜んで受け入れた。若槻にも声がかけられた。

メモリーカードが発見された地域を所轄する新宿署でパソコンに挿入して、保存されている画像を再生した。

保存画像はすべて人名と、その住所や連絡先、職業等を記したリストである。なんのリストかはわからないが、ざっと数えて百名近い人物の住所、氏名、職業、年齢、その他の個人情報が記入されている。

日本人だけではなく、朝鮮人を主体に、中国人、東南アジア系とみられる人名もリストに連なっている。肉筆で書き込まれた名前もある。

リストの性質については、なんの文言も注釈も付記されていない。

リストの中に、若槻が目ざとく葉山豊・鈴の名前を発見した。

「これはもしかしたら……日本における土台人のリストではないかな」

若槻の言葉に、棟居と牛尾がうなずいた。土台人という言葉は、日本における北関係の諜報工作員を意味する言葉として、すでに三人の知識の中にあった。

葉山豊の妻であり、鈴の母親である李英淑は、北に事実上、人質として抑留されているらしい。

そのことから、葉山父娘は土台人の嫌疑をかけられていたが、この〝由理リスト〟の出現によって、その嫌疑は一層濃くなった形である。

「大変だ。南雲毅の名前もある」

棟居が声をあげた。

付記されている住所、職業、年齢等も一致している。三人は顔を見合わせた。それぞれの胸の内に醸成してくるおもわくがあった。

南雲毅が朝鮮戦争において細菌戦を主導したフランク南雲の息子であることも、すでに三人は知っている。

父フランク南雲の朝鮮との関わりからいえば、南雲毅は北とは敵対する位置にいる。だが、同時に土台人化されるという下地もあるということである。

リストの中には湯村等の名前はなかった。だが、南雲毅が土台化されていれば、湯村も無色の位置には立てない。由理と湯村が接点をもったといえよう。

三人は静かに盛り上がってくる興奮を抑えていた。

「このリストは十中八九、土台人のリストでしょう。公安に見せれば飛びつく。これだけのリストを永井夫人一人の手で入手したとすれば、大したものです。そして、土台組織が永井夫人がリストを入手した事実を知れば、彼女の口を封じ、彼女からリストをすり奪った藪塚からリストを取り戻そうとしたはずです。しかし、彼らはリストを取り返していない」

「つまり、彼らもリストが他の人物に誤って差し戻された事実を知らないということですね」

若槻、牛尾が次々に言った。三人共に藪塚の行方は絶望的であることを察している。

棟居は永井由理のメモリーカードの発見を捜査本部に伝えた。

リストの共通項は、半島出身者、それも北部出身者が多い。あるいはその家族、配偶者である。

リストを凝っと睨んでいた棟居が、ふとおもいついたように、

「半島北部出身という共通項はかなり強い地縁で結ばれていると考えていいでしょう。す

ると、このリストの中の何人かが、当日当該の時間に葉山と一緒に行動していたという可能性も考えられますね」

「そうか。複数で行動していれば、そのうちのだれかがホームのカメラに写っているかもしれないな」

牛尾が応じた。

リストアップされている名前は九十八名、そのうち東京都区内、都下、および近隣県に居住している者三十六名の写真が集められて、当日午前八時三十分前後のホームカメラの映像と照合された。

その結果、四名が保存映像の中に発見されたのである。四名中二名は日本人であり、他の二名は外国人登録証を持っている。

勇躍した捜査員は、葉山に任意同行を求める前提として、四人から事情を聴いた。その一人から葉山の右目が義眼であるという情報が得られた。

その結果、葉山に対する任同要請が決議されたのである。

捜査本部ではカードの内容を慎重に検討して、まず葉山豊を呼んで事情を聴くことにした。百名に近いリストの中から、特に葉山をマークしたのは、藪塚が永井由理からバッグをすって逃げた際、由理を突き落とした犯人の目が光ったという証言を重視したからである。

葉山に任意同行を要請したのは、由理突き落とし事件を所管する新宿署の牛尾である。彼に棟居と中橋、水島および所轄署員が同行した。

彼らは午前七時、練馬区内にある葉山の自宅を訪問した。葉山が昨夜帰宅していることは、すでに所轄署の協力によって確認されている。葉山は池袋駅の近くにある不動産会社に勤めている。

起床したばかりの葉山は、突然の刑事の訪問に驚いたようである。牛尾から、

「過日、新宿駅ホームから突き落とされた疑いのある永井由理さんについて、少々おうかがいしたいことがありますので、署までご同行願いたい」

と告げられて、葉山は顕著な反応を見せた。精巧な可動性義眼は健常な一方の目に照応してつくられており、その運動は頭の動かし方や、視線の内転角度によって補われ、一見、義眼のようには見えない。

だが、永井由理の名前を告げられたときの動転が目に伝わったらしく、両眼の動きが対応せず、一瞬、人工眼が凍りついた。光線のかげんで、その目が光った。

「わ、私は、な、なにも知りませんが」

ようやく発した葉山の声が震えている。

「そういうことも併せておうかがいしたいとおもいます」

牛尾は穏やかな声音で、だが妥協を許さぬ口調で迫った。

葉山の様子に、同行した三人の刑事も十分な手応えをおぼえた。葉山は自宅から新宿署に連行された。

葉山は、新宿署で用意されていた朝食には手をつけず、プラスチックのコップにつがれたお茶を飲んだだけであった。

「朝早くからお呼び立てして申し訳ありません。用件がすめば、速やかにお帰りいただけます」

早速切り出した牛尾の言葉には、素直に答えなければ長くなるかもしれないぞという含みがある。

「私にできることならいたします」

葉山は茶を飲んで、最初のショックから少し立ち直ったようである。

「それではご出勤に間に合うように、早速お尋ねします。×月××日午前八時三十分ごろ、あなたはどちらにいらっしゃいましたか」

牛尾は問うた。

「その日は平日ですね。すると、出勤途上で、西武線の電車に乗っていたはずです」

「八時三十分ごろ、その電車はどの辺を走っていましたか」

「八時三十分ごろだと、たいてい江古田(えこだ)の辺りですね」

「そのとき車内でだれか知った顔に会いましたか」

「いいえ、会わなかったとおもいます」

「会社には何時に出勤しましたか」

「始業が九時半ですから、九時二十分ごろには出社しています」

「八時三十分ごろ江古田辺りだとすれば、もっと早く出社できるのではありませんか」

「毎朝、池袋駅の近くのファーストフード店で食事をして行きますので、だいたいそんな時間になります」

「それではファーストフード店に聞けば、あなたがその朝、その時間帯にそこにいたことがわかりますね」

「さあ、どうでしょう。朝のファーストフード店は多数の客が忙しく出入りしてますから、アルバイトの店員がいちいちおぼえているかどうか……」

「その朝八時三十分ごろ、あなたを新宿駅七番線ホームで見かけたという人がいるのですが」

牛尾は一挙に踏み込んだ。牛尾にしてもハッタリである。

葉山を見かけた藪塚は失踪しており、それも葉山と確認したわけではない。だが、葉山の顔色は激しく動いた。

「そんなはずはありません。私はその時間に新宿へは行きません。なにかのまちがいではありませんか」

葉山は土俵際で踏みこたえた。右の目が動かなくなっている。

「あなたは永井由理さんをご存じですか」

牛尾はこだわらず、質問の鉾先を転じた。

「ながいゆり……さあ、知りません」

「永井由理さんはその日午前八時三十分ごろ、新宿駅のホームから線路に突き落とされて死亡しました。その女性の遺品のリストにあなたの名前がありましたよ」

「なんのリストですか」

「このリストです」

牛尾の目配せに即応して、棟居がメモリーカードから拡大プリントアウトしたリストを葉山の前に差し出した。四人の刑事の視線を集めて、葉山の顔がぎょっとしたように硬直した。

「どうやらお心当たりがありそうですね」

棟居がだめ押しをするように言った。

「いえ、心当たりなんてありません。リストなんて、いつ、どこで名前を盗まれているかわかりません。きっと名簿屋が取り引きをしたなにかの名簿なんでしょう」

「この名簿にリストアップされている人たちには、重大な共通項があります」

棟居の言葉に葉山の表情はますます強張った。

「な、なんですか、その共通項とは」

「在日の南北朝鮮出身者、また家族や友人に出身者がいる人がリストに名前を連ねています。リストの中に知っている名前がありますか」

と問われて、葉山は、

「知りません。知らない人ばかりです」

と否認した。

「確かですか。よく確かめてください。疎遠になって、忘れているという人もいませんか」

と念を押されて、

「知りません。会ったこともなければ、名前を聞いたこともない人たちばかりです」

と葉山はきっぱりと言い切った。

「あなたの奥さんは北の出身で、現在、帰国されていますね」

「そ、それが、どうかしたのですか。北の女性を妻にしたり、あるいは朝鮮の男性と結婚したりした日本の女性はいくらでもいます」

「おや、私はべつに結婚したことをなにも批判していませんよ。リストの共通項として申し上げているだけです。それともあなたには奥さんが北出身であることがわかると、まずい事情でもあるのですか」

棟居に切り返されて、葉山は過剰な反応を示したことに気づいたようである。

「べ、べつに都合の悪いことなんかありません。ただ……」

「ただ、なんですか」

「なんのリストかわからないリストに私の名前があったからといって、そのながいとかいう女性と私にどんな関係があるのですか」

葉山は少しずつ立ち直ってきているようであった。

「なるほど。しかし、ここにリストアップされている中で、とりあえずあなたを永井由理さんが突き落とされたホームで見かけたという人がいます」

「私は午前八時半に新宿駅には行っていません。他人の空似か、あるいは見まちがえたのではありませんか」

葉山は言葉を返したが、その目撃者がだれかとは問い返さなかった。目撃者と対面してみるかと言われるのを恐れているようでもある。

「あなたにはその時間に江古田付近を走っている電車の中にいたという確実なアリバイがありませんね」

「アリバイがないからといって、新宿駅にいたことにはならないでしょう」

水掛け論になりつつあった。

「葉山さん、あなたは当日朝八時三十分ごろ、絶対に新宿駅にはいなかったのですね」

棟居からふたたびバトンを引き継いだ牛尾の口調が粘り気を帯びてきた。

「絶対にいません」

「そうですか。すると、あなたを見かけたという人たちは口裏を合わせていることになりますね」

「口裏……？」

立ち直りかけていた葉山の面に不安の色が塗られた。

「リストに名を連ねている方は九十八名、そのうち東京都や近隣県に居住している方が三十六名います。共通項を踏まえて相互に知人がいる可能性を想定して三十六名の人たちに問い合わせたところ、そのうちの四名には、当日のアリバイがあなたと同じようにありません。つまり、あなたを含めて五名は、当日午前八時三十分ごろ、新宿駅七番線ホームに集合していたのではないかと想定して、ホームに設置されているカメラの映像を調べたところ、四名の映像が保存されていました。その四名から事情を聴いたところ、あなたが当日当該時間、現場にいたと証言しましたよ」

「嘘だ。彼らがそんな証言をするはずがない」

葉山は悲鳴のような声をあげた。

「おや、彼らとは……ただいまリストに名を連ねた人間をまったく知らないと言いましたね」

牛尾にすかさず指摘されて、葉山は重大な失言をしたことに気づいたようであった。

「あんたが会ったこともなければ、名前を聞いたこともない人が四人、あんたが当日午前八時三十分前後に、永井由理さんが突き落とされた現場にいたとたしかに証言したよ。その四人と対面してみるかね。あんたは駅のカメラの死角にいたが、四人の仲間がカメラに写ってしまった。その時間帯、江古田にいたはずのあんたを、四人の仲間がどうして新宿駅で見ることができたんだね。その辺のところを納得のいくように説明してもらいたい」

牛尾の口調が変わった。葉山の全身が小刻みに震えている。

「どうした。だいぶ顔色が悪いな。リストに名前が並んでいたのは偶然ではなかった。半島北部の出身者、あるいはその密接な関係者が五人、同じ時間帯に、同じ場所で行動していたのは偶然とは考えられない。なにか共通の目的があって、当日、示し合わせて新宿駅七番線ホームに集合した。あんたら五人の共通目的は永井由理さんにあった。そうだろう」

「ち、ちがう」

「どこがどうちがうのか言ってみろ」

「偶然だ。偶然同じ場所に行き合わせただけだ」

「だったら、なぜ嘘をついた。警察をなめるな」

棟居が強い声を発した。

「あんたら五人のうち、四人が自供したんだよ。これ以上、悪あがきしても無駄だよ」

牛尾が冷静な声で迫った。

葉山の抵抗もそれまでであった。

　葉山は自供した。

「私が永井由理さんをホームから突き落としました。永井さんに私が土台人であることを察知されて、自首するように勧められたのです。永井さんは日本における土台人を調査して、その大半を調べ上げていました。

　永井さんは、『あなたは奥さんを北に人質に取られて、やむを得ず土台人になった。あなたは北に忠誠を誓ったわけではない。だから、自首すれば罪は軽減される。自首した後にリストを公表するつもりです』と言いました。

　私は悩みました。私が自首すれば、北にいる妻がどんな目に遭わされるかわかりません。追いつめられた私は、親しい土台人仲間の日本人に相談しました。彼らも私と同じような事情で土台化されたのです。永井さんの口を封ずる以外にはないという結論でした。

　そして当日、ご指摘の通り、かねてからその行動を監視していた永井さんを、新宿駅のホームから突き落としたのです。リストが永井さんの手許に残っていても、本人がいなくなってしまえば、なんのリストかわからない、わかったところで言い逃れられるというのが一同の意見でした。

ところが、突き落とし直前に、永井さんがバッグをすりにひったくられようとは予想もしていませんでした。すりの被害に気づいた永井さんが、すりの追跡に注意が向けられて無防備になったところを狙ってホームから突き落としました。設置カメラの位置はあらかじめ頭に入れていましたが、仲間の位置までは考えていませんでした。その後、永井さんの遺品の中からリストが発見されたという報道がないので、我々はすりが奪ったバッグの中に入れてあったのだろうと見当をつけていました」

「すりはその後、入居していたアパートから生活の痕跡を残したまま蒸発してしまったが、あんたらが消したんだろう」

「申し訳ありません。その後、新聞にそのすりの名前と住所区が報道されたので、仲間と手分けして住居を突き止め、リストを渡すように求めたのですが、警察に送り返したと言い張るばかりなので、やむを得ず殺害し、奥多摩の山中に埋めました。いまになって永井さんとすりには申し訳ないことをしたとおもっています」

「湯村教授を殺害したのもおまえらではないのか」

棟居がさらに追及した。

「ゆむら……そんな人は知りません。だれですか」

それまで素直に自供していた葉山が否認に転じた。

「知らないはずはないだろう。医信大学の湯村教授だよ。彼もあんたらの仲間なんだろう」

棟居はハッタリをかませた。リストの中には湯村等の名前はないが、リストにあった仲間を介して、北とつながっているかもしれない。

「知りません。初めて聞く名前です。私はそんな人には手を出していません」

葉山は頑強に否認した。

さらに追及したところ、葉山には湯村が殺害された当夜、アリバイが確認された。犯行当夜、葉山は土台人ではない友人と一緒に、池袋の居酒屋にいたことが証明された。

さらに共犯の土台人の自供によって、奥多摩山中から藪塚の死体が発見された。

ここに永井由理突き落とし、藪塚金次殺害死体遺棄事件は解決をみたが、本件の湯村教授殺害事件の捜査はふりだしに戻った。

湯村殺しが永井、藪塚の二件から切り離されてみると、改めて湯村と南雲の関係がクローズアップされてくる。だが、この両人の間になにかあったとすれば、恨むのは湯村のほうである。そこに先入観はないか。

殺人の動機は怨恨だけではない。なにか別の動機が南雲にあったのではないのか。棟居はもう一度、この両人の関係を洗い直すべきであるとおもった。

ここに岩佐の存在が大きな意味をもってくる。捜査会議で棟居が提議した、岩佐が南雲を庇っているのではないかという意見は、いったん捜査方針に組み入れられたが、容疑者像としては無理があるという方向に傾いた。ちょうど同時期に藪塚の蒸発と、土台人リストの発見によって、捜査の方向がそれた。

棟居は湯村と南雲の関係に改めて注目した。

たしかにことビジネスにおいては、東京地検の事情聴取を受けた湯村に対して、掌を返すような同源製薬の態度を、湯村が恨む位置にいた。

だが、それは会社としての態度であり、湯村が南雲を個人として恨む筋合いではない。すると、両者の間にはビジネス以外のなにか個人的な事情があったのかもしれない。

自分の思案を凝視していた棟居の意識に、次第に存在感を増してきたのは今川美香である。今川美香は若槻が現役時代、最後に手がけた殺人事件の被害者であり、若槻は事件未解決のまま涙を呑んで定年退職した。

退職後も、美香の一件は若槻が背負った人生の債務のようになっている。若槻は退職直前まで捜査を担当したが、捜査線上に浮かんだ容疑者はすべて漂白されて、捜査本部は解散した。若槻は解散直前、被害者が生前通い始めて間もない教会の神父と親しくしていたという情報をつかみ、捜査本部の継続を主張したが、

「定年間近のロートル刑事の言葉に耳を傾けてくれる上司はいなかった」

と悔しそうに語っていた。

　だが、改めておもえば、今川美香は湯村、永井由理、岩佐道幸と接点をもっている。当時浮かんだ容疑者の中に、湯村や岩佐の名前はなかったが、医信大学という接点があった。

　棟居は解散直前に若槻がつかんだ、美香と教会の神父が親しくしていたという情報をおもいだした。

　神父の容疑も晴れたのであるが、神父は当時の美香に関する情報をなにか知っているのではないのか。

　その情報の中に、湯村事件を解く鍵が隠されているかもしれない。わずかな可能性に藁にもすがるようなおもいから、棟居は若槻に連絡を取った。

　棟居の着想を聞いた若槻は、

「私も神父に事情を聴いたのですが、事件に結びつくような情報は得られませんでした。もっと粘ればよかったといまでも後悔していますが、時間切れになってしまいましたよ」

　若槻は悔しそうに言った。

「その神父はまだいますかね」

「行ってみましょうか」

　若槻は棟居の心を読んだかのように言った。

「若槻さんが同行してくれたら心強いですね」

棟居は早速、若槻と連れ立って、神父がいたという教会を訪ねた。

その教会は、都下M市域の私鉄沿線駅の近くにある高台に占位しているカトリック教会である。

「しかし、懺悔を聞いた司祭は告白の秘密を厳守する義務を負うと聞いていますが」

棟居は教会への道すがら言った。

「私もそのように聞いています。懺悔を聞いた司祭がその罪を許した後、警察にしゃべったら、だれも懺悔などしなくなりますよね」

若槻は苦笑した。

「懺悔というほど重苦しいものではなく、神父、司祭というのかな、彼が懺悔以外のなにかを聞いて忘れているということはあるでしょう」

「それはあり得ますね。私の質問が的を外れていれば、司祭も答えられないでしょう」

「若槻さんが的外れの質問をしますか」

「木を見て森を見ずともいいます。微細なことにこだわりすぎて、事件の全体を見失っていたかもしれない」

若槻は反省するように言った。

「木を見て森を見ず……私にもよくあることです」

「司祭は、私が今川さんとの関係をしつこく尋ねたので、自分が疑われているとおもい、気分を害したのかもしれません。視角を変えて聞くべきでした」

「視角を変える。なるほど」

聴罪司祭（神父）と被害者が親しければ、捜査員は両人の関係にフォーカスする。むしろ、神父を容疑圏外に置いて事情を聴いたなら、別の情報が得られるかもしれない。

駅からの途上、緩やかな坂道を登りながら言葉を交わしている間に、尖塔に十字架を背負った教会が高台の上に見えてきた。平日の午後で信者の姿は見えない。この近くに医信大学のキャンパスもある。

周辺は閑静な住宅街で、背後には谷を置いて、かなたの丘陵に大型のマンションらしい白亜の建物が重なって見える。教会の十字架が都心から容赦なく押し寄せる乱開発の荒波に抵抗するように天を指している。

無駄足を覚悟で教会の戸を叩くと、当時の神父は健在であった。神父はすでに若槻の顔を忘れているようである。神父の心証を害したかもしれないと述懐していた若槻も、せいぜい前身の色を消そうとしているようである。

神父に先入観を抱かせないために、あらかじめ申し合わせておいた通り、棟居が名刺を差し出して用件を切り出した。最初に警察手帳を示すと、相手を身構えさせる虞がある。

「実は、過日殺害された医信大学の湯村等教授の事件を捜査している者ですが、参考までにご意見をお聞かせいただきたくまいりました」

と棟居は低姿勢に出た。

イスマイロフと名乗った神父は、当初、警察と聞いて構えたようであったが、棟居の低姿勢にドアを広く開いた。

「実は以前、こちらの教会によく通われていた今川美香さんは、湯村教授の教え子でした」

「今川美香さん……彼女はお気の毒なことでしたね。私も彼女のことをおもうと、いまでも胸が痛みます。犯人は捕まりましたか」

イスマイロフ神父は痛ましげに面を曇らせて問うた。

「残念ながら犯人はまだ検挙されておりません」

「迷宮入り（ラビリンス）ということですか」

神父は刑事の耳に痛いことを言った。若槻は俯いたままである。

「今川さんの生前、湯村教授が一緒に教会に来たことはありましたか」

棟居は迷宮入りを躱（かわ）して、さらに問うた。

「さあ、私は湯村という人を知りませんのでわかりませんが」

「それでは今川さんはだれかと一緒に来たことはありますか」

「今川さんは日曜の朝の礼拝によくお見えになりましたが、いつもお一人でしたよ」

「いつもお一人でしたか」

湯村と美香は若干の師弟関係以外には特別のつながりは浮かんでいない。

「一緒に連れ立って来た人はいませんが、礼拝堂で偶然出会った人はいましたよ」

イスマイロフ神父はふとおもいだしたように言った。

「礼拝堂で偶然……その人をご存じですか」

「よく知っていますよ。以前、お宅がこの近くにありまして、時どき日曜日にお見えになりました」

「どなたですか、その人は」

「南雲さんとおっしゃる方で、なんでも薬品会社の重役ということでした。その後、都心のほうに引っ越されましたが……」

「南雲さん、同源製薬の副社長、南雲毅さんですか」

棟居と若槻はおもわず上体を乗り出した。

「さあ、フルネームは知りませんが、薬品会社の重役とはご近所の方から聞きました」

「その南雲さんと今川さんが連れ立って来られたことはありませんか」

若槻が我慢できなくなったように口を挟んだ。

「ありません。南雲さんが引っ越された後、しばらく間をおいて、今川さんが来られるようになったのです」

「偶然教会で出会った二人は挨拶を交わしたのですか」

「はい、おたがいに驚いたようでした。でも、二人が出会ったのはそのときだけで、それ以後南雲さんは来られませんでした」

「そのとき二人はどんな言葉を交わしたか、おぼえていらっしゃいますか」

「いいえ、距離もありましたし、礼拝が始まりましたので」

「礼拝後、二人は一緒に帰りましたか」

「おぼえていません。特にその二人を注意していませんでした」

「南雲さんは引っ越されてから見えたということですか。なぜ突然、礼拝に来られたのでしょうか」

「私は祭壇で多数の礼拝者を迎えていましたので、南雲さんと黙礼を交わしただけで、言葉は交わしませんでした。たぶんこの近くを通りかかったので、立ち寄られたのではないかとおもいます」

　イスマイロフ神父から得られた情報は以上であった。だが、それだけでも捜査に新たな展開が期待できる情報である。

　教会からの帰途、棟居は、

「視角を変えて、意外な成果がありましたね」

　と言った。

「私は恥ずかしかったです。今川美香と神父の関係だけに焦点を絞っていたので、その周囲が見えなかった」

　若槻は肩をすぼめた。若槻さんからサジェスチョンをもらわなければ、二人の関係だけにフォーカスしていました」

「今川美香が南雲と顔見知りであったとしても異とするに足りないが、教会で偶然出会ったということが引っかかるなあ」

「私は二人の新たな接点とみてよいとおもいます。それ以前は彼らの接点は同源製薬系の病院で、今川美香が看護師をしていたということだけでした。しかし、教会の新たな接点は二人の一般的な関係が特別の関係に発展したかもしれない、と想像することもできます。つまり、新たな可能性を示してくれたわけですよ」

「すべての可能性を疑ってみるのが……」

「刑事の性（さが）」

　後半の言葉は二人同時に発した。

　イスマイロフ神父の証言がなければ、美香と南雲の関係は検討の対象にさえならなかったのである。

　当時、美香の捜査に上層部から物言い（圧力）があったような気配も、南雲が明正病院の患者であったお上のお偉方に働きかけたとも考えられる。

若槻はお上に働きかけたのは湯村と疑っていたが、湯村を南雲毅とすげ替えてもなんら違和感はない。あるいは南雲が湯村を介して政界の人脈を操作したのかもしれない。

棟居は神父の新証言を捜査本部に報告した。

「いまごろになって、大昔の黴(かび)の生えた殺人(ころし)が、湯気が立っている湯村殺しにどんな関わりがあるというのだね。南雲副社長は容疑者像としては不適格として、とうに容疑リストから消されているんだろう」

予測した通り、山路が異を唱えた。

「リストから消した時点では、今川美香は二人の間に浮上していません。彼女を間にはさんで湯村と南雲の間に三角関係が生じます」

棟居は言った。

「おやおや、今度は三角関係かね。忙しいことだ。湯村と今川美香の関係は単なる師弟として、とうに消去されている」

「ですから、南雲毅との新たな関係が浮上してきたのです」

棟居は譲らなかった。

「それでは聞くが、南雲と今川美香の間にどんな関係があったというのかね」

「それをこれから掘り下げるために提議をしています。南雲と今川の二人を妨げるものはありません」

「三角関係となると、湯村教授と今川の間にも関係があったことになるが」

「今川美香を殺害した容疑者として南雲毅を洗うべきだとおもいます」

「ますます乱暴な意見だね。勘ちがいをしてはいかん。我々は湯村殺しを捜査するために集まったのであって、迷宮入り（おみや）した古ぼけた事件を追っているのではない」

「その古ぼけた事件が本件に関わっているかもしれないのです」

「関わっている証拠を見せたまえ。教会で黴の生えた事件の被害者と同源製薬副社長がたまたま顔を合わせたことが、どう本件に関わっていくのか」

「今川殺しが湯村殺しの動機にもなり得ます」

「なんだって」

捜査会議の席上がざわめいた。

たしかに棟居の意見は乱暴であるが、古ぼけた殺しを、教会での出会いを介して湯気の立つ死体に結びつけた視点は新しい。つまり、今川美香の事件が湯村と南雲の関係位置を逆転させる。その逆転によって南雲は容疑者像としての適格性を備えるのである。

「南雲毅と今川美香の関係を掘り下げてみよう。同時に、南雲の事件発生時のアリバイの有無を確かめたい」

那須の言葉が結論となった。

改めて南雲毅のアリバイが内偵された。まだ容疑が固まっていないので、本人のプライバシーを侵害しないように周辺から探らざるを得ない。

だが、いずれの事件発生時も自宅にいたというだけで、南雲のアリバイは曖昧であった。アリバイがないというだけでは有無を言わせぬ証拠にはならない。南雲は容疑を濃くしながらも、まだ王手をかけられなかった。

南雲の浮上と同時に、棟居の意識に軋ってきた者がいる。

岩佐は湯村が殺害された直後、その現場に行き合わせた。岩佐は近くにある友人の家を訪問したついでに湯村を表敬訪問したと言ったが、友人に当たって、どうやら友人の前に近所に住んでいる女性の家に立ち寄ったらしいことがわかった。

まだその女性を確認していないが、岩佐が友人の家を経由して湯村を表敬訪問したのは、嵌められたにおいがする。岩佐を嵌めたのが友人でないことは明らかである。すると、だれか。

棟居の意識の中で、岩佐が友人の前に訪問したらしいという女性の影が濃くなってきた。その女性に対しては、これまで捜査のアプローチをしていない。もし彼女が岩佐を嵌めたとすれば、なんのためか。そしてその動機は？

岩佐を嵌めるためには、女性が当夜、湯村が殺された事実を知っていなければならない。

女性の家が湯村のマンションに近そうだということも気になっている。棟居は岩佐に再度会う必要をおぼえた。

そんなとき、若槻から電話があった。元公安の岡野からの情報で、岩佐が結婚前に関係していた大学の後輩は、野沢昌代だという。その名前は、棟居の心当たりと一致した。

棟居は牛尾の同行を求めて、岩佐に会いに行った。岩佐は刑事たちに再三面会を求められて緊張していた。

「中林さんに会って事情を聴きました」

棟居は前置きを省いて言った。岩佐の顔色が改まった。

「あなたは湯村教授を表敬訪問する前に、中林さんの家を訪ねたとおっしゃいましたが、その前に女性の家に寄ったそうですね」

「そ、そ、そんなことが、どんな関係があるのですか」

岩佐の口調がうろたえていた。

「どんな関係があるのか、あるいはないのか、それは私どもが判断します。あなたが友人の家の前に訪問したという女性の名前と住所をおしえていただきたい」

「それはプライベートな問題です。そんなことを言う必要はないとおもいますが」

岩佐はうろたえながらも抵抗した。

「女性の名前を漏らすと都合の悪い事情でもあるのですか」

棟居の口調が皮肉っぽくなった。

「べつに不都合な事情なんかありませんが、個人情報です」

「捜査の参考としてお聞きしています。あなたのプライバシーを詮索するつもりはありません」

「彼女に迷惑をかけるかもしれません」

「あなたがおっしゃりたくなければけっこうです。その女性は野沢昌代さんではありませんか」

棟居は心当たりと岡野情報の一致した名前を告げた。城原涼子に事情を聴いたとき、彼女は野沢におしえた携帯のナンバーを野沢が湯村に伝えたのではないかと推測した。そして、野沢と湯村は職務上、密接な関係があった。

岩佐はぎょっとしたような表情をした。明らかな反応であった。

「野沢さんの家に寄りましたね」

棟居がだめ押しをした。岩佐は渋々うなずいた。

「そのとき野沢さんがあなたに、湯村教授を表敬訪問するようにと勧めたのですか」

「いいえ、友人の家に立ち寄って、時間があれば教授のマンションに立ち寄ってみるつもりでした」

「特に野沢さんが勧めたわけではなかった……のですね」

「ただ、野沢さんが今夜あたり、湯村教授の家に恋人が訪問しているかもしれないとおもわせぶりに言いました」

「あなたは教授の恋人と鉢合わせするかもしれないのに教授の家を表敬訪問したというわけですか」

「そうです。教授がどんな恋人と会うのか興味があったのは事実です。野沢昌代との関係は伏せておきたかったので、あえて申し上げなかっただけです」

岩佐は言った。

岩佐の再事情聴取によって野沢昌代がクローズアップされてきた。犯人は当夜、湯村の行動を知っていた。それを犯人に伝えたのは野沢昌代であろう。岩佐の供述によって向かうべき方角がはっきりとしてきた。

棟居と牛尾の報告は捜査本部を色めき立たせた。ここに野沢昌代の任意同行要請が決議された。野沢の供述いかんによっては、南雲毅に王手がかけられる。今度は山路も異議を差し挟まなかった。

野沢と南雲の関係はまだ確認されていないが、それも時間の問題といえよう。

当日午前七時、棟居、牛尾、また碑文谷署から水島らの混成捜査員団十名が、目黒区八雲の野沢昌代が入居しているマンションの前に集合して、同人に任意同行を要請した。野沢昌代はまだ起床したばかりであったが、眠気を吹き飛ばされたようである。

最寄りの碑文谷署に同行を求められた野沢昌代は、当初、否認していたが、「それでは岩佐道幸と対面してみるか」と追いつめられて、供述を始めた。

「岩佐先生とはおつき合いをしていいました。当夜、私の家に立ち寄った先生が、帰り際、湯村教授を表敬訪問するつもりだと言ったので、私は腹を立て、教授を訪問するついでに私に会いに来たのでしょうと厭みを言いました。すると、岩佐先生は、そんなことはない。きみの家の近くに湯村教授のマンションがあるので、帰途、ちょっと表敬訪問するだけだよとおっしゃいました」

「あなたは当夜、城原涼子さんが湯村教授のマンションを訪問することを知っていたのではありませんか」

「確認したわけではありませんが、教授は女性と逢うためにあのマンションに入居していたようです。あの夜そんな気がしたので、岩佐先生を、からかったのです」

と野沢昌代は言い張った。

「それではなぜ、当夜、岩佐先生と逢ったことを隠したのですか」

「岩佐先生とおつき合いしていることを知られたくなかったからです」

もし野沢の言った通りであったとすれば、岩佐はべつに嵌められたわけではない。偶然、現場に行き合わせて、湯村の死体と遭遇したことになる。

岩佐が遭遇したのは湯村の死体だけではなく、犯人の姿も見たのかもしれない。もし岩佐が嵌められたのであれば、犯人を庇うはずがない。犯人に嵌められたわけではなく、偶然訪れた現場で犯人を見かけた……？

犯人にしても、まさか当夜、被害者宅を城原涼子や岩佐が訪問するとは想定外であったのであろう。

だが、捜査員は野沢の供述に納得できなかった。

「あなたは岩佐先生とつき合っていたことは認めましたが、岩佐先生は結婚前の私生活ではかなり発展していたようですね。我々の調査では、あなた以外にも、元明正病院の看護師葉山鈴さんや、銀座のクラブの女性などがわかっています。葉山さんは岩佐先生の結婚に際して、整理されたことをはかなんで自殺しました。ほかにも岩佐先生に整理されて泣いている女性がいるとおもわれますが」

「葉山鈴さんはお気の毒だったとおもいます。彼女は真剣に岩佐先生との結婚をおもいつめていたようです。それにしても死ぬことはなかったとおもいます。おたがいにプレイと割り切ればよかったのです。でも、整理されて泣いている女性ばかりとは限りません」

野沢はふっと自嘲的な笑いを洩らした。棟居には彼女の笑いに含まれた意味が気になった。

「整理されて泣いている女性ばかりではないというと……」

「先生が整理されたこともあります」

「女性のほうが岩佐先生を整理した……だれですか、その女性は」

「あら、警察はとうにご存じかとおもいましたけど」

野沢は意外そうな表情をした。

「おしえてください」

「坂田朱実という女性です。前は喫茶店のウエイトレスをしていて、いまは銀座の一流クラブに移ったと聞いていますわ」

「彼女が岩佐先生を整理したというのですか」

「そうです。岩佐先生から直接聞いたことですから、まちがいありません」

「彼女はなぜ岩佐先生を整理したのですか」

「それは岩佐先生よりはるかに力を持っているスポンサーがついたからです。スポンサーに遠慮して岩佐先生を整理したのです。喫茶店から銀座のクラブへ移ったのも、スポンサーの影響です」

「そのスポンサーとは湯村教授ですか」

「いいえ」

「それでは……」

「見当がついているのでしょう。同源製薬の南雲副社長です」

「あなたはその情報をどこから手に入れたのですか」

棟居は問うた。

「坂田さん本人から聞いたのです。私は南雲副社長の弱みをぎゅっと握っていると自慢げに言っていました」

「すると、坂田さんはあなたが岩佐先生とつき合っている事実を知っていて、あるいは知らないで、そんなことを言ったのですか」

「おたがいに知っていました。彼女が喫茶店にいたころ、私もよくその店に行っていて、親しくなっていたのです。私たち、前後して岩佐先生とはプレイ感覚でおつき合いしていましたから、岩佐先生とのことはおたがいに筒抜けでした」

「坂田さんはどんな弱みか言いませんでしたか」

「それは内緒と言ってました。坂田さんは南雲副社長から買ってもらった元麻布の億ションで、電話番をしながら銀座の店に非常勤で出ているそうです」

意外な情報であった。これまでの捜査では坂田朱実も岩佐が結婚に際して整理した女性たちの一人と考えていたのである。

野沢の情報によると、岩佐と朱実の関係は主客が逆転する。しかも、スポンサーは湯村ではなく南雲であるという。

「坂田さんは南雲副社長とはいつごろからつき合っていたのですか」

「さあ、詳しいことは本人に聞いてください。たぶん喫茶店時代に知り合って、銀座に移ったのではありませんか。あの喫茶店は同源製薬の近くにあって、会社の社外サロンのようでしたから」

「喫茶店から銀座の店に移し、そして元麻布の億ションまで手当てしたというのは、かなりのご執心ですね」

「だから、岩佐先生には勝ち目はなかったのです」

野沢はまた自嘲的に笑った。

野沢昌代の任意聴取によって意外な事実が浮かんできた。

坂田朱実は湯村ではなく、南雲の女であった。これまでの捜査では、南雲と坂田の関係は浮上していなかった。だが、二人の関係が本件にどのように関わるのか、あるいは関わらないのか不明である。

坂田朱実と同じ店にいる最上みゆきは、朱実から危険なにおいを嗅ぎ取ったという。そのにおいが本件に絡まるにおいであったのか。南雲と朱実の接点が危険なにおいを濃厚にしていることは確かである。

野沢昌代から得た新情報によって、南雲が朱実のスポンサーとして登場してきたが、それは単に男女の関係か、あるいはそれ以外の事情が絡んでいるのか検討された。

調査の結果、元麻布の緑豊かな高級住宅街に建つ豪勢なマンションに、南雲が一億二千三百万円の二ＬＤＫを購入して、そこに坂田朱実を住まわせている事実がわかった。

名義人は坂田になっているが、購入者は南雲であることが販売代理店の不動産会社から確かめられた。

これだけのことをしてくれるスポンサーがついたとなれば、岩佐が整理されても無理はない。南雲といえども、これだけのマンションをプレゼントするのは簡単ではなかったであろう。会社の金を使っているかもしれない。

「南雲がこれだけの代価を支払うほどの価値が坂田朱実にあるのか」という疑問が出た。

「伊達の殿様は高尾太夫を身請けするために、伊達六十二万石をかけたというではないか」

「それはつくり話だ。だが、男が女にのぼせれば、それぐらいのことはするかもしれない」

「したくてもできない者はどうする」

「あきらめる」

南雲と坂田朱実の関係は確認されたが、その事実が本件にどのように関わってくるのか不明であった。だが、棟居は必ず関連していると睨んでいる。

「まったく話にならん。南雲は葉山豊グループの永井由理突き落とし、および藪塚金次殺害死体遺棄には関わっていない。湯村と南雲の身辺に怪しげな女どもがうろついていても、彼らは女が原因で殺したり、殺されたりするような人種ではない。

彼らにとって女は玩具にすぎない。玩具のために営々として築き上げた地位や名声をふいにするようなばかではない。教会で女と出会ったとか、銀座の女にマンションを手当てしたとか、女子社員と密かにつき合っていたとか、湯村の教え子が自殺したとか、女がうじゃうじゃ出てきているが、要するにみんな玩具だ。湯村と南雲を結ぶ動機にはならない。南雲がグレイなのは認める。だが、彼が湯村を殺さなければならない強い動機がない」

と山路が言った。

たしかに山路の言う通りである。湯村と南雲の間に三角関係はまだ確認されていないが、女性をはさんでの情痴怨恨は、二人の場合、動機としては弱い。

野沢昌代にしても遊びであったと率直に供述している。葉山鈴は自殺したが、事件性はなかった。今川美香と南雲の関係は確認されていない。城原涼子は彼女のほうから湯村と決別している。

棟居は坂田朱実が南雲の弱みをぎゅっと握っていると漏らした言葉を重視した。その弱みとはなにか。その弱みが湯村殺しの動機に連なっているのではないのか。だが、いまの状態では南雲に手をつけられない。

せっかくここまで的を絞ってきながら、厚い壁に打ち当たっている。

またノグンリのメンバーが集まった。特に音頭を取った者はない。永井由理のホーム突き落とし事件が解決して、ノグンリの仲間が集まろうではないかという気運が盛り上がったのである。

会場も同じ中華料理店に設定された。ノグンリには参加しなかったが、同窓会には岡野も来た。話題はもっぱら一連の事件に集中した。

永井由理を突き落とした犯人も自供して、藪塚金次の死体も発見されたが、湯村教授殺害事件は切り離されて、依然として未解決のままである。

「湯村教授の事件だけが置き去りにされてしまった感じだわね」

同窓会一同のメンバーの無事を祝して乾杯の後、最上みゆきが話の口火を切った。

「置き去りにされたわけではないよ。若槻さんに聞いたところでは、捜査本部は南雲副社長をマークしているらしい」

見目が言った。

「マークしているだけで、確かな証拠がつかめないようだね」

永井が口を開いた。

「捜査は膠着しているようだ。南雲がいまのところ容疑者リストの最前列にいるが、決定的な動機がない。いまの状況では南雲に任意同行を求めるのも無理だろうね」

若槻が加わった。

「捜査本部が重要参考人としてマークしているのに、どうして任意同行も要請できないのですか」

最上みゆきが問うた。

「切り札もないのに、へたに任同を求めると、逮捕のチャンスを逸してしまう。被疑者に足許を見られると、守りを固められてしまう。南雲は政・財界の有力者に人脈がある。へたにいじくると捜査に圧力をかけられる虞もあります」

若槻が説明した。

「南雲の名前は永井先生の奥様が残した土台人リストに入っていたのでしょう。それでも任意同行は要請できないのですか」

城原涼子が問うた。

「逮捕・自供した葉山以下五人も、南雲との関係は否認しています。土台人間(かん)には全体として横のつながりはありません。南雲がたまたま永井夫人のリスト中に記載されていたとしても、彼が即土台人であるという証拠にはならないのです」

若槻は悔しげに言った。

「捜査本部は棟居刑事以下、歯ぎしりしているとおもいます」

岡野が発言した。一同の視線を集めて、

「捜査本部は事件の重要参考人としてようやく南雲毅を焙(あぶ)り出しました。棟居刑事の手柄です。しかしながら止(とど)めを刺せない。事件に登場した直接、間接の登場人物のすべてを洗い尽くして、最後に残された、最上さんの言葉によれば〝置き去りにされた〟南雲の動かぬ証拠がつかめないのです。棟居刑事が執拗にこだわっているのは、それなりの理由があるにちがいありません。私は彼からもエスとして協力を求められています。協力の代償として、捜査の情報をリークしてくれますが、棟居刑事は最近、最上さんと同じ店で働いている坂田朱実という女性をマークしているようです。つまり、坂田朱実は事件絡みで南雲と関わっているのかもしれません。

忘年会のとき、たしか最上さんは坂田から危険なにおいがすると言ってましたね」

と岡野は視線をみゆきに向けた。

「やっぱり岩佐さんがつき合っていた女性と同一人物だったのね」

みゆきが言った。

「そうです。その危険なにおいを棟居刑事も嗅ぎつけたようです」

「でも、南雲副社長は湯村教授と一緒にお店に見えたことはあっても、朱実さんがその席に侍(はべ)ったことはないわ」

「湯村教授は坂田朱実が以前に働いていた喫茶店の常連で、顔見知りだったと岡野さんから聞きましたが」

永井が言った。

「ママが、朱実さんを湯村教授と南雲副社長の席にはつけないようにしていたみたい。私への遠慮か、あるいはお二人のうちどちらか一人に対する遠慮かもしれないわね」

「どちらか一人というと……？」

すかさず岡野が問うた。

「私、ママがどうも南雲副社長に遠慮しているような気がしたわ」

「それはなぜ……？」

一同の目がみゆきに集まった。

「湯村教授は顔見知りに声をかけるように、ごく普通に朱実さんに話しかけていましたが、南雲副社長はまったくポーカーフェイスでした。同源製薬のフランチャイズのような喫茶店で働いていたという朱実さんを、副社長が知らないはずはないとおもいます。それなのに能面のように無表情なのは、つくっているとおもったわ」

「実際は極めて親しいのに、赤の他人を装ったということですか」

「そうおもいます。なにか不自然なものを感じたわ」

「つまり、二人の間にはあまり知られたくない関係があったということですね。もしそうであれば、南雲氏はなぜ彼女の店を敬遠しなかったのかな」

見目が訝（いぶか）しげに言った。

「それは湯村教授から誘われたからよ。湯村教授は同源製薬のマーケットを握っているVIPでしょう。断れないわ」

みゆきは言った。

「なるほど。すると、一見親しげな湯村教授よりは、ポーカーフェイスの南雲副社長と坂田朱実は特定の関係にあったということかな」

「断定はできないけれど、もし湯村教授が朱実さんと特定の関係にあったとしたら、教授は遠慮なく彼女を指名したはずよ」

「教授は遠慮なくみゆきさんを指名していたわけですね」

「あら、まさか妬いているんじゃないでしょうね」

とみゆきが切り返したものだから、一同がわっと沸き立った。

「まあまあご両人、抑えて抑えて」

永井が乗り出して、

「この二人には棟居刑事がマークしただけあって、きな臭い関係がありそうですね」

と言葉を追加した。

「最上さんが感じ取った坂田朱実の危険なにおいが、南雲副社長と結びついて、きな臭い関係に煮つまってきたわけだが、それから先に進めない。最上さんは坂田朱実と同じ店におられて、その危険なにおいの源になるようなものに、なにか心当たりはありませんか」

岡野が言った。

忘年会のとき、岡野は坂田朱実について調査すると言っていたが、その後、彼の調査網にも引っかかるものがなかったようである。

「そう言われても、特に親しくしているわけではないし、あの人、気儘でよくお店を休むから……」

「よく休むということは、店外でなにをやっているかわからないということでもあるな」

　若槻の目が光った。

「店の外で南雲副社長とつき合っているのかも……」

　見目が言葉半ばに黙した。彼自身がみゆきと店外で交際していることを問わず語りに語りかけたことに気がついたのである。だが、一座の者は聞かぬふりをしている。

「そう言われてみると、私、一度、お店の外で朱実さんを見かけたことがあったわ。先方は気がつかなかったみたいだけど」

　みゆきがふとおもいだしたように言った。一同の視線に促されて、みゆきは、先をつづけた。

「それが撮影会なの」

「撮影会というと、モデルになっていたのかい」

　見目が問うた。

「いいえ。朱実さんが撮影者のほうよ。カメラ雑誌の主催とかで、公園に集まる野鳥の撮影会をしていたわ。たしか男の人と一緒に参加していたわ」

「その男とは南雲ではありませんか」

「副社長ならすぐにわかります。私の知らない顔だったわ」

「岩佐ではないかな」

「湯村教授の弟子という岩佐医師のことかしら？」

「坂田朱実の身辺にいそうな男だよ」

「でも、岩佐なら、朱実さんが整理したんでしょう」

「整理した後、よりが戻ったり、時どき会っていたりしたかもしれない」

「男の人の顔はよくおぼえていないわ。背が高くて、三十代半ばだったかしら」

「岩佐は三十五歳、背が高い。その男が岩佐であったかどうかは保留して、坂田朱実が撮影会に参加していたとは意外だったね」

「そういえば朱実さん、お店でもバッグの中に小型のカメラを入れていたのを見たことがあるわ。写真撮影が趣味だったのかも」

「店で客を撮影していたことはないの？」

見目が問うた。

「お店では、お客さんが撮ることはあっても、女性がカメラを持ち込んで撮ることはないわ」

「つまり、趣味は店の外ということだな」

「耳寄りな情報です。坂田朱実の店外の趣味を調べてみましょう。もし岩佐も同じ趣味を持っていれば、面白いことがわかるかもしれない」

岡野が獲物を見つけたような目をした。

捜査は低迷していた。南雲毅の容疑は煮つまっていたが、決定的な証拠がない。山路は南雲を捜査対象から外すべきだと主張し始めた。南雲に代わるべき容疑者はいない。捜査本部の維持は限界にきていた。

その時期、岡野種男が棟居に会いに来た。彼が来るときはなにか必ず獲物をくわえて来て、見返りに情報を要求する。

案の定、岡野は土産を持って来た。

「坂田朱実をマークしているようだが、彼女についてちょっと面白いことがわかったよ」

と岡野はおもわせぶりに言った。

「それはぜひ聞きたいな」

「棟（ムネ）居さんがなぜマークしたのか、その理由をおしえてもらえないかな」

岡野は見返りを要求した。

「お土産にそれだけの価値があればおしえてやってもいいが」

「こんな雑誌を見つけたよ」

岡野は鞄から一冊の古い雑誌を取り出して、棟居の前に差し出した。

（これは……）

問いかけた棟居の目の前に、岡野は付箋をはさんだページを開いて差し出した。

夜景である。河原で撮影したらしく、白く光る流れの対岸の闇に光点が散在している。背後の闇は遠方の山に溶接して、長い稜線が夜空に緩やかな起伏を描いている。稜線から光の棒が斜めに夜の中天に駆け上っている。だが、それは長時間露光によって撮影された月の光跡であった。

写真には「光の斜塔」と写題がつけられ、撮影者名坂田朱実、撮影情報（データ）がＨＳＢ５０３ＦＸＩ二五〇ミリ、Ｆ５・６・ベルビア・絞りｆ22・約一時間半と記されている。

「坂田朱実にはこんな趣味があったんだね。カメラ雑誌に作品を応募して三位入賞している。なにかお役に立つかなとおもって持参したんだが……」

岡野は説明するように言った。

「坂田朱実がこんな趣味を持っていることを、どうして知ったんだい」

棟居が問うた。

「最上みゆきだよ」

「若槻さんが参加した韓国ツアーのメンバーの一人だろう」

「そうだよ。もう知っているとおもうが、坂田は最近、最上さんと同じ店にいる。最上さんが偶然、坂田が撮影会に参加している姿を見かけて、彼女の趣味を知ったそうだよ」

「有り難う。大いに役に立ちそうだ」

棟居は坂田の趣味が、彼女が握ったという南雲の弱みにつながりそうな直感が働いた。棟居は見返りとして、野沢昌代の聞き込みから南雲をマークした経緯を伝えた。

棟居は岡野から提供された写真に接して走った一瞬の直感を信じた。これが南雲の弱みであると画像が訴えている。撮影者名、露光時間、すべてが南雲の弱みに通じているのではないのか。

南雲はその弱みを償うために、坂田朱実にマンションを手当てし、高給をあたえて電話番として雇ったのではないのか。

直感だけでは南雲を仕留める切り札にはならない。岡野の情報によると、朱実は整理したはずの岩佐と共に撮影会に参加していたかもしれないという。岩佐と朱実が切れた後も共通の趣味を持っていたということは、朱実の寂しい河原での長時間撮影に岩佐も同行していたのではないのか。

棟居は自分の着想を見つめた。そのとき導火線を伝う口火のように、棟居の意識に連携した新しい仮説があった。

岩佐も南雲の知遇を得て、その娘と結婚し、将来を約束されている。もしかすると、岩佐も朱実同様に南雲の弱みを握った代償として、現在の地位をあたえられたのではないのか。

もしそうだとすると、朱実の夜間撮影に同行していたかもしれない岩佐は、朱実の作品「光の斜塔」の中に隠された南雲の弱みを共有していることになる。

写真コンテストで朱実は第三位を獲得したが、岩佐が同行していれば、同じカメラポジションから同じ夜景を撮影しているかもしれない。彼の作品は選外になったか、あるいは応募しなかったのか、いずれにしても、岩佐が南雲の弱みを握ったことには変わりない。

岩佐のその後の南雲の引き立てによる出世を見ると、弱みの代償は朱実だけではなく、岩佐にも支払われたことになる。

この写真のどこに南雲の弱みがあるのか。写真をいくら凝視しても、棟居の目には美しい夜景ではあっても、弱みになるような映像には見えない。

凝っと写真を見つめていた棟居は、撮影情報の中に撮影場所と日時が記されていないことに気がついた。同じ雑誌に掲載されている他の入選作品を見ても、その情報はない。応募条件の中で求められていない情報なのであろう。

撮影日時と場所が南雲の弱みになるのかもしれない。撮影者に問い合わせれば、その情報は得られるが、この写真を高く南雲に売りつけていれば、撮影者がおいそれとその情報を漏らすはずがない。写真コンテストの主催雑誌社が撮影情報を保存していても、任意捜査では著作権や個人情報を楯にして拒むかもしれない。だが、まだ強制捜査の機が熟していない。

棟居が写真を前にして思案をめぐらしているとき、若槻から電話がかかってきた。

「棟居さん、岡野さんから坂田朱実が撮影した写真が提供されただろう」

心なし若槻の声が弾んでいた。

「いまその写真を睨んでいるところですよ」

棟居は若槻のタイミングのよい電話に少し驚いた。

「いま、岡野さんから同じ写真を掲載した雑誌を見せられて、びっくりしているところだよ」

若槻の口調が興奮を抑えているようである。

「どうして鬼刑（圭）さんが驚いたのですか」

「この写真の撮影場所を私は知っている」

「圭さんが知っている……」

棟居も驚いた。

「私が最後に担当した未解決事件の被害者の遺体が発見された多摩川河川敷だよ。あの現場の光景はいまでも目に焼きついている。死体は早朝、犬を散歩に連れ出した近所の住人が発見した。私が臨場したときは、すでに明るくなっていたが、地形や川の流れからして、まちがいなく同じ場所だよ」

「つまり、圭さんが扱った最後の事件現場で撮影されたというわけですね」

「そうだよ。韓国ツアーのメンバー最上さんから、坂田朱実の趣味が写真だという情報を得て、岡野さんがその方面を当たって見つけだした。私の最後の現場が撮影地と知って仰天したよ。偶然とはおもえないね」

「圭さん、撮影日時が推定犯行時間と同じであれば、偶然ではなくなりますよ」

「撮影日時は不明だが、本人を締め上げれば吐くだろう」

鏤められた光点の中に、少し大きな光の塊が見える。他の光点のように凝縮せず、周辺がほの明るく、その上空も薄赤く滲んでいる。もしかすると、この光の塊は火災ではないのか。棟居ははっとして、異形の火の塊を凝視した。もし火災であれば消防車が出場して、消防署に記録が残っているはずである。

「写真を見ていて、ふと気がついたことがあります」

「なんに気がついたのかね」

「画像の中に不自然な光点が見えるのです。ちょうど月が山陰に落ちたその下辺りにいくつかの光点が散らばっていますが、そのうちの一点だけが、色と大きさがちがっています。電灯ではなく、炎が揺れているように見えますが、これは火災ではありませんかね」

「……そう言われてみると、これは火事のようだね」

「もし火事が発生していれば、現地の所轄消防署に問い合わせれば日時がわかるでしょう」

「消防車の出場日時から撮影日時が割り出せるね」

若槻の口調から抑制が外れた。

早速、対岸の川崎市の消防本部に問い合わせて、今川美香殺害の事件当夜午前零時五十分ごろ、一一九番経由で多摩区生田の木造民家から失火したという通報を受け、最寄りの消防署から出場可能なポンプ車四台が出場して、午前一時三十八分、消火したという情報を得た。不幸中の幸いにして発見が早く、初期段階で消火できたということである。

そのときの火事の炎が、今川美香の死体が発見された現場近くで撮影した写真に定着されていたのである。

棟居の発見は捜査本部を興奮させた。

ここに坂田朱実の任意同行要請が決議された。

坂田朱実は住居の最寄り署に重要参考人として同行を求められた。任意ではあっても、正当な理由もなく拒めば、それが逮捕の理由になりそうな物々しい雰囲気に、朱実は緊張していた。

事情聴取にあたったのは棟居、所轄から水島、これを新宿署の牛尾が補佐した。

「まずうかがいます。この写真はあなたが撮影したものですね」

棟居は一切の前置きを省いて本題に入った。写真を掲載した雑誌を突きつけられた坂田朱実は、顔色を改めた。自分の作品に対して過敏な反応である。

「はい、そうです」

一拍おいて、朱実はやむを得ずといった体でうなずいた。

「撮影日時はいつですか」

「さあ、だいぶ前の作品なので、よくおぼえていません」

「そうですか。ここに人家の灯火とは少しちがう光の塊が見えますね」

棟居が火事の位置を指さした。

「は、はい」

「この光の塊は×年前×月××日午前零時五十分ごろから一時三十八分にかけて発生した民家の火災です。つまり、あなたはこの日この時間帯に、この撮影場所にいたことになりますね」

「そういうことになりますか」

朱実は渋々うなずいた。

「まちがいありません。すでにこの写真を掲載した雑誌社に問い合わせて、撮影情報を確認しています」

警察がすでにそこまで調べていることに、彼女は衝撃を受けたようである。

「この写真の撮影地は調布市域の多摩川の河川敷です。おもいだしましたか」

棟居は朱実の面に一直線の視線を射込んだ。

「たぶんそうだとおもいます」

「まちがいありませんよ。なんでしたら、もう一度現場に立ってもらいましょうか」

「いえ、おもいだしました」

「実はあなたが撮影した同じ場所で、翌日の朝、死体が発見されました。明らかに殺害された死体です。死亡推定時刻はあなたが撮影していた時間帯と重なります」

棟居の言葉に、朱実の顔から血の気が引いて、全身が小刻みに震えだした。

「どうなさいました。顔色が悪いようですね」

棟居が朱実の面を覗き込むように見た。

「あなたは同源製薬副社長南雲毅氏と親しいようですね」

水島が棟居に代わって質問した。

「お店のお客様の一人です」

「店の客の一人が元麻布の一等地に一億二千三百万円の豪勢なマンションをプレゼントしてくれますか」

「そ、それは……」

朱実は返す言葉に詰まった。

「名義はあなたになっていますが、購入したのは南雲副社長であることが確かめられています。あなたは南雲副社長の弱みを握っていると友人に話したそうですね。その弱みがこの写真ではありませんか。あなたは被害者が発見された現場に、推定犯行時間帯に行き合わせています。その事実をあなた自身が撮影した写真が証明しています。つまり、あなたは撮影現場で犯人の姿を見たのか、あるいはあなた自身が犯人であるかもしれないということです」

水島が単刀直入に追及してきた。

「私は、私は殺してなんかいません。写真を撮っていただけです」

朱実はおろおろ声になりながらも、必死に抗弁した。

「あなたが犯人でなければ、犯人を見た可能性が極めて高いということになります」

「私は、私は……」

「犯人の姿を見たのですね。見たことを黙秘する代償、つまり口止め料が元麻布のマンションということですね。その贈り主が犯人に最も近い」

「ち、ちがいます」

「どこがどうちがうのか言ってみなさい」

水島の声が強くなった。朱実は面を伏せて口を閉ざした。

「あなたが話せないのであれば、この場に岩佐さんを呼びましょうか」

岩佐の名前の登場に、朱実は身体をぴくりと反応させて、

「岩佐さんが、なんの関係があるのですか」

と問い返した。

「岩佐さんもあなたと同じように、いや、あなた以上に口止め料をもらっています。あなたはそのことをよくご存じのはずだ。岩佐さんは当夜、同じ撮影現場にあなたと同行していたと我々は考えています。だからこそ、口止め料をもらったのです。あなたの立場は深刻ですよ。あくまで口止め料などはもらっていないと言い張るのであれば、我々はあなたを殺人容疑で逮捕した上で、改めて調べます」

「私は犯人なんかじゃありません。今川さんを殺してなんかいません」

追いつめられた朱実は、おもわず重大な失言をした。

「おや、どうしてあなたは被害者の名前を知っているのですか。我々は被害者の名前を言っていませんが」

水島に言われて、朱実は初めて口走った言葉の重大性に気がついたようである。彼女の抵抗もここまでであった。

志(ビジョン)の拠点

棟居の報告を受けた捜査本部は色めきたった。山路も異論を唱えない。捜査会議において南雲毅の任意同行要請が決議された。ついに本命の容疑者に王手がかけられた。

六月二十四日午前七時、成城学園の公園に捜査本部、碑文谷、新宿、調布、成城、各所轄署より成る混成捜査員団十六名が集合した後、近くにある南雲の私邸を訪問した。

まだ起床したばかりの南雲は、早朝、多数の捜査員団の訪問に驚いたようである。湯村等教授殺害、および今川美香殺害死体遺棄事件について事情を聴きたいので同行願いたいと、捜査員団を代表して棟居から告げられた南雲は、完全に眠気を吹き飛ばされたようである。

南雲は自宅から最寄りの成城署に同行を求められた。寝起きの不意を襲われて動揺した南雲も、成城署に着くころには落ち着きを取り戻していた。

取り調べには棟居、水島があたり、各所轄の担当の捜査員が補佐する。

「お手間を取らせたくありませんので、率直におうかがいします」

棟居は早速切り出した。言葉遣いは丁寧であるが、素直に答えなければ簡単には帰れないぞと暗に言っている。

「まだ頭が完全に覚めていないが、知っていることであればなんでもお答えしますよ。なにせこんなに早く、警察に呼び出されたのは初めての経験なのでね。夜の宴席では長官などにお会いしたことはありますが……」

南雲はさりげなく上層部とのつながりを誇示して、暗にプレッシャーをかけている。

「湯村等教授とは親しいご関係でしたね」

「仕事の上で親しくおつき合いをいただいていました。教授はお気の毒なことでした。早く犯人を捕らえてもらいたいとおもいます」

「その捜査の一環としてご同行願った次第です。

そこでおうかがいいたしますが、十月××日の夜、午後十時以後、深夜にかけて、どちらにおられましたか」

南雲のアリバイは内偵ずみであったが、改めて本人から確認する。

「それはもしかして教授が殺害された夜ではありませんか」

南雲の顔色が少し改まったようである。

「そうです」

「まさか、この私を疑っているのではないでしょうね」

南雲が語気を少し強めた。

「故人と多少なりとも関係のあった方には、すべてうかがっております。さしつかえなければご協力いただけませんか」

「さしつかえなどあるはずがない。教授が殺害された夜のことはよくおぼえています。当日、特に用事はなかったので、九時ごろ帰宅しました。家族が知っています」

「ご自宅には会社の車で送られたのですか。それともハイヤーかタクシーで……」

「マイカーを自分で運転して帰りました」

「ご帰宅後、その車をだれかが運転しましたか」

「いいえ。翌朝出社するまで自宅の車庫に入れたままです」

「ご家族以外にそのことを知っている人はいませんか」

「さあ、おもい当たらないなあ。その夜、特に約束（アポ）もなく、家に訪ねて来た人もいませんでしたよ」

南雲は先回りするように言った。

「電話はかかってきませんでしたか」

「電話もなかったとおもいます。皆さんは私が緊急の用件以外夜間の私への電話を嫌っていることを知っていましたから」

つまり、南雲にはアリバイがなかった。

「しかし、関係者だれにでも聞くということですが、不愉快ですね。人間、毎日アリバイを備えながら暮らすことはできませんよ」

　南雲が顔をしかめた。

「ご気分を損ねて申し訳ありませんが、南雲さんと教授とのご関係はビジネスだけではないことがわかりましたので、お尋ねしています」

「ビジネスだけではないというと……」

　南雲がぎょっとしたような表情を見せた。

「この写真にご記憶がありますか」

　楝居の言葉と同時に、水島が「光の斜塔」をさっと差し出した。写真に視線を向けた南雲の表情に特に変化は認められない。意志の力でポーカーフェイスを装っているのかもしれない。

「なんですか、この写真は」

　特に説明をしない捜査員たちに、南雲は目を向けた。

「写真説明をご覧ください。撮影者は坂田朱実、撮影日時は×月××日、長時間露光となっています」

　撮影日時は火災発生時から割り出したものである。

　坂田朱実の名前を聞いて、南雲のポーカーフェイスが少し動いた。

「それがどうかしたのかな」

立ち直って南雲が問うた。

「南雲さんと坂田朱実さんが特定の関係にあることは確認ずみです。彼女は当夜、この写真を撮影するために、調布市域の多摩川河川敷にいました。そこで副社長と湯村教授を偶然見たと証言しています。ただの出会いではありません。あなたと教授はそのとき重大な物体を運んで来て、そこに遺棄したのです。その一部始終を坂田朱実は目撃していました。その物体とは今川美香という、明生総合病院の看護師の死体でした。その死体は翌朝、近くの住人によって発見されました」

「でたらめもいいかげんにしたまえ。そのようにしてきみらは冤罪を生産するんだ。私にはなんのことかさっぱりわからない。第一、今川某とかいう女性とは会ったこともなければ、名前を聞いたこともない」

南雲の言葉遣いが崩れた。

「それはおかしいですね。今川美香さんとあなたは、都下M市にあるカソリック教会で顔を合わせていると神父が証言していますよ。それでもなんのことかわからないと言い張るのであれば、その神父と坂田朱実に対面してみますか」

棟居につめ寄られて、南雲は、

「その必要はない。弁護士を呼んでもらおう。私はなにも後ろ暗いことはしていない」

と言って、口をへの字に結んだ。

「弁護士を呼べというなら呼んでもけっこうですが、あなたはまだ参考人であり、容疑者でもなければ、刑事被告人でもありません。それとも弁護士の助けを借りなければならないほど身におぼえがあるということでしょうか」

「ちがう。きみらは私を誤解しておる。坂田朱実の言うことなど信用できない。口から出まかせを言っているのだ」

「どうして彼女が口から出まかせを言う必要があるのでしょうか。あなたは坂田朱実に、元麻布に一億二千三百万円のマンションを購入してあげましたね。信用できない、出まかせばかり言う女性に、どうしてそんな豪勢なプレゼントをしたのですか」

「それはプライベートな問題だ。そこまで話す必要はない」

「当夜、坂田朱実が目撃したのはあなただけではない。あなたに同行していた湯村教授も見られています。そして、教授はその後、なに者かに殺害された。我々は今川さんの事件が教授の殺害事件に関連していると考えています。もし坂田朱実一人では証人として不足だとおっしゃるのであれば、そのとき河川敷に居合わせたもう一人の証人を追加しましょうか。あなたはその証人をよく知っているはずだ」

「ばかな。話にならん。帰らせてもらう。これではまるで犯人扱いではないか」

　南雲は憤然として席を蹴り、立ちかけた。

「お帰りになりたければどうぞ。ただし、あなたには逮捕状が発付される用意が整っています。この場で緊急逮捕も可能です。これをご覧ください」

棟居の言葉と同時に、成城署の嶋田(しまだ)がさらに一枚の写真を差し出した。黒塗りの国産デラックス型乗用車が撮影されている。

「ナンバーも写っています。まさかご自分の車の登録ナンバーをお忘れではないでしょうね。この写真は坂田朱実が提供したものです。撮影日はこちらの『光の斜塔』と同じ日、時間もほぼ同じです。坂田朱実は念のために同じカメラであなたの車を撮影していたのですよ。当夜、あなた以外のだれがご自宅の車庫におさまっていたはずの車を、多摩川の河川敷まで運転して行ったのですか。その点を納得のいくようにご説明願いましょう」

棟居が止めを刺すように言った。

南雲は反駁(はんばく)できなかった。


南雲毅は自供した。

「今川美香とは密かにつき合っていました。ある日、私のセカンドマンションで彼女とデートしていたとき、彼女が喉を絞めるようにと求めてきました。戯れにSMプレイをしたところ、意外に二人の性(しょう)に合ってだんだんエスカレートしていきました。あの日も、美香は喉を絞めるように求めましたので、いつものようにしてやると、彼女はもっともっと強く絞めるようにと要求しました。私も次第に興奮してきて、言われるままに絞めつけていると、急に彼女がぐったりしてしまったのです。私は仰天して見よう見真似の人工呼吸などを施したのですが、蘇生しませんでした。

途方に暮れた私は、湯村教授をおもいだして、彼は専門家だから美香を蘇生させてくれるかもしれないとおもい、助けを求めたのです。湯村教授は早速駆けつけて来て、いろいろと手当てを施してくれましたが、すでに手遅れで、どうにもならないと告げられました。

そのとき速やかに警察に届け出ればよかったのですが、湯村教授が警察はあなたの言うことを信じない。殺人罪として起訴されることはまちがいない。あなたが殺人犯となっては自分も困る。美香は死んでも係累はいないし、しかもあなたが故意に殺したのではない。美香に頼まれて喉を絞めてやった結果死んだのであるから、彼女の自業自得である。そんな女のために、あなたがこれまで築き上げてきた社会的地位を失うのはばかばかしい。あなたが今川美香とつき合っていたことを知っている者はいない。私も今日まで知らなかった。だから、彼女の死体をどこかに運んで遺棄してしまえば、それで万事解決する。自分に任せろと言いました。

私はそのとき、動転していて冷静な判断力を失っていました。副社長に就任して成果もあげ、社長の椅子も射程に入れたところでした。ここでＳＭプレイの結果、相手の女性を死なせてしまったことが露見すれば、たとえ殺人の罪は免れたとしても、私の人生は終わりです。

私は湯村教授の言うままに美香の死体をマイカーに乗せ、教授が運転して、多摩川の河川敷まで運んで遺棄したのです。もっと遠方まで運びたかったのですが、対岸に火事が発生したらしく、消防車のサイレンの音が聞こえたので、やむを得ず多摩川の河川敷に遺棄しました。美香には気の毒なことをしたと後悔していますが、殺すつもりは決してありませんでした。

まさか当夜、同じ河川敷に坂田朱実や岩佐が居合わせようとは夢にもおもいませんでした。後日、二人からそのことを聞いた私は、ご推測の通り、巨額の口止め料を支払って二人を黙らせたのです」

「湯村教授を殺害したのはなぜか」

棟居はさらに追及した。

「湯村教授はその日から次第に増長してきました。彼は私の社会的生命の救いの神ではなく、弱みを握った悪魔でした。前後を忘れた私は、彼を救いの神と勘ちがいして、悪魔の囁きに乗ってしまったのです。

湯村は同源製薬を資金源として、独裁権力を振りまわしすぎた反動によって失脚してしまいました。しかしながら、湯村は非を認めようとはせず、同源製薬の今日あるのは、ひとえに自分のおかげであるから、自分を同源のトップマネージメントに天下りさせ、医信大学に巻き返しを図るのに協力しろと強請してきました。

そんなことはできる相談ではない。湯村への反動は大学だけではなく、製薬業界や医療機器業界が呼応して、アンチ湯村運動を繰り広げたのです。それでなくても同源製薬との癒着疑惑について、東京地検から事情聴取を受けた後に、湯村を同源製薬に迎えるなどとんでもないことでした。

だが、湯村は『次期社長の下馬評が最も高いおまえ（南雲）が自分（湯村）を推薦すれば、反対する者はいない。自分の協力がなければ、いまごろは副社長どころか、確実に刑務所の中にいる。おまえが次期社長確実の副社長の椅子に安閑と座っていられるのはだれのおかげか。自分が一言漏らせば、おまえは地位も名誉もすべてを失った上に、殺人犯人の札付きとなる。そのことを忘れるな』と私を脅迫するようになりました。それでも湯村教授を殺そうとはおもいませんでした。

あの夜、彼を説得するために柿の木坂のマンションを訪問して話し合ったのですが、教授は聞く耳をもたず、天下りのポストがないというなら、おまえが副社長の椅子に居すわったまま自分を社長にしろと言い出したのです。株を公開している会社と癒着している嫌疑をかけられている大学教授を、あろうことか社長にしろなどと暴論を吐く湯村は血迷ったとしかおもえませんでした。

そして、おまえが土台人であることはわかっているんだと言いました。私はその言葉におもわず我を忘れました。父がノグンリ事件と関わっていたことから、父子共に土台化されているのではないかというあらぬ噂を立てられたのですが、どうもその噂の出所は湯村らしいと見当をつけていたのです。その本人の口から土台人と言われて、はっと気がついたときは、湯村は頭から血を流して倒れ、私は室内にあったブロンズの置物を手にしていました。

我に返った私は、凶器につけた指紋を拭き取って、湯村のマンションから逃げたのです。その夜、彼が城原涼子さんと会う約束をしていたことは知りませんでした。とにかく際どいところでだれにも見咎められることなく、湯村のマンションから帰って来ました。

今川美香にしても、湯村にしても、殺意はありませんでした。ただ、気がついたときは二人共に死んでいたのです。私の中に悪魔が乗り移って、あの二人を殺したとしかおもえません」

と南雲は自供した。

殺意を否認して憑依(ひょうい)した(乗り移った)悪魔の犯行であるとは都合のよい自供であるが、南雲は本当にそのようにおもい込んでいるようである。

南雲の自供をもって輻輳(ふくそう)した一連の事件の真相は解明された。

打ち上げ式の席上で、

「この度の一連の事件は土台人絡みで錯綜しましたが、南雲の土台化嫌疑があらぬ噂であったとすれば、なぜ永井夫人の残したリストに彼の名前があったのでしょうかね」

と水島がささやいた。

「永井夫人は生前、湯村教授にインタビューをしています。そのとき彼がなにげなく漏らしたのではありませんかね。それに永井夫人はメモリーカードに保存されていたリストを、土台人リストと銘打っていたわけではありません。リストアップされていた葉山の妻は北出身であり、北に事実上人質として抑留されているところから、土台人のリストではないかと我々が推測したものです」

棟居が言った。

「リストの中に葉山以下、数名の土台人がいたので、てっきりそのリストと早合点しましたが、永井夫人の仕事関係者のリストであったかもしれませんな。肉筆の書き込みは永井夫人によるものと鑑定されています」

牛尾が話の輪に加わってきた。

「葉山グループにしても、葉山の妻が北に抑留されていなければ、永井夫人をホームから突き落としたり、藪塚を奥多摩に埋めたりはしなかったでしょう。葉山の妻が抑留されたことにより二人の人間が生命を奪われた。湯村教授の死因も土台人の噂が引き金になっています。悲劇の源は北にありました」

一同の表情が翳（かげ）った。

「ところで、永井リストはどうなりましたか」

水島が暗くなりかけた話題を転じた。

「那須警部に任せましたよ。警部なら、ベストの選択をしてくれるでしょう」

一同は安心したように顔を見合わせた。

「坂田朱実はなぜ写真コンテストに応募したのでしょうか」

成城署の嶋田が疑問を呈した。

「まさか入賞するとはおもわなかったんじゃないですか」

牛尾が応じた。

「それにしても危険な証拠写真が公表されれば、自分の首を締めるかもしれない。入賞しても辞退すればできたはずですが」

「写真の出来映えに酔ったか、恐喝材料を出品する倒錯した心理か」

「一種の倒錯プレイですか」

「保険ではありませんか。南雲が朱実を捨てたり、殺したりしないように、自分はこんな切り札をもっているという」

意見が出揃ったところで、

「なるほど、保険ねえ。これも一種の生（性）命保険ですか」

性（セックス）をかけた水島の言葉に一同がどっと沸いた。

ようやく打ち上げらしい雰囲気になってきたようである。

数日後、ショッキングなニュースが伝えられた。

李英淑、すなわち葉山鈴の母親が韓国のNGO（市民による国際協力機構）の支援によって脱北したというニュースである。

英淑はただひたすら夫と娘に会いたいために命懸けで脱北したと報道陣に語った。李英淑の言葉はリアルタイムで日本に報道された。

だが、英淑は、娘はすでにこの世に亡く、夫は殺人容疑で未決勾留中であることを知らなかった。日本の報道陣もその事実を彼女に伝えなかった。夫や娘に会いたい一念で脱北して来た英淑に、事実を知らせるのはあまりにも酷であるとおもったからである。

ひとまず韓国に亡命した英淑は、当然、日本行きを希望した。だが、日本に再入国してから事実を知らされるほうがもっと酷である。


折も折、朝鮮総連の帰国事業を裁く二審裁判において、大阪高裁は高政美（コ・ジョンミ）氏を控訴人とする上告を棄却するという判決を下した。

「高政美氏の控訴理由としては、
①「帰国」は朝鮮総連の虚偽宣伝による誘拐行為であった。
②帰国者と朝鮮総連は、帰国契約などの契約関係にあり、朝鮮総連は保護義務などがあ

るにもかかわらずそれをせず帰国者に多大の被害を与えた、など」

である。

これに対して第一審は、すでに時効成立として高政美氏、およびその一家の北朝鮮における人間的自由の一片もない辛酸をなめた生活に対して一顧だにしない判決を下した。

これを不服として控訴したが、大阪高裁は一審の判決を追認した。判決理由は時効であるが、「地上の楽園」と騙されて誘拐された高政美氏は四十四年間、誘拐犯の下に拘禁されており、死線を越えて脱出した。この長期の誘拐期間を誘拐実行犯の免責に利用している。

この不当判決に対して「守る会」は、

「北と総連を裁くことに裁判官がおびえている。判断力と勇気なく『無難』に逃げた判決」

と抗議の声をあげている。

この経緯は「北朝鮮帰国者の生命（いのち）と人権を守る会」発行の二〇一〇年五月三十日第八号「裁判ニュース」に詳述されている。


事件解決後、ノグンリ五人組は会合した。会合には岡野も参加した。ノグンリ訪問後一年が経過しようとしている。ノグンリ一周年を記念して、また五人でどこかへ出かけようではないかという機運が盛り上がっている。一連の事件の解決が、一同の絆をさらに強くしたようである。

ノグンリ再訪もよいが、今度はおもいきって遠方へ行ってはどうかという提案もある。行き先は遠近を問わず、どの方角でもよい。要は、五人が集まってまた旅をするということにあった。

ノグンリから連想してアウシュヴィッツはどうかという永井の提案に、一同が賛成した。アウシュヴィッツで行われた大量虐殺（ホロコースト）は世界に聞こえている。ノグンリに比べて、その知名度はグローバルであった。それだけに歴史の教訓として世界平和に貢献している。ノグンリ事件を世界に知らしめる参考としても訪問価値は高い。

こうしてノグンリツアー一周年記念の目的地はアウシュヴィッツに決定した。その旅行には岡野も参加したいと申し出た。

そして、改めてノグンリの想い出と、その後発生した一連の事件の関連が話題になった。

「葉山鈴さんのお母さんが脱北して、日本への再帰国を望んでいると報道されたわね」

城原涼子がアウシュヴィッツ行きの話題が一段落したところで口火を切った。

「そのニュースは私も見たわ。でも、再帰国しても夫は刑務所、娘はすでにこの世にいないと知ったら、英淑さんはどうなさるかしら」

みゆきが応じた。

「そのことは当然、英淑さんの耳にも聞こえているだろう」

見目が言った。

「いや、まだ知らないかもしれない。だからこそ、熱心に再帰国を望んでいるんだろう」

「私もそうおもいます」

若槻と永井が相次いで言った。

「『地上の楽園』に騙されて帰北し、ようやく脱北した後、帰るべき家庭から家族がいなくなっていると知ったら、英淑さん、なんのために命を懸けて脱北したのかわからないわね」

みゆきが顔を曇らせた。

「考えてみれば、私たちが関わった一連の事件にノグンリがありました」

永井の言葉に一同がうなずいた。

永井の妻は隣国の南北紛争に強い関心をもち、土台人を追跡した。そしてノグンリ事件の遺児と結婚した葉山豊に殺された。

葉山の妻をノグンリで救出したフランク南雲の息子は同源製薬の副社長となり、医信大学の独裁者湯村教授と結びつくことで社業を拡大した。悪魔の契約は結局、破綻して、双方共に破滅したが、ノグンリの五人のメンバーはなんらかの形で一連の事件の関係者に関わった。

ノグンリの虐殺を国家の都合によって、米韓いずれも秘匿、あるいは矮小化しようとしたが、ノグンリの犠牲者の遺族や関係者は、この悲劇を歴史の教訓として語り、伝え残していく。

ノグンリ事件の追及者であり研究者である松村高夫慶應大学名誉教授は、前述の『ノグンリ虐殺事件』の「〈解説〉老斤里事件」を次の文言で結んでいる。

「（前略）二〇〇七年八月一日にはソウルで第一回老斤里事件国際シンポジウムが、アメリカ、日本などからの報告者を加えて開催され、この事件のさらなる学術的究明がなされた。また、事件を描いた絵画や韓国の伝統的紙人形の移動展といった文化活動を通じてこの事件を広く知らせていく活動もなされており、近くこの事件を歌う合唱曲も作曲されるという。現地の老斤里では、一回目攻撃の犠牲者の遺骨掘り起こしが進行中であり、平和記念館の建築も近く開始される。各国からの若者を中心とした国際平和ワークショップも開催され始め、まさにNO Gun Riは、文字通り『兵器を拒否する』（No Gun）という反戦平和の声を世界に発信する『里』（Ri）になりつつある。」

ノグンリはいまも生きているのである。

「こういうことはできないかしら」

城原涼子がふとおもいついたように声を弾ませて言った。一同の視線が集まって話の先を促した。

「私たちが英淑さんの新しい身内になってあげるの。再帰国する日本に迎えてくれる家庭があるとおもえば、英淑さんも希望が持てるとおもいます。再帰国に法的な問題があるなら、私たちが身許引受人となってあげたらどうかしら。英淑さんの夫も刑期を務めあげれば帰って来るでしょう。奥様をホームから突き落とした犯人の妻を迎え入れることに、永井先生としては抵抗があるかもしれませんが、ノグンリを生き延びた英淑さんを、夫が帰るまで支援してあげるのも、ノグンリで出会った私たちのご縁だとおもいます」

と提案して、涼子は一同の顔を見まわした。

「私には抵抗はありませんよ。葉山は北に人質にされている妻を守るために由理を突き落としたのです。彼は悪魔と契約したわけではない。抑留されている妻を守るためのやむを得ぬ行為であったとおもいます。私は喜んで葉山の留守家族になります。南北融和して郷里へ帰れる日まで」

永井の言葉に一同はうなずいた。

「その留守家族に私も加えていただけませんか」

岡野が追随した。

「ごめんなさい。岡野さんを忘れていました」

涼子が頭を下げた。

「忘れていたのではないでしょう。城原さんは永井先生の顔しか見ていませんでしたよ」

岡野に言い返されて、涼子は頬を染めた。

「城原さん、頬の辺りが赤くなってますよ」

と余計な口を出した見目の腕を、みゆきがつねった。

独裁者に祖国を奪われた人たちも祖国を愛している。南北融和して、いつの日か本当の祖国に帰れる日が来るかもしれない。

すでに戸外は夏のいでたちであり、熱い光が弾んでいる。縁もゆかりもない人間たちが、都会の一隅に何度も集い会いながら紐帯(ちゅうたい)を強めている。人間が機械の奴隷となった今日においては奇跡と言ってもいい。その奇跡をノグンリが生んだとすれば、それもささやかながら歴史の教訓の学習といえるであろう。

過去に学ばない者には未来はない。過去に学ぶことが未来の志(ビジョン)の拠点となるのである。

「彼らは剣を打ち返して鋤に替え、槍を打ち返して鎌に替え、剣をあげて他国と向かい合うことなく、もはや戦いを学ぶことなし」

(『旧約聖書』イザヤ書第二章第四節)

解説

池上冬樹

作品が優れているかどうかについては、いくつもの観点があるだろう。いくらでも考えることができるけれど、僕は単純にひとつの点に絞っていうことが多い。つまり、その作品が、読者をどのくらい遠くまで連れて行くことができるのかどうかである。いままで知らなかったことを知らせ、気づかなかったことを気づかせ、自分の生きている社会や現実をより深く感じさせることができるかどうかである。

その意味で、本書『愛する我が祖国よ』(『サランヘヨ　北の祖国よ』を改題)は、優れた作品であるといえよう。森村誠一のミステリではお馴染みのシリーズ・キャラクター、棟居刑事、牛尾刑事、私立探偵の岡野種男などが脇役として出てくるけれど、複数の事件が輻輳(ふくそう)していく展開はなかなか先が読めなくて面白いし、何よりも事件の扱う射程距離が実に遠くて、いろいろと考えさせられる。いささか盛り込みすぎなのではないかと思うほどに細部に情報がみなぎっている。

物語の主人公は、数年前に新人賞を受賞してデビューしたものの、まだ一人前の作家とはいえない永井順一である。そんな永井が茫然自失のような情況から物語は始まる。

永井順一は無気力に陥り、自分が生きているのか死んでいるのかもわからない情況だった。雑誌記者だった妻・由理を失ったのだ。取材先に向かう途中、新宿駅で掏摸にバッグをひったくられ、その弾みにホームから転落して電車に轢かれて亡くなった。結婚生活はまだ八年しかたっていない。

永井は失意のまま、妻が韓国へと行きたがっていたことを思い出す。そしてツアーの客となって老斤里（ノグンリ）へ旅して、四人の男女と出会う。銀座のクラブのホステス、経営していたコンビニを廃業した自殺防止ボランティア、退職刑事、訳あって会社をやめた若いOLなどで、ノグンリ虐殺事件の慰霊祭を訪ねたことで、互いに同窓生のような関係が出来上がり、帰国してからも再会の約束を誓う。

やがて、それぞれが、思いもよらない縁で、由理の事件につながるようになる。由理は事故死ではなく、何者かによって殺されたことを知るのだった。

だが、事件は単純ではなかった。由理が追っていた医大教授の黒い噂や、さらには、朝鮮半島の歴史的事件にもつながっていて、事件の全体像がまったく見えなかった。

事件の追及が中心となるが、同時に、五人の男女関係の進展も並行して描かれる。ある者は性的な関係を結んで恋愛感情を強めていくし（この性に関する知識は、草食世代にとってはまさに遠いところに運ぶ力があるだろう）、ある者は自らの傷を見つめて、過去から逃れようとする。由理の死の真相追及とともに語られる、これら微妙な変化や成長が興味深い。

とくに目をひくのは、五人を結びつけたノグンリ事件であろう。日本人には馴染みのない事件であると本文にもあるが、正直僕も知らなかった。これは朝鮮戦争中の一九五〇年七月に起きた、アメリカ軍による韓国民間人の虐殺事件である。住民が米軍からの避難命令に従い、ノグンリの京釜線の鉄橋に集合したところ、米軍の戦闘機が現れて住民に対して機銃掃射を浴びせた。住民は鉄橋下の水路用トンネルに逃げ込んだが、北朝鮮の兵士が混じっているとして、米軍はトンネルの両方の口に機関銃を構え、三日間にわたり戦闘機と歩兵による銃撃を続け、四百人近い住民が犠牲になった。何故そのような虐殺が起きたのか謎とされていたが、一九九八年に米国の朝鮮戦争関係の秘密文書が公開となり、米軍上層部の命令による虐殺であったことが明らかになった。第二十五師団長ウィリアム・B・キーン少将による「戦闘地域を移動するすべての民間人を敵とみなし発砲せよ」という命令に基づき行われ、皆殺し攻撃が実行されたのである。

この事件は、『小さな池　1950年・ノグンリ虐殺事件』（二〇一〇年。韓国。監督イ・サンウ）として映画化されているし、二〇〇七年七月二十七日に行われた合同慰霊祭の模様が「ノグンリの証言」としてユーチューブにアップされているので、関心のある人はごらんになるといいだろう。

この事件が教えるのは、戦争の狂気、暴力、無慈悲だろう。ノグンリ事件のみならず、世界史では大量虐殺が絶えない。ここ数十年だけでも第二次世界大戦中のナチス・ドイツによるホロコースト、日本軍による南京虐殺、スターリン政権下のソ連が行ったポーランド人大虐殺（カティンの森事件）、一九四五年の東京大空襲や広島・長崎への原爆投下、ベトナム戦争でのソンミ村虐殺事件、カンボジアのポル・ポト派による虐殺、イスラム過激派武装組織ＩＳＩＳによるイラク政府軍兵士捕虜処刑事件など枚挙に暇がないほど、あらゆる国で起きて、あらゆる国（の兵士たち）が他国の住民たちを虐殺している。

本書では、五人のツアー客が、虐殺を生き延びた生存者の言葉に強い衝撃を受ける場面があるが、それは平和な生活を送る日本人には想像できないほど過酷な戦争体験をつきつけられたからだろう。

実は、日本人には想像できないほどの過酷な体験を、作者はもうひとつ用意する。北朝鮮絡みの事業だ。旧タイトルからも想像できるように、本書では北朝鮮問題がテーマのひとつになっている。一九五九年、北朝鮮と朝鮮総連が計画し、日本赤十字社と朝鮮赤十字会が協議して、国際赤十字委員会の協力をえて、「地上の楽園」への帰国事業が開始される。これは断続的に一九八四年まで続いた帰国事業で、九万四千人弱が海を渡っているが、それが悲惨な運命に繋がったことは述べるまでもない。そういう惨憺たる情況にもかかわらず、いまだ北朝鮮に対する思いを捨てきれず、また韓国においては北との統一を夢見る者が少なからずいるのは、現代の日本人が決して思い至ることのない「祖国」という概念だろう。

寺山修司は一九五七年に「マッチ擦るつかのま海に霧ふかし身捨つるほどの祖国はありや」と歌った。命を捧げて守るほどの祖国はあるのかと疑問を投げかけたのは、戦争で父親を失ったからでもあるだろう。お国のために亡くなった戦没者や敗戦後の日本の極端に変化した体制への批判もあるかもしれない。一方、全共闘世代の戦いと愛と孤立を高らかに謳いあげた道浦母都子は一九八六年、「祖国(くに)というかくもはかなき一語もて夜毎こころをかき乱すもの」と歌った。むなしい一語なのに何故「祖国」という言葉は激しく胸を揺るがすのかと問いかけている。革命闘争に破れたからなのかどうかわからないが、同時期に「この国を捨てたき夜に買いし地図いまもリュックに開かずにあり」と詠んでいるので、生まれた国を捨てるかどうか迷っていたのだろう。いずれにしろ、まだ一九八〇年代までは祖国という言葉が力をもっていた時代が日本にもあったが、戦争とは無縁の世代がほとんどをしめる現代では、まったくといっていいほど「祖国」という言葉に訴える力がないのではないか。

だが、本書を読んでいると、時代と国に翻弄されて良心すら奪われて生きていくしかない人々がいることが見えてくる。事件後に登場する事件関係者の処遇をめぐって五人がくだす決断は、一見するときれいごとにも見えるかもしれないが、ノグンリ虐殺事件の慰霊祭を訪ね大きく心を動かされた者たちだからこそ思いついたことだろう。作者は「ささやかな歴史の教訓の学習」といい、「過去に学ばない者には未来はない。過去に学ぶことが未来の志の拠点となる」と続けるのだが、この言葉が実にしみじみと伝わってくる。過去から未来の遠くまで視野が広がる言葉でもある。そう、過去は多くのことを教えてくれる。「過去というものは、思い出すかぎりにおいて、現在である」（大森荘蔵）という言葉もあるが、過去は様々なことを見出すための拠点とも言えるのである。

いずれにしろ、本書『愛する我が祖国よ』は、事件の謎が解かれる昂奮とともに、しばしば人を立ち止まらせ、多くのことを考えさせる刺激的な小説である。ぜひ読まれるといいだろう。

（いけがみ・ふゆき　文芸評論家）

この作品は『サランへヨ（愛する） 北の祖国よ』（二〇一四年八月、光文社文庫）を改題したものです。

中公文庫

愛する我が祖国よ

2020年１月25日　初版発行

著　者　森村 誠一

発行者　松田 陽三

発行所　中央公論新社
〒100-8152　東京都千代田区大手町1-7-1
電話　販売 03-5299-1730　編集 03-5299-1890
URL http://www.chuko.co.jp/

ＤＴＰ　ハンズ・ミケ
印　刷　三晃印刷
製　本　小泉製本

Published by CHUOKORON-SHINSHA, INC.
Printed in Japan　ISBN978-4-12-206824-7 C1193

も-12-76
戦友たちの祭典（フェスティバル）
森村誠一
太平洋戦争を生き抜いてきた男たちが、戦友の遺言に導かれ集結した。志半ばに逝った彼らの無念を背負う身に、安らかな老後は必要ない！〈解説〉折笠由美子
206761-5

あ-10-9
終電へ三〇歩
赤川次郎
リストラされた係長、夫の暴力に悩む主婦、駆け落ちした高校生カップル……。駅前ですれ違った他人同士の思惑が絡んで転がって、事件が起きる！
205913-9

う-10-27
薔薇の殺人
内田康夫
脅迫状が一通きただけの不可思議な誘拐事件。七日後、遺体が発見されたが、手がかりはその脅迫状だけだった。浅見光彦が哀しい事件の真相に迫る。
205336-6

う-10-28
他殺の効用
内田康夫
保険金支払い可能日まであと二日を残して、会社社長が自殺した。自殺に不審を抱いた浅見光彦は、単身調査に乗り出すが意外な結末が⁉ 傑作短編集。
205506-3

う-10-29
教室の亡霊
内田康夫
中学校の教室で元教師の死体が発見された。毒殺された被害者のポケットには、新人女性教師とのツーショット写真が――。教育現場の闇に、浅見光彦が挑む！
205789-0

う-10-30
北の街物語
内田康夫
「妖精像」の盗難と河川敷の他殺体。二つの事件には、ある共通する四桁の数字が絡んでいた――。浅見光彦が、生まれ育った東京都北区を駆けめぐる！
206276-4

う-10-31
竹人形殺人事件　新装版
内田康夫
浅見家に突如降りかかったスキャンダル⁉ 父の汚名をそそぐため北陸へ向かった名探偵・光彦は、竹細工師殺害事件に巻き込まれてしまうが――。
206327-3

う-10-32
熊野古道殺人事件　新装版
内田康夫
伝統の宗教行事を再現すると意気込んだ男とその妻が、謎の死を遂げる。これは祟りなのか――。浅見光彦と「軽井沢のセンセ」が南紀山中を駆けめぐる！
206403-4

各書目の下段の数字はISBNコードです。978-4-12が省略してあります。

う-10-33
鳥取雛送り殺人事件 新装版
内田康夫
被害者は、生前「雛人形に殺される」と語っていた男。調査のため鳥取に向かった刑事が失踪してしまい――。浅見光彦が美しき伝統の裏に隠された謎に挑む！
206493-5

う-10-34
坊っちゃん殺人事件 新装版
内田康夫
取材のため松山へ向かう浅見光彦。旅の途中何度も出会った女性が、後日、遺体で発見され疑われる光彦だったが――。浅見家の〝坊ちゃん〟が記した事件簿！
206584-0

う-10-35
イーハトーブの幽霊 新装版
内田康夫
宮沢賢治が理想郷の意味を込めて「イーハトーブ」と名付けた岩手県花巻で、連続殺人が。被害者は死の直前「幽霊を見た」と……。〈解説〉新名 新
206669-4

に-7-51
京都 恋と裏切りの嵯峨野
西村京太郎
十津川が京都旅行中に見かけた女性は「彼を殺します」とノートに記していた。二日後、嵯峨野の竹林で女の他殺体が発見されると、警視庁近くでも男の死体が。
206136-1

に-7-52
さらば南紀の海よ
西村京太郎
「白浜温泉に行きたい」と望んだ余命なき女を殺害し、その息子が乗車した〈特急くろしお〉を爆破した犯人は誰？ 十津川は驚愕の推理を胸に南紀へ飛ぶ！
206201-6

に-7-53
十津川警部 鳴子こけし殺人事件
西村京太郎
不審死した女性の部屋から五体の鳴子こけしが持ち去られ、東京・山口・伊豆の殺人現場に次々と置かれていく。十津川は犯人を追い京都へ。
206309-9

に-7-54
祖谷（いや）・淡路 殺意の旅
西村京太郎
かずら橋で有名な徳島の秘境と東京四谷の秘密クラブで画策された連続殺人事件⁉ 十津川のかつての部下が容疑者に。政界の次期リーダーの悪を暴け！
206358-7

に-7-55
東京－金沢 69年目の殺人
西村京太郎
終戦から69年たった8月15日、93歳の元海軍中尉が東京で扼殺された。金沢出身の被害者は、「特攻」の真相を探っていたことを十津川は突き止めるが。
206485-0

に-7-56
神戸 愛と殺意の街 西村京太郎
〈神戸の悪党〉を名乗るグループによる現金・宝石強奪事件。港町で繰り広げられる十津川と犯人の白熱の知恵比べ。悪党が実現を目指す夢の計画とは？
206530-7

に-7-57
「のと恋路号」殺意の旅 新装版 西村京太郎
自殺した婚約者の足跡を辿り「のと恋路号」に乗ったあや子にニセ刑事が近づき、婚約者が泊まった旅館の従業員は絞殺される。そして十津川の捜査に圧力が。
206586-4

に-7-58
恋の十和田、死の猪苗代 新装版 西村京太郎
ハネムーンで新妻を殺された過去を持つ刑事が、猪苗代湖で女性殺害の容疑者に。部下の無実を信じる十津川警部は美しい湖面の下に隠された真相を暴く！
206628-1

に-7-59
鳴門の渦潮を見ていた女 西村京太郎
元警視庁刑事の一人娘が、鳴門〈渦の道〉で何者かに誘拐された。犯人の提示した解放条件は現警視総監の暗殺！ 警視庁内の深い闇に十津川が切り込む。
206661-8

に-7-60
姫路・新神戸 愛と野望の殺人 西村京太郎
人気デザイナー尾西香里がこだま車内で殺害された！容疑者として浮上した夫には犯行時刻のアリバイが。愛憎と欲望が織り成す迷宮に十津川の推理が冴える。
206699-1

に-7-61
木曽街道殺意の旅 新装版 西村京太郎
捜査一課の元刑事が木曽の宿場町で失踪、さらに実在しない娘から捜索依頼の手紙が届く。残された写真をもとに十津川・亀井コンビは木曽路に赴くが……。
206739-4

に-7-62
ワイドビュー南紀殺人事件 新装版 西村京太郎
十津川警部の部下・三田村刑事は、恋人と南紀へ旅行中に偶然、殺人事件に遭遇。それは連続殺人への幕開きにすぎず、やがて恋人も姿を消した……。
206757-8

に-7-63
わが愛する土佐くろしお鉄道 西村京太郎
高知への帰省当日に刺殺された女子大生。事件の鍵を握るのは、四国の鉄道事情と地元の英雄である龍馬の影⁉ 十津川警部は安芸へ向かう。
206801-8